U0567017

人间
是温暖的驿站

费孝通人物随笔

费孝通

著

北京联合出版公司
Beijing United Publishing Co.,Ltd.

图书在版编目（CIP）数据

人间，是温暖的驿站 ：费孝通人物随笔 / 费孝通著.
-- 北京 ： 北京联合出版公司，2018.10
　　ISBN 978-7-5596-2529-8

　　Ⅰ．①人… Ⅱ．①费… Ⅲ．①随笔－作品集－中国－
当代 Ⅳ．①I267.1

中国版本图书馆CIP数据核字(2018)第212114号

人间，是温暖的驿站：费孝通人物随笔

作　　者：费孝通
出版统筹：新华先锋
责任编辑：郑晓斌　徐　樟
特约监制：木易雨田
特约编辑：李　娜
装帧设计：易珂琳
版式设计：徐　倩

北京联合出版公司出版
（北京市西城区德外大街83号楼9层 100088）
大厂回族自治县德诚印务有限公司印刷　新华书店经销
字数174千字　620毫米×889毫米　1/16　17印张
2018年11月第1版　2018年11月第1次印刷
ISBN 978-7-5596-2529-8
定价：59.00元

目 录

第一辑 逝者如斯未尝往

第二辑 良师与益友

第三辑 风范与风物

第四辑　人生的况味

第五辑　文章千古事

第一辑

逝者如斯未尝往

杜鹃与杜甫

　　我不识杜鹃，亦未听见过杜鹃的鸣声。即或听见过，亦因与杜鹃素不相识之故，未及倾耳细味。但是为了杜鹃在中国文学上却久已成了一个很普遍的题材，所以我意想中的杜鹃也成了一种神秘的"诗鸟"了。

　　我屡次想寻一个机会和杜鹃诗鸟一见，并且常喜搜集关于这诗鸟的记载，但是为了自己学识浅陋的缘故，好久得不到良好的结果。犹记得在姜尚愚先生教我们历史时，曾一度讲起它，并且转述其鸣声。唯隔了两年的现在，实在追忆不起了。

　　由诗鸟杜鹃，常联想到诗人杜甫。这种联想虽是一种极可笑的事，但是在相同的"诗"和"杜"两字上，或未始不可强为相联。

　　在杜甫的两首诗上——《杜鹃行》和《杜鹃》——使我更认为有相联的可能了。

　　"君不见昔日蜀天子，化作杜鹃似老乌。寄巢生子不自啄，群鸟至今与哺雏。虽同君臣有旧礼，骨肉满眼身羁孤。业工窜伏深树里，四月五月偏号呼。其声哀痛口流血，所诉何事常区区。尔岂摧残始发愤，羞带羽翮伤形愚。苍天变化谁料得，万事反覆何所无。万事反覆何所无，岂忆当殿群臣趋。"

　　"西川有杜鹃，东川无杜鹃。涪万无杜鹃，云安有杜鹃。我昔游锦城，结庐锦水边。有竹一顷余，乔木上参天。杜鹃暮春至，哀哀叫其间。我见常再拜，重是古帝魂。生子百鸟巢，百鸟不敢嗔。仍为喂其子，礼若奉至尊。鸿雁及羔羊，有礼太古前。行飞与跪乳，识序如知恩。圣贤古法则，付与后世传。君看禽鸟情，犹解事杜鹃。今忽暮春间，值我病经年。身病不能拜，泪下如迸泉。"

照传说上说："蜀之先，肇于年皇之际；其后有王者曰杜宇，称帝曰望帝。后化作杜鹃，人民见鹃鸣而思望帝。"

杜鹃是望帝的化身，久已为人所公认。所以杜甫见群鸟的"礼若奉至尊"，不免要引想起当时乱世的君不君，臣不臣的现象。加上他怀才不遇的感慨，如何能禁不放声一唱！他想，若果真在这乱世里出了一位赤心的明君，他一定愿和百鸟的待杜鹃一般地侍奉和扶助他。就是一个"寄巢生子不自啄"的皇帝，也愿"百鸟不敢嗔，仍为喂其子"的"礼若奉至尊"。但是可怜，在这禽鸟都不如的人类；在湮灭失传了人伦礼法的人类；在除了互相残杀和争斗外，毫无其他合乎人道作为的人类里，既无明君可寻，更没顺民可求！所以他不能不反而去歌颂禽鸟地说："鸿雁及羔羊，有礼太古前。行飞与跪乳，识序如知恩。圣贤古法则，付与后世传。君看禽鸟情，犹解事杜鹃。"

进一层，他就杜鹃认作了他想象中的明君了。所以他"我见常再拜"，以致一旦"身病不能拜"，就"泪下如迸泉"了。

依我这种无谓的牵引起来，杜鹃与杜甫，却发生了君臣关系了。我为了崇拜诗人杜甫，更不能不急欲一见杜甫的"明君"诗鸟杜鹃了。

前天在徐志摩的《巴黎的鳞爪》上读了一篇济慈的《夜莺歌》，在"其声哀痛口流血"一点，我又疑心济慈的夜莺即杜甫的杜鹃了，惟其所不同者济慈以夜莺自比，杜甫以杜鹃比明君罢了。

1927 年 11 月 28 日晚草于东吴一中

植物学家龚自珍

在暑假时，因青哥很喜读龚自珍的文章，所以把一部久藏在书架角里，连我见都没有见过的《定盦全集》，移放在天天遇见的书桌上了。

我因为它外观既不美观，翻开来又是每行里至少有两个以上的奇怪生字，所以我恨透了它。但是在晚上乘凉时青哥常大赞而特赞龚自珍的笔法什样有奇气，什样有色彩。他常背了几段给我听，我虽则似懂非懂，但是却常给他引得发笑起来，因为龚先生的文章里常有许多奇怪的植物名字，真和植物学教科书一般。

后来我顽性敌不过青哥的引诱，也跟胡乱地读了几篇。虽则不用心地去读，不会增进什么知识，但是龚自珍之为植物学家，却给我证实了。只要看他几篇游记，他没有一处不在百忙里夹述两句关于植物的记载，而且用他植物学家的眼光来分析："这是什么名称？这种植物出产在何处？产在这里的植物比产在那里的好是坏……"

举几个例来说：

《说京师翠微山》："……草木有江东之'玉兰'，有'苹婆'，有巨'松''柏'，杂华靡靡芬腴……泉之上有四'松'焉，'松'之皮白，皆百尺……不忘龙泉，尤不忘'松'。昔者余游苏州之邓尉山，有四'松'焉，形偃神飞，白昼若雷雨，四'松'之蔽可千亩。平生至是，见'八松'矣。邓尉之'松'放，翠微之'松'肃；邓尉之'松'古之逸，翠微之'松'古之直；邓尉之'松'，殆不知天地为何物，翠微之'松'，天地间不可无是'松'者也！"

《说昌平州》："……其谷宜'麦'亦宜'稻'……其木多'文杏''苹婆''柿''棠''梨'……"

《说天寿山》："山多'文杏'，春正月作花，山之势尊，故木之华也先；山气厚，故木之华也怒。山深，故春甚寒，深且固，故虽寒而不冽……"

《说居庸关》："……木多'文杏''苹婆''棠''梨'，皆怒华……"

《记王隐君》："……出门遇'梅'一株，方作花……桥外大小两树依倚立，一'杏'，一'乌桕'。"

《己亥六月重过扬州记》："……阜有'桂'，水有'芙''蕖''菱''芡'……"

综合以上所举的几篇里，关于植物的记载已不下十余种。若他不是植物学家，如何会识这许多连我们听都没有听过，见都没有见过的各种植物，如"苹婆""玉兰""芙""蕖"这些东西呢？更加上了他建造了病梅馆去医疗病梅，所以参互求之龚自珍之为植物学家无疑了。

但是龚自珍的植物学家，固异于现在的植物学，他所研究的是"气"，而近代植物学家所研究的是"质"，易言之，龚自珍是个艺术化的植物学家，不是科学化的植物学家。但是无论如何，在龚自珍文学家的尊号上，总是可以套得上植物学家的尊号的吧。

1927 年 11 月 30 日于东吴一中

悼锡德兰·韦柏先生

能及身见到自己孕育、保养、栽培、提携的理想长大、成年、发华、结实的人物是历史上所罕有的，而英国费边社会主义的首创者，工党之父，锡德兰·韦柏先生［（Sidney James Webb）即柏斯斐德男爵（Lord Passfield）］却是罕有者之中的一个。他以89岁的高龄，在工党政府调整阵容，以壮健的自信迎接英国近代最艰难的第三届国会的前夕，与此深深刻上他思想烙印的祖国，与此正徘徊在和平歧路，受着左右思潮激荡，已近迷惑的世界，长辞永诀了。如果还有人对这已为人间服务了超过半个世纪的记录觉得不足，真未免贪婪；我们只有抱怨上天对英国的偏心，竟这样地不吝啬人杰，让这蕞尔岛国上，在过去百年中，聚集着这样多不世出的才智，而且，怎能使人不妒忌，又给他们这样长的寿命？至今还有萧翁硕果独存；以经验，讲历史。就是这些老而不旧，历久而不顽固的人物，支持着英国社会兴替的秩序，变迁得这样深，这样快，而依然有条不紊，从容有度；革命不需流血的光荣成就。

可是，韦柏先生的逝世还是使人感觉到一种无可补偿的损失，好像寿命给他这种人的限制是不公道的。读他书的人从不会想到他的年纪，他的思想永远不过时，只要是他还活着。78岁的时候，他还会写出1200页的巨著，而且这巨著却又是对苏联社会最公平的介绍和批评。年龄竟成了复利的母金。谁会不私下猜想："当他过百岁生日时会给我们什么宝贵的纪念品了？"他永逝的消息带来的怎能不是失望，一种似乎不应当有，但又是免不了的私怨，放走了一个缺不得但又留不住的客人一般的怅惘，一种寂寞，一种空虚。

这时我又想起了斯宾塞（Spencer），那一个汇集英国个人主义时代的大成的哲人，弥留时，韦柏夫人向他说的话了。她说："当我们丧失你的时候，我们会觉得你是不能缺的。"和空气一样：有时，太自然了，不希奇；没有时，那才是不得了。我们实在不应让上帝把韦柏先生召回天国，我们人间还不能缺他。这是他：缓冲了现代工业所带来的阶级争斗；这是他：筑下了个人主义到社会主义的桥梁；这是他：豁免了英国，可能是全世界，一次左右壁垒分裂所会引起的流血悲剧。如果我们没有沙迷了眼睛，怎能说：这已是他功德完成的日子？

——但是，这是我们过分的奢望。也许，我们应当让他安息了。他已指出了这条维持人类文明的道路，走不走应是我们自己的选择。

韦柏先生的传记是平淡的：没有马克思的流亡，没有拿破仑的长征，甚至连罗斯福的小儿麻痹症都没有。他不像穆勒一般7岁能文，他也不像小彼得一般弱冠执政——他虽则没有这些，但是对时代的贡献却不下于任何一人。

他这平淡的一生开始在一个平常的家庭里，像20世纪中叶英国中层阶级的其他家庭一般的平常，平常得不时夹着些恼人的贫窘。但是不时的贫窘并没有剥夺他受教育的机会。16岁结束了他的学校生活，在一个经纪人的写字间里当个小书记。这工作并没有阻碍他求学的生活。三年的自修使他能通过文官考试进入公务职位。按部就班地连续应试，22岁升到了最高级的书记官的地位。公务又限制不了他的学业，公余他在法律学院上学，经过10年，使他能辞去公务，执律师业。

33岁起，开始他提倡社会主义的政治生涯。他那时被选入了伦敦地方议会。他的从政却和别人不同。多年公务员生活和他善于思索，不懈观察的性格，使他对于政治，尤其是行政制度，发生研究的兴趣。

他参加政治的动机并不在个人事业的发展，而是想从实地经验中去了解英国政治制度的情况。从那时起，他开始写他那七大巨册的《英国地方政治制度史》，在他平生的著作中，还只是极小的一部。

他平淡的传记中唯一略具色彩的节目是他的婚姻（假如他迟生半个世纪，他这种婚姻也并不能说有任何别致之处）。他的夫人裴屈莱斯·波特（Beatrice Potter）是伦敦有名的望族九姊妹之一（另一个姊妹就是现任经济部长的克利浦斯的母亲），自幼跟从父友斯宾塞学习，眼看这独身的哲学家怎样一页一页地写成他的名著综合哲学，可是她却在个人主义的渊源里蜕化出了社会主义的根苗。从社会地位讲，这一宗婚事，在当时看来，是相当"非常"的。也许从性格上看去，也不易使人能预料到他们的结合。韦柏先生平稳的性格一如他平稳的身世，是个不易激动，理胜于情，胸无城府，坦白易近的人，而他的夫人却是个感应极锐利，悟性极敏捷，而且又是富于清教徒的道德观念的人。可是这许多距离却阻挡不住这两人的结合，共同的兴趣给合了他们，他们的结合又产生了共同的事业。自从结合之后，他们的事业实在是"共同"的：写的书是共同的，不但一同搜集材料，一同讨论，连写出来的文字，都分不出是谁起的草。Sidney and Beatrice Webb 像是一个作家的笔名。没有人能想象假如锡德兰不加上裴屈莱斯英国文坛会有怎样的损失；损失是一定的，自从 1943 年裴屈莱斯死后，锡德兰从没有再出版过一本书。这四年的寂寞生活可能是韦柏先生成年之后贡献最少的四年。

"费边"（Fabian）像是韦柏夫妇的绰号，他们不但是费边社的开创者中的要角，而且一直是该社的台柱，虽则他们并不是开创者之中最后去世的人物，只差萧翁一位。费边本是古罗马名将，他采用迁延战术击败汉业堡。这字因之用来指缓进主义。韦柏夫妇采用此名来称他们的学社表示他们所主张的是：慢慢的，用正常的民主政治方式，争取国会里的名额，去实现社会主义的立法。这方法比了马克思所主张革命的方式是缓进的，是迁延的，所以是费边的。

激进的社会主义认为"费边"是条盲巷。因为他们认为民主政治只有在对于资本主义下的特权阶级有利的时代方能存在，如果这方式会威胁他们的特权时，他们立刻会取消这种方式，不等到你能用这方式去打击他们时，这方式本身已经不见了。这说法自有相当根据。民主政治是协商的政治，是同意的政治。如果有力者不愿协商，不愿同意，这种政治自然不能成立。因之，民主政治的最后试验是在社会上有力分子是否能因大多数人民的意见而放弃他们的权力和特权，不去破坏这政治的方式。激进社会主义认为天下不会有已经执到权力，已经得到特权的人，不想尽一切方法，包括暴力，去维持权力和特权的，所以夺取权力，消灭特权，不可能不用暴力。

费边社会主义却说："让我们试试看。我们英国人也许可能不需要暴力的。这样说好不好？只有在不尊重民意，想靠暴力来维持少数人特权的地方，才会发生暴力革命，所以如果我们能说服这少数人，使他们明白在暴力革命丧失特权不如自动的放弃为上算，暴力革命不是就能避免了么？我们相信英国人可以有这一点聪明。"

韦柏先生不但说这是可能的，而且要使这可能性实现。他教育和组织人民，领导他们争取应得的政治和经济的权利。他尽力说服对方：辩论，著作，用事实证明他的看法，要求大家以理智和远见来求公共的幸福——这是他一生的事业。

在教育事业上，他最大的成就是创立伦敦政治经济学院——校友里包括现在政府领袖艾德礼、唐尔登、诺贝干等——把社会科学列入大学课程中。他创刊《新政治家》周刊，一直到现在还是英国有力的进步舆论的发言者。他主持费边社的研究计划，对英国社会制度的各方面作详尽的研究，历史性的和实地调查性的研究报告陆续发行，使英国人民对于自己的社会有充分的了解，了解是理智的开始。

在组织事业上，除了他所主持的费边社外，他促进了工党的成立。

工党是费边主义的实验。他呼吁劳工阶级团结，参加选举，进入国会，执掌政权，实行社会主义立法。1915 年，他自己出任工党的全国执行委员，主持工党政策的厘定。1919 年他被选入国会。1929 年在工党政府里，他担任商业局主席，他举行了一次空前的英国工商业调查，是后来经济计划的基础。这时他已经是 70 岁的人了。他力求退出实际政治，因为他明白他的贡献并不应限制在日常的公务上。但是政府不肯放他，他又入过一次阁，一直到 1931 年才达到这愿望。

他所参加的那次工党政府，并没有在国会里把握绝对多数，所以实验的结果并不能使他满意。英国的特权阶级固然比别国聪明，并不想破坏民主政治来保障自己的特权，因为他们知道这样做并不能有效的，但是也并不像他所希望的那样肯轻易放弃特权。工党政府终于垮了台，韦柏先生默默地在思考着这些基本问题。在 1923 年他已经在《资本主义文明的腐败》一书中指出了这困难：资本主义并不肯自动地退让。他于是研究苏联的革命，他偕同夫人一起亲身到苏联去视察，1935 年，他那部介绍和批评苏联的巨著《苏维埃共产主义，一个新的文明？》，这是他最后一部巨著。

从那时起，世界已进入一个将到的大风暴。东方的日本烧起了侵略的火焰，欧洲的反动势力从西班牙入手，终于把英国卷入了战火之中。在战争中，韦柏先生似乎为人所遗忘了。但是他没有忘情于这个多难的世界，他厌恶暴力，而暴力正支配着整个欧陆；他怀爱民主，而民主已成了软弱无能的罪名。他一生的信仰正在遭受火的考验。这时已不再是话和笔，而是血和肉的答辩。在这最危急的时候，1943 年，形影相依，偕老白头的裴屈莱斯，受不住这丧乱和忧患，先他去世。这一切的打击对他是深切的。但是他还活着，他要得到一个答复，才愿意长辞永息。

1945 年带来了他所盼望的历史的答复：法西斯崩溃，民主政治得到了最后胜利。这还不够，7 月 26 日，他微笑了；英国又成功了一次不流血的革命，他一生所努力的目标，工党在民主政治正轨上获得了政权，而且在国会里得到了绝对多数的地位。他祝福他自己培育出来的子女们：

"现在可成功了。"

韦柏先生是有耐性的，他是费边。费边不怕失败，因为缓进就是节节失败，节节上进的意思；这和急功相反。谁也说不定英国是否能保持这革命不流血的记录，但是，这是一个值得宝贵的理想。在这刚受暴力摧残过的世界上，这理想更值得宝贵，更值得爱护。

我们留不住韦柏先生，但是他所带给我们的理想却不能让它轻易离开这人间。

1947 年 10 月 31 日于清华胜因院

与时代俱逝的鲍尔温

恕我又一度地在英伦传来的丧钟声里写这类追悼的文字。时代汹涌激荡，浪花四溅里更显得滚滚巨流的浩荡无涯。千古人物，来去匆匆；今昨之间，宛如隔世——历史刚要翻过一页，史坦利·鲍尔温（Stanley Baldwin）的名字轻轻地在书角卷影里溜过了我们的眼梢。要过去的终于过去了。

威斯敏士特的巴力门在正为游丝将断的外长会议所烦忧的气氛中（12月15日），议长宣布了为前首相鲍尔温致哀的仪式，静默中带来了多少人不同的回忆。11年前就在这屋顶之下发表皇储逊位的英雄，曾不断地受过当今议席上占着多数的人们的咒诅（这个从来没有被工党所饶赦过的铁腕），但是在这天的哀悼中却没有了仇恨，恩怨在巴力门里，真可以像伦敦的雾一样容易浓，一样容易消。共党的议员Gallacher并非例外，他说："希望没有什么话，没有什么事，会在现在说来和做来，去打搅他的安息。"像是失去了一个朋友，虽则生前他们对他从来没有表示过亲热。

鲍尔温象征着过去的英国；他是个典型的一代人物，那正在消逝中的一代；那简朴、认真、坚韧、拘谨、保守、自负的人物。承继着宏伟但是森严的祖业；在这巨邸里多的是过去的光辉，但时间已蒙上了陈旧的一层；望去虽不失香色古雅，接触上却冷酷没有温情，不但如此，骨子里已经腐蚀，门面固然还算完整——那两次大战之间的英国。

两次大战之间的英国是曾在 19 世纪蓬勃地创造帝国伟业的资产阶级，在战争的亏耗，列强的争霸，殖民地的反抗以及打击下，艰苦撑持的衰落局面。从现在看来，也正可以说是这阶级最后的挣扎。鲍尔温的差使并不是愉快的。他要在英国传统民主所允许的方式中遏制那就是从传统民主精神所孕育出来的一个新势力，要求经济民主的新势力。这曾领导过英国人民向封建社会要求解放的资产阶级，经过了几个世纪，终于造下了个贫富悬殊的资本主义社会。经济上的不平等使早年所标榜的政治平等和自由失去了真实的内容，劳工群众并不能公平地分享工业所带来的优裕生活。当他们想从政治民主中去要求经济民主时，面前却横着个有经验，有才干，有决心的保守势力挡着路。

具有悠久渊源的英国新贵族，资产阶级，是优秀的，不是腐败的。从他们自己的利益说，是负责的，有为的；从相反的利益看去，是狡猾的，老练的。他们不是暴发户，不嚣张，沉得住气，计算周到，行动阴险，"假冒为善"因之也成了咒诅他们的恰当名词。如果人类历史里缺不了一段以个人来负责积聚财富，扩大生产力，建立有效的经济组织，把人们从封建和乡土性的生活中解放出来的过程，英国资产阶级确是完成这任务最合式的人物。英国资本主义社会的式微，并不是由于资产阶级的人谋不臧，而是时势的改变。像鲍尔温，像丘吉尔，以他们所代表的利益来评价，不能不承认都是一代人杰。

英国历史上缺乏拿破仑式的人物，把个人权力的扩大和维持作为他行动的枢纽；英国的政治家常是利益集团的公仆，他们个人的毁誉和所代表的利益的毁誉，因之也应当分别而论。在英国人的眼光中，公私的界限从不相混，私人间的友谊尽可跨党，他们也从不吝啬对异党的精彩表演报以会心的微笑，甚至热烈的鼓掌。下棋的不会恨毒对手的妙着。

鲍尔温在异党支配下的巴力门里能赢得全场真挚的哀悼，并不是靠他一生的政绩，而是靠他始终如一的政治风度。他的风度，别国人士也许很难欣赏，却正是英国式的。

他在首次组阁的演说中引为最足以自豪的，不是他政策的高超，而是在他内阁里半数以上的阁员是他中学的同学。这一个小小的插话，引起了全场的赞许。只有英国人会这样。英国当时从政的人物大多经过贵族性的教育，最著名的是两个中学，伊登和罗培。在他们的教育中最注重的不是技术，也不是学识，而是在社会生活中所需的组织力，责任性和领袖气魄。这些表现得最清楚的是在团体竞赛中，所以足球和赛船在他们学校生活竟成为近于仪式性的大事。在这里他们要实践传统的基本道德：fair play, sportsmanship 那一套很难找到确当翻译的精神。这些精神就是他们政治的基础。鲍尔温这小小的插话表白了他将谨守"队长"的任务，也是保证了他有遵从传统精神的决心。

在他退休的告别词里，他又说，最使他安慰的是他有机会把他的地位传授给张伯伦，因为他早年曾受知于张氏之门，得之于张氏的还之于张氏，无愧于心。这并不是私相授受，把国事看成家事。这一层他不必顾忌，因为首相的地位是要经过在朝党的推荐，他并无决定之权。他这样说却表示了"自己不过是个别人的公仆"，对政权没有私心的贪婪。英国人喜欢这态度。

再说他的退休，这在英国历史上也是少有的，并非由于在国会里失了信任，也不是因为衰老难持，而是为了实行传统 fair play 的精神。爱德华的婚事为难了这负有管束皇家责任的首相。一个离过婚的美国平民妇女，如果被拥为万民之母的皇后，真太使保守的绅士们难堪了。但是固执的皇储却不愿为这传统牺牲他私人的幸福，于是被鲍尔温逼得自动让位。鲍氏这样做，固然卫护了皇室的"清白"，但是逼宫之举，未免太违反人情，太对不起爱德华，于是事成之后，悄然引退。这种"公平交易"在别国人看来可以是无聊，多余和没有意义，但是英国人民却在静默中赏识了他的"无私"。

鲍尔温和丘吉尔性格上则相反，如果没有战争，丘吉尔也许终身不会在英国掌执政权的，因为英国人并不喜欢丘老那样叱咤风云的豪放，鲍尔温才合英国的标准。以他们两人的文章说也够看得出他们的分别了。丘老是属于阳刚的一路，讲声调，重色彩，多重复，富刺激；气魄浩瀚，热情充沛；用的字怪僻而复音，用的句子排列而对称。鲍氏却一切反是，他善于用单音字，短句子，通俗而平易，淡如水，清如涟，絮絮如老妪话家常，亲切而近人；简洁，明白，淳朴，坦荡，是属于阴柔的一路。英国的性格如它的景色，阴柔胜于阳刚：旷野草原，凹凸起伏而不成山冈，虽不能极目万里，但宽放舒畅，也不会起局促之感。雾雨迷蒙，更隐蔽了明确的线条；阳光稀少，又培养出晦涩含蓄的画面。在政治上相配的是鲍尔温和艾德礼，不是丘吉尔和克利浦斯。我并不是说克伦威尔、庇得、丘吉尔、克利浦斯不能在英国政治上奇葩怒发，但是这些究属风云豪杰，是变局而不是常态。

阴沉并非苟且，鲍尔温是多谋的。他守卫这已将被时代所扬弃的传统，真煞费苦心。这样一个人才担负起这样一件与历史无益的任务是值得惋惜的。我们对曾国藩的遗恨正不妨借用来凭吊鲍氏的际遇。他们只拖延了无可挽回的趋势，寂寞的归结于无情的灰飞烟灭，如果不在英国，还无从得人宽宥，而免于后世的指责。

第一次大战之后的英国实在已到了清算帝国的时机，资本主义所导引出来人间的残杀已空前地演出了一幕，人类如果有智慧的话，这教训应当已经足够。当时英国并非没有人感觉到穷通变革的需要。战时首相劳合乔治已开始从温和的立法过程去迎合劳工的要求，但是雄厚的保守势力还没有死心，他们挑选出这个忠实的阶级公仆，鲍尔温开始向进步势力反攻了。他著名的"卡尔登总会"的演说，在 1922 年击破了英国自由主义的堡垒，劳合·乔治下台，自由党从此一蹶不振。中间政党的垮台使劳资阵线短兵相接。他知道这一个硬仗绝难幸免。1925 年矿工罢工的巨浪以压倒的优势袭击资方。他付了 2200 万镑工资津贴的代价缓和了这攻势，争取了九个月的时间；他并不利用这休战去想法解决矿业里的纠纷，而在准备他的反攻。他组织了一个"资源维持机构"，以备罢工时应战。等他准备就绪，1926年大罢工终于降临。他审时量力知道劳工阵线有隙可乘，逼住工会下不了台，当调解已属可能时，他走了。罢工对于国家经济的损失，他不关心；罢工所引起社会的混乱，劳工的穷困，他熟视无睹；劳工要求的合理，他更不考虑；他拖延着这个于劳工不利的局面，他心目中只有一件事，要一劳永逸的彻底把劳工的新兴势力压制下去，使这世界成为资产阶级的温床。他肯付代价，有耐心等待。到劳工阵线混乱，到一般舆论厌恶罢工时，他还手了。1927年，他在国会里通过了限制罢工的法案，用一面重枷压上劳工的肩头，一直到20年后，才被现任的工党政府所取消。

鲍尔温想为资产阶级建设的温床并没有因之稳固，1929年，工党又在大选中抬了头，但是鲍氏却镇静应付，他所代表的势力还是雄厚，最初是金融势力逼着工党内阁开放政权；他握有民营的英伦银行在手掌里，麦克唐纳跳不出他的圈套。联合政府成立，麦氏出卖了工党。1931年工党在大选里一落千丈，保守党获得了一次空前的胜利，他们的政权一直维持到这次大战的结束。忽视鲍氏的政治手腕是自欺，他至少延迟了工党的社会主义政策有20年之久。如果没有第二次大战，谁也说不定，他是否可能不致及身见到他所打击的势力终于长成的。

他的失败也不能说是他自己造成的，更正确一些说，他虽则善于招架，但是他所卫护的传统秩序中的矛盾却日形显著，终归瓦解。他为了要打击劳工势力，限制罢工，纵容主要的工矿业由私人无计划的经营。单以煤矿一项说，出量日跌，大批矿工抛弃了这不见天日的地穴，向都市转业，以致劳力缺乏，伏下了去冬英国煤荒的根源。多少工业区域遭受了不景气的风暴，沦为萧条区。我在《悼爱玲·魏金生》一文里所提到的"饥饿请愿"就发生在1935年，为了失业而引起的抗议。这些事件固然没有直接威胁鲍氏所代表的保守政权，但是国富消耗，使他不能不缩紧军备，最后差一点竟可能抵不住外来的侵略。

缩军本来是应当的，但是英国的保守政权在第一次大战战后，像这次战后的美国一般，依旧一贯地在世界上维护那曾引起过一次战争的经济秩序；战争的根源不加清理，还是想用着传统的分化政策来维持势力均衡的局面。当意大利侵略阿比西尼亚[1] 的时候，鲍尔温一方面在国联里反对意大利，而同时却和法西斯的黑衣宰相讨价还价，要保证英国在地中海里的利益。他对于这个世界的新趋势并没有了解的能力，因为除了保护他所代表的集团利益外，并没有其他的兴趣。他的继承者张伯伦在希特勒已经拔剑张弓时，还幻想他可以利用这霸王东向为英国资产阶级铲除个敌人——苏联。鲍氏的缩军政策是为了要减轻受创了的英国资产阶级的担负。他聪明知道这担负如果转嫁到劳工身上必然会加强新兴势力，但是自己却又担负不起，于是一方面纵容法西斯的抬头，另一方面又暴露自己的弱点，鼓励法西斯的侵略行动。如果人类的兴趣是在和平，不是在任何集团利益的维持，历史对鲍尔温的政策是难以原谅的。

当少数人的利益并不能配合着大多数人的利益的时候，就不免会发生鲍尔温所遭遇的运命。鲍氏的风度，文采和才能，虽则邀得了巴力门的崇慕，但是盖棺定论，岂能免于"一代之能臣，和平的罪人"的批语？

鲍尔温死了，同他一起消逝的是英国历史上重要的，但并非最光荣的一章。如果这过去的确是过去了，我们也不必再去打扰这已安息了的魂灵了。

1948 年 1 月 11 日于清华胜因院

[1] 阿比西尼亚：又称为埃塞俄比亚帝国，存在时间为 1270 年至 1974 年。

雄圣甘地

雄是一时的，圣是永久的；雄是权变，圣是常道；雄是术，圣是理。雄和圣要能相合，使一时的成为永久的，使权变不离常道，使术不悖理，是难能，因而也可贵。不择手段是雄而背圣，用行舍藏，怀道隐遁是圣而弃雄——历史上这种例子多得很。雄圣联不上，使人怀疑现实和理想，政治和道德，总是相排斥的。甘地在人类历史上是仅有的人物；被认为相排斥，相对立的将在他的一生事业中证明是相合的，相辅的。雄和圣将结合在甘地身上。只有像甘地这种坚韧的灵魂，凝聚的气魄，苦炼的肉体，才能当得起这真理的考验。这考验真无情，在他自称己是"垂死老人"时，还不给他安息的暮年，还要他在这人类文明的被雄而忘圣的人物所威胁，道德基础被凌辱，人格国格被金元所亵渎的关头，再度标象出迷惑了的人群自救的道路。

他如骸的肢体，他如丝的喉音，还要被历史借用来警醒这面临空前灾难的世界。他说："我没有足够能力说话或行动的日子已不远了，"但是他继续说，"在上帝的手里，就是死，我也不怕。"——"上帝使余开始绝食，故惟有上帝能使余终止绝食。"

他这次绝食是由于印巴冲突而引起的。绝食是甘地常用的武器，以非暴力抵抗暴力的武器。可是这次他所要抵抗的对象却不是外来加于印度的暴力，而是外力消除后所爆发出来内在的暴力。这使他更痛心，因为他的仇敌，暴力，并没有离开他，已进一步逼入印度的魂灵。他的仇敌并不是什么人，什么国，而是暴力本身。谁使用暴力就是他的仇敌，但是谁放弃暴力也就是他的朋友。暴力像是魔鬼，附着人体，去打击人类的文明，甘地并不因这魔鬼所附着的人和他的亲疏而改变他的态度；他会自杀，如果这魔鬼附着他自己。

甘地所不肯屈服的是暴力，他向暴力宣战。这似乎是矛盾的说法；多少人讥笑甘地，一说起武器，一说到宣战怎能不包括暴力？向暴力抵抗，向暴力宣战，自己就得用暴力，也就是对暴力屈服了。非暴力就谈不到抵抗和宣战——这表面的矛盾也正包含在我们"止戈为武"的训诂里。我们的历史却没有证实这种训诂并非是不可能，这是甘地，在为这训诂作见证。

暴力不能以暴力来消灭，这样做不过是以暴易暴，暴力换一个附着的躯体。战争，暴力的冲突，正是暴力滋长的沃土。暴力会传染，会像瘟疫一样地蔓延。所以克服暴力决不能是暴力，但是什么呢？甘地要答复这难题。

多少人讥笑过甘地的非暴力主义。讥笑他的人认为不以暴力去回击暴力，将永远被暴力所压制。暴力本身无所谓好坏，当自己能利用它来压制别人的时候，这是个好工具，如果被人用它来压制自己的时候，这才是该咒诅的，其实该咒诅的并非暴力，而是为什么自己不能有效地使用暴力来压制人。好汉要自强，那是承认了人和人的关系只是力的平衡；不是去取消力，而是自己增加力。

忽略人和人之间有着力的平衡是错误的。人从禽兽的水准里冒出来，但是骨子里还是充满着兽性。禽兽的水准，大体说来，弱肉强食是一条原则，存在是力的平衡；但是认为人和人之间只有力的关系，也是错误的。人在个体肌肉之暴力之上发现了有组织的团体之力。靠这力量人吃了禽兽，不被消灭就被豢养。团体之力在其在外的表现上也可以是暴力的，但是这更强的对外暴力却是从否定了对内暴力里得来的。否定暴力是道德，是团体间合作的保障，是和平，友爱的基础。

讥笑甘地的人认为暴力决不会消灭，那是因为他们认为天下一家，人类是一个大团体，全体合作来创造文化是幻想。这种幻想被视作不切实的宗教，即在宗教里，他们甚至可以说，和平的世界也只是已失去的伊甸园和身后的天国，不是这个人间的世界。在人间，不会有统一的利益，永久是分着壁垒，分着团体，也永远有冲突，解决冲突的方法最后也只有暴力，和平不过是休战，友爱不过是假面具。现实是政治，是权变，是玩手段；甘地错认了现实，相当残酷的现实。他是个幻想者。幻想者应当做个小说家，至多是个宗教家，但不能是政治家的。

但是甘地却是个实行家，他在儿时就有印度统一的美梦，现在没有人能否认印度有今天的独立应当归功于甘地。他在把理想实现，在依着他的理想改变现实，决没有停留在幻想的虚无缥缈间。但是他的"政治"却有别于普通的"政治"。他是超出现在所谓政治家所默认的前提。西洋的政治家有着一个至今没有变的前提：世界上永远有着主权分立的国家，国和国之间依赖暴力维持平衡。战争是一切计算考虑不能少的坐标。他们也谈"天下一家"，而实际是"一家天下"。天下一家是指全体人类是一个团体，所谓一个团体就是有一个道德基础，道德原则适用于一切人，不因所属团体而加以分别。一家天下是某一团体独占暴力，统治其他一切团体。

甘地放弃了这前提，他要以同一道德原则来应付一切事变。他反对英国统治印度，他也反对日本统治中国，他更反对印度统治巴基斯坦，或巴基斯坦统治印度。他欢迎一切东方民族的解放运动，但是他不相信暴力是解放的手段。他在日本侵略中国时曾发表过一封公开信，这封信也曾引起英国政府对他的怀疑。他在原则上同意日本要赶走西洋在东方的统治，但是他指责日本，用暴力来做这事，结果将是以暴易暴。他反对印度参战，但也反对印度利用日本来赶走英国。他这种被认为不切实际的政策，我相信到现在也许可以使一般人了解了。

他一直在警告人类，暴力会腐蚀人性。战胜国家靠了它所使用的暴力获得了胜利，但是会丧失它的灵魂。我想目前的美国正是一个最好的例子。为了自由，为了民主，它培植了暴力，希特勒是死了，但是希特勒的鬼却战胜了美国。在过去几年中，美国人民自己丧失了言论和思想的自由，丧失了罢工的自由；美国的传统民主精神在战胜纳粹之后会遭到内在的腐蚀，在事前很少人会相信，但是甘地却早预言了暴力的阴险。手里握有暴力的人，面目是相同，不论出身是什么。

甘地的任务是在建立一个大同的天下；除非我们认为这是不好的或是不必的，这如果是人类的目标，努力的方向不能是秦始皇式的兼并，不是拿破仑式的征服，这些在历史上证明是无效的；这里甘地提出了一种新的政治，不是暴力的统一，而是道德的统一。

讥笑甘地的人忘记了人类的历史。欧洲曾经有过两度的统一，一是罗马帝国的统一，一是基督教的统一。前者是暴力的统一，后者是道德的统一。在马槽里出生的拿撒勒人耶稣凭他道德的武器，继承了罗马的天下。这并非神迹，而是人类群体生活的原则。暴力的统一是一时的，而道德的统一是永久的。

印度是一个极复杂的群体组合；宗教，文化，种族把这大陆上的人民割离分碎，成了无数不相了解的团体。世界上最严格的社会阶层是印度的caste；世界上最排外的宗教是印度的印回两教；世界上贫富最悬殊的是印度的"满哈拉加"和平民。在这充满着纷争的大陆上，在过去几百年来又加上了个曾是最强的大英帝国的统治。这里甘地勾出了个统一的美梦。印度如果能统一的话，世界的统一决不能是更艰难的事了。暴力曾表面上做到了印度的一体，那是英国的统治；但是没有人比甘地更清楚，在英国统治下的印度从来没有真正成为一个团体，因为在这纷争扰乱的局面中，缺乏一个道德的统一。他很坚决地否定以印度社会任何一个团体来代替英国的统治，那是以暴易暴，他拒绝以暴力革命的手段来赶走英国，取得独立；并不是因为他认为以暴力去赶走英国是做不通的，在二次大战时，甘地确有充分的机会采取革命手段获得独立的。但是他拒绝这种试探，他为了暴动而屡次绝食过。为什么？暴力会腐蚀他道德统一的成就。以暴力来倾覆英国统治是可能的，但是以暴力来建立统一的印度是不可能的。

我相信他的认识是正确的，如果印度统一的障碍只是英国的统治，这次独立之后，不应再有印回的冲突了。甘地是现实的，他要在根本上下工夫。他去和被视为污秽的贱民相接触，为的是要在社会阶层的鸿沟上架一道桥梁，逐渐把鸿沟填平，他调解印回的歧异，他淡食单衣和贫民同甘苦。他在这许多阻碍统一的界线上跨过去，象征了印度的真正一统。没有仇恨！没有成见，他在建立道德的基础。

雄圣甘地——这一个亿万人所信赖的道德标准，不但了解人间道德的力量，而且是明白怎样去应用道德力量去实现理想的人。

六天的绝食终于消弭了印度的内战。我们带着羡慕而又有一点嫉妒的心情，庆贺印度人民逃过了一个劫难，更庆贺印度能有这一个万民的领袖；寄言印度的人民，善于爱护这雄圣兼有的甘地，不但为了印度，更为了这面临毁灭的世界，爱护他；也就是爱护一个为人类建立道德基础的功臣。愿他的声音超出国界，我们全世界的人民，不愿在暴力中毁灭的亿万生灵，需要他。我们惭愧，同是东方的文明古国，我们竟这样不肖，辱没我们祖先的光荣，在使用西方的暴力残杀自己的同胞。东方！这和平的名词，这曾拯救过西方文明的力量，现在蒙受了自己给自己的耻辱。在惶恐中，我们只有把眼睛望着我们邻居，背着东方的传统使命的雄圣甘地。

1948 年 1 月 22 日于清华胜因院

缅怀肯尼雅塔

提起肯尼雅塔，我的记忆回到了 46 年前。我第一次见到他是在伦敦政治经济学院二楼马林诺斯基教授的办公室里。开学后每逢星期五下午，马林诺斯基教授就在他这间办公室里召开著名的"今日人类学"的讨论班。参加这个讨论班的除了跟他学习的学生外，还有从世界各地到伦敦来访问的人类学者。在这班上讨论着当时这门学科正在开展研究中的各种问题，一时成为指导社会人类学向前发展的学术中心。

我是 1936 年秋天进入这个学院念书的。开学后一个多月，马林诺斯基教授才从美国讲学回来继续召开这个讨论班。我满怀着激动的心情走进这间已经坐满了人的办公室，中间的沙发里坐着那位戴着相当深的近视眼镜、面貌清癯的世界闻名的社会人类学家。他身后的书架上、书桌上，甚至桌下地板上堆满了一叠叠书本杂志。我悄悄地在墙角边找到了一个座位。那位教授的眼光突然扫到我的身上，朝着我点了一下头，大声地向在座的同学介绍说："这是从中国来的年轻人。"话犹未息，我身旁有一只巨大、有力、黑皮肤的手紧紧地把我握住，一股热情直传到我的心头。抬眼一看：是个古铜色的脸，下巴长着一撮胡子，目光炯炯，满面笑容，端庄纯朴，浑重真挚。耳边听到轻轻的声音说："我叫肯尼雅塔。"这是我平生第一次和非洲的黑人兄弟握手。

偶然的接触，留下了终身难忘的印象。我也不明白是什么把我们这两个分别来自万里相隔的亚非两洲的人在感情上结合到了一起。从此，我们在课间休息时就常常同到学校附近霍尔本地下茶室去饮茶聊天。当时学校里的风气，这种茶时的叙谈，上下古今无所限制，但谁也不涉及个人的身世。我从他的名字上知道，他是来自东非的肯尼亚。肯尼亚当时是英国的殖民地。我从他在班上的发言中知道他的故乡正在殖民主义的统治下挣扎。我从他在茶室里的谈吐中明白了他是个无所畏惧，一心要为非洲同胞的平等自由而献身的人。他体格魁梧壮健，望去像是一尊雕像，似乎随时准备着挑起千斤重担。他那低沉的喉音传达着他深厚抑郁的思虑，明快锐利的对答表现出他英勇果断、敏捷坚决的性格。再加上他幽默机警、豁达老练的语调，使人一看就会知道他不是个初出茅庐的书生。

我从马林诺斯基教授对他那种亲切和悦中带着器重钦佩的态度里，体会到他们师生之间存在一种内心的契洽。这位老师无疑是赏识着这个学生特具的品质和他将在人类历史中扮演的角色——正是这位老师所瞩望的将在 20 世纪后期上演的那出戏剧中不能少的人物。这位老师用他善长的诙谐口吻来揶揄这位学生时，我总觉得他并不自觉地暗示着门下得人的骄傲。如果这位老师本人没有亲自受过民族被分裂，亲友受欺压的痛苦，我想他是不可能流露出对这位学生的那种深情厚谊的，而这些溢于言表的情谊也就不会那么强烈地引起我这个来自正在蒙受侵辱的东方大国的青年的领会。

在年龄上，我和肯尼雅塔相差至少有 10 岁。我没有和他比过长幼，这是不用比的，只要一接触就分明了。他不仅在我眼里是个兄长，同班同学在他面前似乎全都显得幼稚了。后来从他的传记里，我才知道他自己并不知道他是哪年出生的。一个在东非殖民地草原上放羊的孩子，有谁会替他记下生日呢？在肯尼雅塔的眼中，我准是个还不很懂事的年轻人。他同我亲近与其说出于对他私人的吸引力，倒不如说是因为我是个中国人。不是这样，他怎样会一听到老师给我的介绍就伸出他的友谊之手呢？他对我一直像个兄长一样，关怀体贴，但是从来没有告诉过我他在学校之外搞些什么事。我当时只把他看成是个有正义感的非洲学者。

在1938年返国之前，我读到了他在伦敦出版的《面对肯尼亚山》。我很爱读这本书。说实话，这书的内容我现在已回想不起来，但是清楚难忘的是在这本书里跳跃着那颗热爱祖国，热爱民族的心。我为他那股斥责殖民者伪善的劲而叫好。我当时所没有觉察到的却是，他不仅是个文笔生动的作家，而且还是个久经锻炼的实干家。就在他和我们一起讨论学术问题的同时，他更大的精力，更多的时间是花在为非洲被压迫民族争取平等自由的斗争中。这是我在他死后，读到了别人给他写的传记时才明白的。

当然，如果像我这样一个没有政治经验的书生一眼就能识破他当时正在帝国的心脏干着为它掘墓的工作，后人也决不可能写出他后来这段历史了。实际上，当我见到他时，他已是一个成熟的政治活动家了。他已经两次访问过苏联，在德国汉堡参加过国际黑人工人会议，并且在柏林进行了一个时期的地下工作，终于逃出纳粹的虎口，到伦敦来"上学"。这段历史居然会瞒过伦敦监视着他的帝国特务，甚至在他被搜查时，始终没有被想置他于死地的人们抓住任何把柄和口实，能在伦敦居住了17年，成为非洲人民要求独立解放的喉舌。当时如果有人把他这段经历告诉我，我想我也不会相信的，而这却是真正的历史记录。

1938年暑假，我离开伦敦回国，此后我从来没有再见过肯尼雅塔了。我已想不起我们最后的一面，我们并没有相互告别过。如果不是由于我健忘的话，在1938年已不常见他来参加我们的讨论班了。这可能是由于他已修业完毕，他的论文这年已经出版；也可能是当时风云日急，意大利的铁骑已侵入非洲的阿比西尼亚，策划着非洲人民大团结的肯尼雅塔看来已顾不得我们这些纸上谈兵的朋友了。我回国之后，每次在报纸上看到非洲民族运动的消息，总希望能见到肯尼雅塔这个亲热的名字。但是一年一年地过去了，没有一点消息。我们在两地过着战时的生活。

1946年11月，世界大战已经结束，我重访英伦。我见到了老同学就打听肯尼雅塔的下落。朋友们都说：真遗憾，他已在几个月前回国去了。我一听到这消息，也无心去问他过去这几年是怎样过的了。"肯尼雅塔回非洲了！"这个消息包含着多少意义，但是对这个消息的下文却都心照不宣。也许那时各人还有各人的设想，在我来说，这是"猛虎归山"。这话在当时说来，确实还早。非洲人民的劫数未尽，这条猛虎回返的不是个平静的青山，而还是个踩在白人脚下的火山。

已经遍体鳞伤的"大英帝国"，对东非这块肥肉还死啃住不放。但是经过了两次世界大战的肯尼亚人民又急不可待要摆脱被奴役的地位。火山就要爆发。肯尼雅塔明白他面对的是什么问题，他的立场是坚定的，也是尽人皆知的。看来他在考虑的是怎样能避免一些这火山的岩浆可能对他祖国造成的损失，让他能从敌人那里接过一个能快一些建设起来的祖国。这当然不是离乡17年，手无寸铁的肯尼雅塔所能自己选择的。殖民地政府在英帝国的支持下正在妄想扑灭人民的怒潮，执行着传统的镇压政策。于是一步一步地迫使肯尼亚人民拿起武器，实行反抗。殖民者无中生有地把这些武装反抗称作"茅茅"活动。"茅茅"是恐怖分子、社会叛徒的代号。真是自己搬起石头打了自己的脚，对"茅茅"的镇压，正如火上加油，搞得这些白日见鬼的殖民者坐立不安。他们把自己激起的群众反抗归咎于众望所归的肯尼雅塔，妄想把他除去之后，还能恢复他们的天堂。1952年11月，以"茅茅"幕后策划者的罪名逮捕了肯尼雅塔，当晚用飞机把他投入沙漠边上的一间特建的小屋里。随后捏造罪证判处7年徒刑。刑满之后还要限制他的行动，实行软禁。

殖民者打错了算盘。肯尼雅塔固然被关进监狱，可是这一关他的声望却更高了。他成了肯尼亚人民命运的象征。人民感激他，把殖民者给他的折磨看成是对他们自己的折磨。火山喷射了，反抗运动如火燎原。肯尼亚人民固然受到惨重损失，但是殖民者却也活不下去，身边不怀着实弹手枪，大街上都不敢行走。他们被孤立在愤怒的群众中间，朝不保夕。历史就是这样进入了60年代。1963年，英国政府被形势所迫，不得不顺从肯尼亚人民的要求把肯尼雅塔释放出来，当肯尼亚自治政府的第一任总理。1964年年底，他被选为肯尼亚共和国的第一任总统。他在垂暮之年亲眼看到了肯尼亚自己的国旗升在自己的国土上。这时他笑了，说出他衷心的感受："这是我一生中最幸福的一天。"

肯尼雅塔从1946年离开英国到1964年当选总统这18年的经历我当时是一无所知的。当我在报纸上看到"肯尼亚总统肯尼雅塔"这几个字时，我倒并不感到惊异。不知怎么的，我总觉得这是件很自然的事。应当出现的事果然出现了。同时我确也怀有过一种奢望：也许在今生还会再见到这位第一个和我握手的非洲兄弟。现在明白这已是不可能实现的美境。他在我有出国的条件前逝世了。

我觉得遗憾的倒不是已不能在他热爱的国土上再和他握一次手，而是我至今对这一位长期来怀念的朋友还没有一个全面的正确的认识。我至今还不能如实地刻画出这个在人类历史上做出过伟大贡献，在非洲土地上成功地建立起一个现代国家的人物。这几年来，虽则我知道他是已经过世了，一直怀着一种想对他再认识的欲望。

前年，1980年，暑假，我们邀请了几位美国的社会学家来讲学。有一位教授在演讲中，提到了肯尼雅塔的名字，是在讲权力性质的转变时讲到他的，而且用另一个非洲的政治家恩克鲁玛作了对比来说明同样是时势造的英雄而走上了人治和法治的两条道路，取得了两种结果。他的大意是说：看来肯尼雅塔头脑清醒，明白他一生的起起伏伏，反映着历史的进程。他最后赢得的威望和权力并不是靠自己的本领取来的，而是作为群众的象征而得到的，所以他利用自己的威望，把已经握在他个人手上的权力转变为法治的权力，也可以说，把人民给他的权力纳入法律之内。肯尼亚至今是个非洲最安定、最繁荣的国家。恩克鲁玛却没有这样做。时势造的英雄想转过来造时势，结果却被时势所埋葬了。

这番话对我启发很大，但是历史的事实是否果真如此，我却不敢贸答，因为我对非洲各国这些年的情形并不清楚。我能说的只是，依我和肯尼雅塔个人的接触中所得到的印象来说，他是有可能这样做的。他确实具有令人敬佩的特长，但他也确实没有利用过这些特长在别人面前突出自己。他并不因自己地位的改变而改变待人的态度。他在侮辱面前不低头，他在荣耀面前不凌人。这些是他以非洲黑人的身份能和来自各国的同学相处而不亢不卑，不骄不谀，周旋自如，赢得众人的敬爱的性格和品质。

斯人已逝。他留在每个有机会接触他的人心头的那个善良的印象是不会磨灭的。

1982 年 2 月 28 日于乌鲁木齐

缅怀福武直先生

犹忆三年前，福武直先生七十庆寿，我未能亲往祝贺，曾托友人赠诗相遗。有句："海外访知己，暮年日益稀。"知己日稀，交情日笃。前年与先生晤谈于东京，恨时间之短促，以在北京再见相约。及时先生果来华，而我却适因事外出，无缘践约。去岁噩耗传来，先生年幼于我而竟先我辞世，伤哉！今年初获若林敬子女士来信，谓先生生前友好倡议集文为纪念，承不弃，嘱为文参与。忽忆前诗，情不自禁，即韵续咏："君竟先我去，羡尔事有继。"

人寿原不应以天年为限。作为生物的个人固然各有其自然的限度，但人之所以有异于其他生物者，即在其天年之外犹有可离其肉体而长存的社会影响，亦即古人之所谓立德、立功、立言：为人师表就是立德，培育人才就是立功，著书立说就是立言。此三者固然都是个人的行为和思想，但一旦为社会所吸收，成为众人之事，就超脱了个人的天年，而得与社会长期共存。先生离世不久，而国内外社会学界同人念念不忘先生的道德文章，各以其所得于先生者发抒新见，著文立论，不仅表达后辈的思慕，亦所以发扬光大先生的成就，扩大社会影响。这岂不是后继有人之明证，怎能不使人羡慰？

我冒昧称先生为知己，实际上直到70年代末才有缘亲聆先生的教导。当时一见如故，友情自溢。何以故？其出于我们两人有相通之处乎？念先生在社会学上的造诣始于在中国华北、华中的农村调查。于大体上相当或稍前的时期，我亦已在中国华东及西南做农村调查。但两人关山重隔，战火弥天，各从其事，无由相识。事后互相对比在立论观点，为学方法上我两人却又何其相近。这岂能说是历史的偶然。

我经常自觉一个学术工作者尽管主观上总是力求独立思考，推陈出新。但盖棺论定，总是难逃于时代的大气候。近代的东方正处于从传统文化向现代文化转型的时期。中国如此，日本亦非例外，迟早和速度不同耳。一个以研究东方社会为职志的科研工作者，不仅其自身的生活，其所接触到的社会和其所关怀的人民不可能离开这个主流。我和福武直先生之所以异地而同流，盖出于同一时代，抱有同一志趣的缘故。

我们都是东方的社会学者，都受到了近代社会科学的训练，都明白只有从在社会中生活的众人的具体行为和思想里才能认识到这些人所赖以生活的社会结构及其变迁的形态和轨迹。这也就决定了社会科学的基本条件是在掌握可以证实的调查资料。在传统的东方，众多的人口聚居在从事农业的村落中，这又决定了要了解东方的社会很难不从农村入手。在这些农村中一般都缺乏现存的可靠的调查资料。于是，亲自从事农村调查成了研究东方社会的学者入门的必修课。这个客观的道理，使福武直先生和我不约而同地都走上这一条从农村调查作为社会学开始入门的路子。

先生的中国农村调查只是他社会学研究的基础。他从中国的农村调查之后接着就跨出中国的范围，进入日本和印度的农村社会研究，更进一步又跨出了农村社会的范围，进入了东方这些国家的社会结构和发展的整体研究。他70年代著成了《现代日本社会论》，80年代又出版了英文本的《当代日本社会》。这些都是从点到面，从基础到上层建筑融会贯通的综合性理论研究，基本上完成了他在社会学方面独到的体系。用他自己的话来说是"实证要受理论的指导，而且要上升为理论，成为实证的理论。科学的正确形态只能是这种实证的理论"。他号召社会学工作者"我们必须要求我们的科学勇敢地面对现实的社会问题"。[1]

从实际出发分析现实社会，用以指导人们解决实际的社会问题也正是我毕生所追求的学术目标。福武直先生在这条道路上用了比我较短的时间而取得了成果。我自己则由于无端损失了20个年头，即使幸而在垂老之年有机会急起直追。但时不再来，凤愿看来已经难偿。而福武直先生一生的成就却替我这类抱有相同志向的人提供了典范，使我们对这条为学之道更具信心。

更值得欣羡的是我上边已提到的福武直先生在60和70年代中培植了日本社会学新的一代。在先生的暮年已看到这大批幼苗茁茁长成材。先生不仅身体力行，建功立业，而且后继有人，使先生所创导之学日见光辉，使后来者得以理解东方社会怎样从传统社会中脱颖而出，为21世纪全球性的社会做出贡献有了指望。在这些方面，我只有心向往之而自叹难追矣。

在我和福武直先生最后一次分手时曾恳请先生遴选10本日本现代社会学的代表著作译成中文，使先生所培植的一代日本学人的著作能不受文字的限制流传中国。不意此事未成而先生已归道山。我诚恳希望中日两国社会学界的同人为纪念先生对两国学术交流的挚深友谊而努力完成此约。

个人的天年总是有限的，但一生所提供予人类的精神贡献，则像播扬在人间的种子，到处会生根苗长。后继有人，我相信福武直先生是可以含笑九泉的。

1990年1月20日于北京

---

[1] 《社会学界的现状与未来》，转引自《国外社会学参考资料》中译本，第56页。

良师与益友

难得难忘的良师益友

闻一多烈士，殉难已经30多年了。

今年是烈士诞辰80周年，他的生前友好、学生、战友，都一直在深切地怀念他，怀念这位"拍案而起，横眉怒对国民党的手枪，宁可倒下去，不愿屈服"的民主战士，怀念这位对我国学术研究和大学教育，对新文学运动都做出过杰出贡献的诗人、学者！

我在青年时期，读过他的那些洋溢着爱国主义热情而又带有浪漫情趣的诗篇，曾经为他的《死水》深沉的愤激所感动，也曾为他那倾诉着一个知识分子良心的《静夜》里的崇高情操，兴起过钦敬之情。

30年代初，在清华园里见到了他。虽无交往，但从他的诗，从他的文章，从他对黑暗现实的沉默中所显示的正义感，看到了一位正直爱国的知识分子的形象。特别是他对神话、传说的酷好，这对当年正在从事人类学社会学研究的一个青年来说，更有亲切之感。

抗日战争时期，我们都在昆明，在一起工作，更有幸的是还曾在一起战斗。无论是在学术研究工作中，或是在民主运动中，他都是我的良师益友。他洒脱的风度，严谨的学风，渊博的学识，平易近人的态度，坦率真诚的性格，追求真理热爱真理的锲而不舍的精神，一直留在我的记忆中，至今仍历历在目。

记得1943年，我在《鸡足朝山记》那篇游记中，触景叙情，对国民党反动统治下一个教书人的生活，写过这样几句话："自从那次昆明的寓所遭了日寇轰炸之后，生活在乡间，煮饭、打水，一切杂务重重地压上了肩头，又在这时候做了一个孩子的父亲。留恋在已被社会所遗弃的职业里，忍受着没有法子自解的苛刻的待遇中，虽则有时感觉着一些雪后青松的骄傲，但是当我听到孩子饥饿的哭声，当我看见妻子劳作过度的憔悴时，心里好像有着刺，拔不出来，要哭，没有泪；想飞，两翅胶着肩膀；想跑，两肩上还有着重担。我沉默了，话似乎是多余的。光明在日子的背后。"有这样的心绪的在当年也许决不止我一人，这是在那个"国家存亡的关头，不能执干戈卫社稷，眼对着一切腐败和可耻，又无力来改变现实的人，最容易走上这消极的路"。

不久，我就应邀去美国讲学，一年之后归来，昆明民主运动在党的领导下，在敬爱的周总理直接关怀下，已经进入高潮。这时的闻一多先生同我出国前的状况也大不一样了，他已经是昆明广大青年热爱尊敬的民主教授。他见到我，立即伸出热情的欢迎的手，同时也毫不含糊地指出我一年前的那种思想："不好！不好！"他说："这往往是知识分子对现实无可奈何的一种想法，我自己过去就有过，而且钻进乱纸堆，就像你们知道的，听任丑恶去开垦，看它造出个什么世界！结果呢？明哲可以保身，却放纵反动派把国家弄成现在这样腐败、落后、反动，所以我们不能不管了，决不能听任国民党反动派为所欲为了。"榜样是最好的引导，他的谦逊而又坚定的声音，发人深省。从此也作为一个新兵向先进的同志学步，并且从学得的一些新的看法，对先前一度浮现过的思念试作清理。但比起闻先生一往无前的坚毅步伐，就难以自宥了，每一念及，着实感到愧疚！

那时间，闻先生已受到党的教育，参加了民主同盟，斗争有明确的方向。在知识分子相当集中而民主阵营中思想又较复杂的昆明，他始终旗帜鲜明，坚决拥护党的方针政策，这无论对我个人说，或对其他朋友说，都堪称典范。应当说，在那白色恐怖的年代，形势多变，斗争尖锐，书生意气常不免犹豫多虑。每当有重大争论分歧时，多以他马首是瞻。由于他在学术界和文坛上都有很高的声望，在中外享有声誉的学府中居有一定的地位，而又言行一致，无私无畏，作风正派，热情诚恳，他的举止也就理所当然地受到广大青年学生和同辈师友的尊重和信任。他在被誉为"民主堡垒"的西南联大和整个昆明，起了别人难以起到的作用，对民主运动做出了重大的贡献。

尽管如此，他却总是虚怀若谷地向比他先行的同志求教，也向共事的朋友和青年学生求教，他一再指出青年是他的老师，是青年人推动他前进。当然，有时他也会同人争论，坚持自己的看法，正确的决不轻易放弃；如果是不对头的，只要真相一明，道理说清，他会无保留地说："你对，我错了！"服膺真理，表里如一，始终不失赤子之心！

有一件事情，如今又浮上心头：在昆明民主运动正待发展时，由于我们几个书生掉以轻心，苦心经营的一个宣传民主的刊物，被坏人一下子篡夺过去了，还公然在反动报纸上刊登"启事"，攻击民主运动。闻先生本来并不具体过问这个刊物，发生这个事件后，他非常气愤，认为决不能任宵小如此嚣张。立即同吴晗同志等邀集有关的人商议，要维护民主声誉，揭露敌人玩弄分裂民主力量的阴谋，还奔走设法在一家地方报纸上刊出声明，使这个被一伙人窃夺后的刊物和借刊物以投机的小政客名誉扫地。闻先生这种坚持原则，嫉恶如仇的精神，使我深受教育。

在抗日战争胜利后发生的"一二·一"运动中，闻先生一直站在斗争的前列，夜以继日，奔走呼号，团结广大师生并肩战斗。当蒋介石屠杀了青年后又装腔作势专对昆明发表什么文告，妄图压制学生运动时，闻先生在校内外各种集会上公开驳斥反动头子的谬论；又奋笔疾书精悍的杂文，描绘了被法西斯血腥恐怖吓昏了的一些知识分子的表现。当蒋介石派遣御用文人来昆明破坏西南联大和整个昆明师生的团结时，他不顾威胁恐吓，义正词严，面对面地谴责那一小撮披着学者外衣的反动政客的丑行，保卫了团结，保卫了民族正气，保卫了

"一二·一"运动的光荣。此情此景，亲历其境的人，除反动分子外无不为之感奋。毛主席在表彰闻一多时特别提到"我们中国人是有骨气的"。他面对阴谋诡计，知难勇进，不畏强暴，爱憎分明，怒斥仗势欺人的帮凶学阀的言词，真是掷地有声，深印人心。

而他同昆明青年也正由此建立了呼吸相通，命运与共的亲切关系，博得了广大青年的尊敬和拥护。万千群众随他的欢呼而欢呼，随他的愤怒而愤怒。他实在是少有的天才的宣传鼓动家，用精炼的诗的语言，满腔的爱国热情，强烈的正义感和坚定的信念，像他纪念"一二·一"烈士时所说的，使糊涂的人清醒过来，怯懦的人勇敢起来，疲倦的人振作起来，而反动派则战栗地倒下去！

他在大庭广众中常作狮子吼，而在座谈讨论或个别接触中，又善于娓娓而谈。研究什么问题，商量什么事情，总是推诚相见，以理服人，从不敷衍塞责，虚假应对。他认为主张民主、反对专制独裁的人，自己首先要有民主作风。他确实是按照新的思想新的标准，在不断摆脱传统的因袭，不断改造多年的习惯。大家信赖他，有事也乐于找他交谈，他也就自然地成为一座桥梁，把组织委托的任务或有关时局形势的认识，通过各种联系的渠道，并用自己的语言，及时转达到群众中去。当时在大学同事中有好些进步活动，多是经由他同吴晗同志等联系的。友朋相聚，认识水平有参差，一般都能畅所欲言。由是内外上下之间，可以声气相通。所以当年尽管生活十分清苦，大家在党领导的民主运动中经受锻炼，精神逐步有所寄托，眼界逐步开阔，从对现实的苦闷中逐步兴起了希望。也许正是由于有了这样的思想基础，又具有爱国主义的传统，中国的知识分子与十月革命时的沙俄知识分子是迥然不同的。闻一多是光辉的典范，他像"一团火"，要把旧社会彻底烧毁。而心中充满爱，爱祖国，爱人民，热烈地向往着必将诞生的新中国！

闻先生一向受人敬重，有一个重要的原因，是他毕生认真坚守自己的岗位，始终从事教学研究工作，做出了卓越的成绩。不管生活如何艰苦，不管国民党反动派怎样威胁恐吓，他都安之若素，贫贱不移，威武不屈。对于自己承担的责任从不松懈。他对学生助手关心爱护又严格要求，对教研工作主张树立自由学风又忌放任自流。他治学谨严，长期治理古代文献，从事考据训诂，吸取近代科学方法，保持了朴学所强调的实事求是的精神。他的贡献早经郭老（沫若）做过中肯的评价，外行自难置一词。不过我清晰记得他同一般考据家很不相同，思路开阔，从不拘泥于本行的范围之内。早在 30 年代初研究神话，就已涉猎到社会学、人类学、民俗学以及精神分析论等等学科的领域。到了抗战时期，正式"以钩稽古代社会史料之目的解易"，"从《易经》中寻出不少的古代社会材料"。又保持着诗人的敏感，赋予古董以新鲜气息，从《易林》中找出了许多诗意。还在《风诗类钞》开宗明义指出过去读《诗经》者多是用经学的或历史的或文学的方法，而他对这本书的读法则是社会学的。他对西南兄弟民族丰饶的传说、神话、民歌、民谣以至艺术服饰等等，都有很大的兴趣，而对于兄弟民族苦难的遭遇，更怀有深切的同情。他多次希望古籍史书的研究能同实际的社会调查相配合，对中国的历史和社会的研究，定能取得更多的成绩，也正因此，他的研究就远远超越于一般考据学家和古文献的研究者了。他曾说过："我始终没有忘记除了我们今天外，还有那两千年前的昨天，除了我们这角落外，还有整个世界。我的历史课题甚至伸到历史以前，所以我研究了神话，我的文化课题超出了文化圈外，所以我又在研究以原始社会为对象的文化人类学。"

他的兴趣如此广阔，钻研又非常认真，一股寻根究底，追源溯本，不弄清原委决不罢休的劲头，受到党的引导，就从本行业务的探索，自觉地进入革命经典著作的学习，而谦谦好学的作风又使他乐与同行交往。事业心，学术的研讨，诗人兴味无穷，身居陋室而风趣横生，虽常饥肠辘辘，依然意兴高逸。有缘过从，受益良多。从来天才出于勤奋，闻先生之所以在诗的创作和学术研究等方面取得精湛的造诣，岂是偶然！

在他牺牲前半年多的光景，由于形势的发展，经他同吴晗同志等的推动，我们曾办过一个刊物。他筹划支持，关怀备至，而对于怎样把刊物办好，更有精辟的见解，认为最重要的是摸透读者的心愿，解决读者的疑难，切忌不着边际的空谈和枯燥无味的说教，尤其不能装腔作势教训别人，这样有理也难服人。要像朋友一样商量共事，平等相待，亲切交谈，有具体事实，又说清道理，才能使人心悦诚服。一个刊物不一定每篇稿子都能如此，但一定要有这样的文章，刊物才会在读者心中生根！语虽寻常而入情入理，感人至深。他自己的文章或讲演，确实达到了这种境界，说理论事，嬉笑怒骂，都与读者或听众"心心相印"。他的文章，不仅文字优美，感情真挚，而且风格别致，不落俗套。

他在不太长的时间里，很快得到万千青年的爱戴，最主要的是因为他坚持跟着党走，斗争英勇，又善于联系群众，鼓动群众一起斗争。同时也因为他具有良好的民主作风（包括文风学风），同群众从感情上建立了亲切无间的关系，相互信赖，相互鼓励。然而，人民所敬爱的好人啊，必然为反动派所忌恨，打击迫害造谣诬蔑，接踵而来，蒋介石集团拥有几百万军队，无数的宪警特务，对仗义执言的一介书生，却惊慌失措，使出人间最卑劣的凶杀暗害手段。因为反动派没有真理，只能搞些鬼蜮伎俩。而他大义凛然，面对极其危险的处境，也不为所动，"表现了我们民族的英雄气概"！

闻先生离开我们已经30多年了。岁月如流，许多光阴虚度。人入老境，往事不免淡忘。但有些深刻印象，却总难磨灭。回首当年艰苦的岁月，目睹烈士为祖国为民主辛勤工作，不辞劳苦，真如敬爱的周总理所表彰的，他是人民"最忠实最努力的牛"。他不仅为人民忠诚服务，而且为人民的事业英勇献身。他是个铁骨铮铮，有骨气的中国人，给我们留下了一个光明磊落，刚正不阿，不畏强暴，正直无私的具有高度爱国主义精神和正义感的崇高形象！

典范永存。我们要牢记周总理的教导，"学习他的榜样"，永远地怀念他！

1980 年 6 月

信得过的人
—— 忆吴晗同志

"千古文章未尽才"。这是郭沫若同志为闻一多全集作序时引用的一句诗。他说："闻一多先生的大才未尽，实在是一件千古的恨事。"我想这句诗对于吴晗同志来说也是适用的。

许多朋友都知道：当年在昆明民主运动中，闻一多和吴晗都是深受青年敬重的民主战士。闻一多被蒋介石反动集团暗杀于昆明街头，吴晗则被林彪、"四人帮"诬陷死于冤狱之中。一代学人，含冤而逝，"实在是一件千古的恨事"。

吴晗同志离开我们已经 10 年了。他的夫人袁震同志也是一位很有成就的史学家，多年病残，也遭毒手，女死儿散，真是家破人亡。如今，党中央拨乱反正，吴晗同志的沉冤也得昭雪，学界是非，文坛功过，重得分明，老晗你可以瞑目了。

吴晗是著名的历史学家，专攻明史，著述甚多，学术上造诣很高，学生时代已露头角。他在解放后为党为人民做了许多有益的工作，而在解放前，更长期在党的领导下，团结了周围的师生朋友从事民主运动，做出了卓越的贡献。这样一位好党员、好战士，竟被诬为"黑帮""反共文人"，是非倒置，莫此为甚！

吴晗同志抗战以前和我同在清华，相识甚早，但彼此过从渐多而成为知己，则是 40 年代在昆明的民主运动中。追忆往事，历历在目。他那光明磊落，爽朗刚直的性格，对敌人英勇无畏的神情，深深地印在许多朋友们的心中，尤其难忘的是他在当年昆明知识分子中所起的作用，自己的感受更深。

当时昆明知识分子比较集中，除少数先进分子，多数人对共产党、对马克思主义都少了解，大家主要是从爱国主义出发，要求团结抗战，民主进步，希望祖国经过抗战能得繁荣富强，但事与愿违，国民党政府消极抗战、积极反共的反动面目日益暴露。破坏团结，压制民主，特务横行，贪污腐化，广大工农惨遭剥削压榨，知识分子也备受摧残，许多人都弄得衣食不周，有的甚至濒于饥寒交迫之境。人们都祈求迅速改变这种状况，又提不出切实可行的办法，就在这国破家危、民不聊生的时刻，伟大的中国共产党给我们指明了方向，开展民主斗争。但怎样根据当时当地的具体情况，把党的号召变成我们大家的行动，要有一些理解和熟悉知识分子的人来起个桥梁作用，把党和知识分子紧密联系起来，吴晗同志在这方面做了大量的工作。

他本身是个知识分子，而且是个知名的教授，长期生活在知识分子之中，熟悉周围的人和事，同大家有共同的语言，便于利用师生关系、朋友关系联系各种类型的群众，传达贯彻党的意图和方针政策，也能准确地把知识分子的生活、思想、感情的发展变化及时汇报给党，供制定战略策略的依据。同时也由于他的学问、文章和行义，在师友学生中有相当影响，组织上充分发挥了他的这些长处，因此他能做别人一时难以做到的事情，起别人一时难起的作用。

在白色恐怖统治下，反动派竭力阻塞党和群众的联系，一般从事教学研究的知识分子是不容易和党接触的，而大家又是多么希望见到党啊！当时大后方的民主运动，在敬爱的周总理的直接关怀下，不断得到发展，有些久经考验的同志相继来到昆明参加指导工作，通过各种方式让我们直接听到党的声音，一些学习讨论活动我们多是经由吴晗联系，有些同志需要有公开身份便于参加活动，找到有关的人都是勇于承担风险的，如华岗同志到云南大学社会学系教书，就是由吴晗同志引荐的，彼此都以能为党做点事情而感到荣幸。

吴晗和进步青年的组织一直保持密切的联系。我看到不少学生都乐于找他"谈天"或出主意，他支持和鼓励了许多青年积极参加学生运动。他是当年昆明青年敬重的一位民主教授。西南联大被誉为"民主堡垒"，其中自然有他的一份辛勤劳动。解放初成立全国青联，他被选为这个组织的领导成员，也正表明他和青年运动的关系。

当时他还花了不少精力，协同组织和青年学生一道，做了团结老一代教授的工作，像张奚若[1]、潘光旦等老师，都同他有深厚的友谊，还有像邵循正[2]、费青[3]、向达[4]等和我这样一些人，都是程度不同地受到他的影响。他同闻一多烈士的亲密交往，共忧患，同战斗，在师生中更留有深刻的印象。

对于一些暂时被认为是所谓不关心政治的知识分子，有的人怕麻烦，不愿做耐心争取的工作，吴晗和闻一多等同志按照党的指示，毅然承担起这样的任务，尽量利用原来的关系，让大家增多联系互相帮助，还特地找了一些朋友，办了《时代评论》周刊，给大家增辟一个说话的论坛，推动更多的人参加民主运动。他们两位生活都很艰苦，仍不辞辛苦奔走筹集经费，开办之初没地方印刷，又是他们联系地下印刷所支持承印。刊物虽然只出了18期就被反动派封禁了，但经过这番努力，的确增加了不少朋友，使敌人更加孤立。吴晗和闻一多同志认真执行党的指示，谦虚诚恳，团结群众，给我们做出了很好的榜样。

以后复员回清华，我们曾在一起组织过关于中国社会结构等问题

---

[1] 张奚若（1889～1973年）：学者、政治学家、教育家，代表作品《主权论》《社约论考》等。

[2] 邵循正（1909～1972年）：历史学家，在蒙古史研究方面有杰出贡献。

[3] 费青（1907～1957年）：费孝通先生的哥哥，著名的法学家，著有《国际私法论》《法理学概要》《西方法律史》等。

[4] 向达（1900～1966年）：字觉明、觉民，笔名觉明居士。中国著名的历史学家、中西交通史和敦煌学专家。

的学术讨论，尽管讨论中有些观点不尽恰当，有的研究水平不高，他从不以高明自居，总是用商量探讨的态度，把多年精湛的研究心得和学习马列主义、毛泽东思想的体会，毫无保留地摆出来，通过讨论引导大家提高学习革命理论的兴趣。从长期的接触中，可以看出吴晗同志不仅对中国历史知识丰富，而且对马列主义也下过刻苦的功夫。他还有一个好的文风，善于用自己的语言明确地表达出所要讨论的观点。文字简洁明快，更是文如其人。

正因为他既讲原则，又有耐心，熟悉情况，又真诚正直，热心助人，所以深受大家欢迎。既完成党所交付的任务，也是大家信得过的人。解放后，他担任北京市副市长，工作十分繁重，大家看到他还兼任着许多社会活动，无论在学术研究上，在文化交流上，或科学普及和通俗读物的组织推动上，吴晗都力所能及地发挥了相当大的作用，团结了一些同志，调动了一批写作力量，还培养了一些人才。"四人帮"妄图把吴晗同志搞臭，真是蚍蜉撼树，可笑不自量。

40多年过去了，吴晗同志含冤逝去也10年了。重新回顾这些往事，思绪万千，他为写海瑞而遭千古奇冤，他的性格却也真和海瑞有些相似；他主张学习海瑞刚直不阿的精神，我们也将深切地怀念他的战斗的一生，而他的学术研究和工作经验，也都有不少内容值得珍视，希望能得到整理和印行！

斯人已逝，音容宛在，老晗你安息吧！

1979 年 2 月 20 日

悼愈老

愈老永息了，他为祖国的革命和振兴，全心全意，忘我地辛勤工作直到九十高龄。消息传来，凡是和愈老一起工作过的同志无不感到突然和震惊。国家的振兴还需要他，民盟的工作更不能没有他，一阵寒风，催他归去，去得还是太早了，怎能不叫我们悲痛。

愈老是我这一代知识分子的良师益友，历来受人敬爱。他固然没有在教室里讲授过课程，但是受到他教益的人遍及海内外。以我自己来说，小于愈老 15 岁，在学生时代就是他所主编的《东方杂志》《世界知识》和他所参与创办的《生活周刊》的忠实读者。这些刊物推动了当时像我一样的千万青年前进的步伐，靠拢革命的主流。愈老在 30 年代初期所写的《莫斯科印象记》开拓了一代人的视野，在他们的心灵深处播下了向往社会主义的种子。愈老在中国土地上日夜劬劳，埋头耕耘，为改变这个几千年来封闭的传统社会为开放的社会主义现代化社会，鞠躬尽瘁，奋斗终身。他不愧是一代师表。

我和愈老初次见面已是在抗日战争结束之后的 1947 年春。我在访英伦返国途经新加坡，愈老和沈大姊在机场接我，一见如故。逗留期中，愈老为我分析国内国际形势，顿开茅塞。回想起来，在解放前的一段时期里我能比较坚定地选定我的立场，这次在新加坡和愈老的会晤是起了重要作用的。

解放后，由于同在盟内工作我和愈老接触的机会是经常的，我有一段时间是在愈老的领导下做盟内的文教工作。他原是革命知识分子的先驱者，对中国从半封建半殖民地转入人民革命和建立社会主义社会的过程中知识分子应起的作用和所有的问题是有深刻的体会和同情的。我多年来愿意致力于知识分子的工作和愈老的启迪和鼓励是分不开的，虽则我在这项工作上没有能做好，有负愈老的期望。

在十年动乱最艰苦的日子里，愈老心中始终关怀着知识分子的劫难，特别是盟内的老同志。林彪反革命集团的罪恶暴露后，愈老在周总理的授意下，恢复了在京民主人士的学习活动，在急风暴雨里，为党的统一战线保住了一线生机。1972年我从干校回京后定期参加这个小组学习会，切肤地感到同志间的温暖，激发了对国家前途的信心。这为我在大局扭转后立即全力投入工作的决心打下了基础。

愈老平易近人，循循善诱，对人推心置腹，体贴入微。勇于拯人之危，善于解人之困。他总是用朋友的身份帮助别人解决思想和实际问题。不居功，不求名，助人为乐。他早在30年代就已参加中国共产党，无时无刻不在为党工作，但从不脱离群众，急人之急，忧人之忧，剖析是非，以理服人。在他公开党员身份之前，竟有许多至交不知他是党员。他完全以至诚感人，取信于人；身教力行，树立模范，使广大知识分子团结在党的周围。他做到了为群众敬爱的共产主义战士，是中国共产党的优秀党员。做人应该做这样的人。

在过去短短的七个月里，我们民盟竟失去了三位领导人，史大姐、华公和愈老。岁月如梭，流光难留。逝者已矣，生者奈何？国家形势大好，但进程中问题众多，正需要群策群力，在党的领导下，一鼓作气，振兴中华。无可否认的，我们盟的组织面临了严重的新老结合，新老交替的问题。带路的同志一个接一个地离开这个队伍，看来事实已证明，我们在这个问题上动手得已经迟了一步。我们只有加快步伐，引进和锻炼新人，接好这个班，才能完成党所交付我们的任务。

愈老遗留给我们的不仅是统一战线的任务，同时更值得我们宝贵的是遗留给我们的为人的模式。我们只有时刻自觉地遵循着愈老所创立的模式前进，才能担负得起他所遗留给我们的任务。让我们化悲痛为力量，在党的领导下，使民盟工作有一个新的开拓。

缅怀先哲，思虑万千，仅以此时此刻的悲思和前瞻来表达我对愈老的哀悼和崇敬，并以此与同志们共勉。

1985 年 2 月 1 日

旅途读巴金《随想录》

昨晨离北京，午前飞抵南京，今天下午动身，傍晚到无锡。无锡是这次南下农村专题调查的第一站，这两天是在旅途中。

今天中午偶然想起曾有写《新中国的一日》之约，一查手册记事，应写的一日正是今天。到了旅馆，吃过晚餐，入睡前写下这几页，以偿诺言。

旅途生活有什么可记的呢？想了一想，值得记下的是在飞机上和火车里看完了巴金的《随想录》第一集。

当我一早离家时，我的女儿问我要不要带几本书在路上解解闷？这是我的老习惯。这次出门似乎过于紧张了一些，到临行前一晚才编完天津人民出版社要我早日交卷的选集，由我女婿整理的行装都没有过眼。经女儿一提，连忙伸手向她要书，她顺手把最近为她女儿买的一套巴金的随笔，塞进手提包里。书薄本小，便于插入口袋，有零散时间都能翻阅。

说来也惭愧，我对巴金慕名已久，但自从在中学里读过他的《家》之后，我并没有读过一本他所写的其他小说。我想我一定曾和他在什么公共场合下握过手，但不记得有任何一次曾和他通名请教，更说不上交谈了。我对他一向有很好的印象，可以用得上尊敬二字。那是从师母冰心女士口上得来的。我不只一次听到她说起这位"说真话的人"。在我一生所认识的人里，肯说真话，而且敢于把真话，怕口说无凭，用黑字印在纸上的实在不多。我按着手指计算，两只手已经够用。

物以稀为贵，人亦应以稀为尊。至于他说了哪些真话，我却没有问过。

我上面说的这段话，也应当可以说是真话，如果我不因潜意识的干扰，记忆不致有误的话，事实是如此。真话够不上，也可说是实话。真话是心口如一，实话是言而有据。巴金自己谦虚不敢自立于作家之林，不称自己的作品为文艺。这是真话，但不是实话。我对文艺不敢高攀，非不好也，而是走不上这条路子。年轻时也喜看文艺作品。在清华住校时，枕头底下老是放着一册袖珍本的《战争与和平》，睡前不时翻出来读几段。同房的那位读地质学的朋友爱看《红楼梦》，我们还时常相互"对考"，一人读上一句，另一人就得接下一句。我那本翻得烂熟的《石头记》是在英国回来时，在船上送了人的。当时估计，既到后方投身抗日，这类书无须跟我了。

从此，我真的没有看完过一本长篇小说，倒并不是冒烽火上前线顾不得这些，而是在后方当教授，柴米油盐已够把业余时间消耗精光，哪里还有闲情逸致来品赏文艺。解放后，新小说我不爱看，旧小说又看不得，所以和文艺也就疏远了。

这次上路带上了巴金的《随想录》，从北京看起看到南京，从南京看起看到无锡。薄薄一小本看了足足有五个多小时。看书的速度没有平时快，不是因为旅途上有干扰，这样完全属于自己支配的时候近年来是不易多得的；而是因为阅读时常常走思出行，引入了自己的重重往事。惊醒时，又得重找移神的断头。这是老相吧，年龄到了，思想难于控制，不易专一了。这自然是个生物原因。看来更切实的可能是这本书写下的好像不仅是作家自己的随想，还把我的思绪也带着织了进去，我身在空间向前移动，而思想却在时间里倒流。真是"芳草茵茵年年绿，往事重重阵阵烟"。

我当然不敢自比巴金。他长我近10岁，永远也追不上他。但毕竟共同经历了三个朝代，而且还同样莫名其妙地从这至今还没有人能说得明白怎么会在中国历史上发生的这20年反常岁月里活了过来。正因为有这一点相同，我们之间有了共同语言。这些语言埋在千千万万的知识分子的心里，很少写成文字。有人不会写，有人不敢写。一有人写了出来，这些人必然感到痛快。痛是难免的，谁没有伤疤？痛得愉快，这些话埋在肚里会发霉，伤人心骨。

巴金是个善心人，他想通过他的笔，把他经历过的那些使他痛心的事，暴露在太阳底下晒晒，杀杀菌，让别人可以不致再受同样的祸害。这番心意令人起敬。但愿他那片心能感动"上帝"，真话发生实效。心有余悸的人自然还会害怕事与愿违。但这是今后之事，事虽难说，善心人终必有善报，是人类想要生存下去不能不坚持的信条。让我为巴金老人祝福。

旅途总有尽头，火车按时进站。车停时，我刚刚看完《随想录》的最后一页。把书插入口袋，睁眼四顾，似乎回到了这个现实的世界。像电视机上扭入了另一频道，音响色彩全变了样。

热闹的场面结束后，回到房里。关上灯，向窗外望了一时太湖的夜景。想起旧约，提笔写下这一天的记事，以此交卷。

1987 年 5 月 21 日写于无锡太湖饭店 2 号楼

梁漱溟先生之所以成为思想家[1]

今天，我能来参加关于梁漱溟先生思想学术的讨论会，感到很荣幸。因为梁先生是我一向尊敬的前辈，是当代中国一位卓越的思想家。我学生时代就读过他的书，虽然没有全都读懂。但梁先生的确是一位一生从事思考人类基本问题的学者，我们称他为思想家是最恰当不过的。

梁漱溟先生在他自己1984年出版的《人心与人生》一书的第27页这样说："我曾多次自白，我始未尝有意乎讲求学问，而只不过是生来好用心思；假如说我今天亦有些学问的话，那都是近六七十年间从好用心思而误打误撞出来的。"

好一个"好用心思"，好一个"误打误撞"！这几句简单的心里话，正道出了一条做学问的正确道路。做学问其实就是对生活中发生的问题，问个为什么，然后抓住问题不放，追根究底，不断用心思，用心思就是思想。做学问的目的不在其他，不单是为生活，不是为名利，只在对自己不明白的事，要找个究竟。宇宙无穷，世海无边，越用心思追根，便越问越深，不断深入，没有止境。梁先生是一生中身体力行地用心思，这正是人之异于禽兽的特点，是人之所以为人的属性。人原是宇宙万物中的一部分，依我们现有的知识而言，还只有人类有此自觉的能力。所以也可以说，宇宙万物是通过人而自觉到的，

---

[1] 本文是费孝通先生在北京召开的梁漱溟先生思想学术讨论会上所作的讲话。

那正是宇宙进化过程本身的表现。进化无止境，自觉也无止境。思想家就是用心思来对那些尚属不自觉的存在，误打误撞，把人类的境界逐步升华，促使宇宙不断进化。

我正是从梁先生的做学问和他的为人中，看到了一个思想家之所以成为思想家的缘由。他的思想永远是活的，从不僵化。他可以包容各种学科，各科学说，从前人用心思得到的结果中提出新问题，进行新思考，产生新学问。环顾当今之世，在知识分子中能有几个人不惟上、惟书、惟经、惟典？为此舞文弄笔的人也不少，却常常不敢寻根问底，不敢无拘无束地敞开思想，进行独立思考。可见要真正做一个思想家，是多么不容易。正因为是物以稀为贵吧，我对梁先生的治学、为人，是一直抱着爱慕心情的。

我原本想就梁先生用心思打撞的问题提出一些我自己不成熟的看法。但这几个月来一直没有坐定过。因此这次讨论会上我不能提出论文来求教于梁先生和诸位到会的学者，请予原谅。我只能利用这个机会表达我为什么爱慕梁先生的心意。我认识到他是一个我一生中所见到的最认真求知的人，一个无顾虑、无畏惧、坚持说真话的人。我认为，在当今人类遇到这么多前人所没有遇到过的问题的时刻，正需要有更多这样的人，而又实在不可多得。什么是文化，文化不就是思想的积累么？文化有多厚，思考的问题就有多深。梁先生不仅是个论文化的学者，而且是个为今后中国文化进行探索的前锋。限于我本身的水平，我对这位思想家的认识只到这个程度，仅能提供与会的朋友们、同志们做参考。我也想利用这个机会，为大家庆祝梁漱溟先生从事教育科研 70 周年和 95 岁寿辰表示祝贺。我敬祝梁先生健康长寿，为中国思想界做出更多的贡献。

1987 年 10 月 31 日

论梁漱溟先生的文化观

这次研讨会的主题是"中国宗教伦理和现代化"。我们很想邀请梁漱溟老先生亲自参加和大家见面。他曾表示同意,但究竟年事过高,行动不便,不易承受车航之劳。为了表示支持这次会议,他特地作了一次发言,要我们把录像在会上放映。我想就梁老先生的思想说一段话,作为我在这次研讨会上的发言。

我这里所说的梁老先生的思想并不限于他这次发言。这次发言只表达了伦理是中国文化体系的核心,也可以说,这是他整个思想体系的核心。关于梁老先生的思想体系在座的学者都是熟悉的,我们在放映他的发言前也作了简单介绍,毋庸我在此重复。

我今天想讲的是他的文化体系论,这使我联想到社会或文化人类学里的文化格式论。梁老先生认为西方、印度和中国存在着三种文化体系,各自从不同的对人生的态度出发的。由于不同的人生态度形成了三种不同的文化体系:不断追求人生欲望的西方文化,否定欲望、回头向后看的佛教文化和肯定人生、调节欲望的儒家文化。我并不想去讨论他所作出的文化体系的分类和分类的内容,只着眼于文化分类本身而把这种企图联系到社会人类学中的文化格式论,并加以比较。

文化格式,cultural pattern,这个概念是美国人类学者 Ruth Benedict 在 1934 年提出来的。她认为生聚在一起共同生活的人群在长期历史过程里所形成的生活方式自成体系并具有其特殊的格式,所以称之为 cultural pattern,中文里可译作文化格式。比如,她在美国西南部 Pueblo 印第安人中分辨出 apollonian（宁静型）和 dionysian（放纵型）不同格式的文化。文化格式论以及和它同时的文化功能论等西方人类学者都是批判了前期的文化传播论的理论而产生的。它们都把文化看成一个各部分有机结合的整体，即所谓整体观点 holistic view。而文化传播论则认为一个文化中的构成部分是并无内在联系的一堆文化零件（cultural trait）。文化格式论和一般文化功能论的区别是它进一步认为不同的整体各具特性。有如每个人都有其个性，一个地方的人群有他们地方的特性，一个民族有它的民族性，一个国家有它的国民性等。

我从整体加特点的文化观上把梁老先生和 Ruth Benedict 联系了起来。这是我主观上的联系，并不包含他们两人的思想有过接触或有过相互影响。他们可说是独立起源的。论年龄梁先生幼于 Benedict 6年（Benedict 生于 1887 年，卒于 1948 年，梁先生生于 1893 年，至今健在）。但是梁先生的思想成熟得较早，他的《东西文化及其哲学》是 1919～1920 年讲的，而 Benedict 的 *Cultural Pattern* 一书是 1934 年出版的，相差十多年。他们两人的学说盛衰的时期也不同。梁先生的东西文化论是 20 年代中国思想界的热门，30 年代已转入低潮，40 年代隐退，50 年代受到批判，80 年代重又受人注意，当然还不能说是热门。Benedict 的 *Cultural Pattern* 在 30 年代中期推出，40 年代因出版了提出日本文化格式的《菊花和剑》（*The Chrysanthemum and the Sword*，1946 年）而风行一时，受到了美国海军部的重视，资助她开展所谓"文人资源"的研究（human resources studies），参与的学者有 120 人，可称为高潮。但自从她去世之后，也就偃旗息鼓了。

他们两人的学说固然有上述相同之点，但还是各成一家的。由于他们学术的兴趣和训练不同，接近及进入这个文化分类问题的角度也不同。梁先生是从对人生应取什么态度的伦理问题上起步的，他有过一段皈依佛教的经历，从自身的体验中进入文化的研究，发现三种不同的文明各有其不同的人生态度。强烈的爱国感情和责任感，使他追究中国文化的出路而提出了这三种文化体系有其发展上的客观顺序，中国和印度的文化没有按这客观顺序进行，出了问题，所以要回头接受西方文化。但是人类最后要落实到肯定人生、调节欲望的儒家文化。

Benedict 早年原是研究文学的，然后通过民间传说及民俗的研究进入社会人类学。她所熟悉的是在文化中活动的个人，具有不同性格的角色。个人如此，文化是否也存在不同的性格？她在研究美国印第安人时就被不同部落间人们气质的差别所吸引住了。有些部落比较豁达，有些比较拘谨。这些气质表现在生活的每个方面。她文学的底子使她想起希腊神话里的太阳神和酒神的性格，因而就借用这两个神的名字来表示不同印第安人部落的特点。这些不同气质是怎么产生的呢？她并不像梁老先生一样从人生态度上去寻找根源，而从人的心理基础上找原因。依她看来，人的心理基础原本是相同的，但各个民族集团依自己历史条件从这基础里各取所需地发展它的格式。而且一旦形成了独特的格式，也就会按这格式去挑取和吸收外来的东西，排除其不相适应的东西，因之她不认为各格式间存在发展的顺序。这是 Benedict 和梁先生所见不同之处。

我主观上就这两人理论上的相同处而把他们联系了起来，我又怎样去理解这两人理论上的同和异呢？我喜欢把这些曾在社会思潮中出现的理论联系到大社会的变动过程中去看它们发生的原因。我想在这里附带说一说。

这两人的思想都是第一次世界大战后的产物。经过这次世界大战，居住在不同地区的人们原有的那种可以关起门来独自生活，至多只和外界交换一些商品的日子已经一去不复返了。生活上实际已经休戚相关的各地居民由于过去自生自长所形成的生活和思想方式却还很不一致。这些差别阻碍了他们和平共处，产生了威胁到他们生存和发展的一大堆问题。这些问题引起了反应较为敏捷的思想界的种种思考。就是这种世界新形势使太平洋相隔两地的学者前后提出了基本相同的对文化的观点，这些观点对照过去的时代来看显现了易见的区别。最突出的是他们的文化整体观点。

在第一次世界大战之前，中国早已和西方接触，当时对西方文化的权威性态度是"中学为体、西学为用"[1]。这是一种文化可以零售的看法。第一次世界大战之后的五四运动批判了这种体用分离论，看到西方文明和东方文明都是体用一致的整体，各有其"体系"。梁先生认为中西文化的区别是体系之区别。他进一步探索区别的关键而发现了不同的人生态度，因而推出了《究元决疑论》，发展成有系统的论著《东西文化及其哲学》。

令人深思的是中国在 20 年代和 30 年代"五四"反传统精神取得了初步胜利后，在文化理论上并没有出现新的突破。梁先生这种从哲学入手归结到儒家的复兴论，尽管在其本质是属于全面接受西方文明才能回到儒家的人生态度的迂回战略，但是由于表面上被视为为儒家辩护，难于为反传统思潮所接受而不得不退居冷宫。解放后"一面倒"的政治力量，尽管在文化观上是"全盘西化"的性质，但西化中又被分出了两性或两姓，而把梁先生的理论不求甚解地摆进应加批判之行列。这是梁先生学说未能进一步通过学术上的辩论而得到完善的历史背景。

世界进入 70 年代，梁先生的学说被西方研究中国社会历史的学者从书堆里发掘了出来，针对西方文化的危机而引起了注意，又为许多在国外的华人学者的申引发挥，引出了"新儒学"的诞生。出口转内销，梁先生的旧著在 80 年代又得到重版。梁先生在耄耋之年整理的旧作《人心与人生》也出版问世。

---

[1] 中学为体、西学为用：是 19 世纪 60 年代以后洋务派向西方学习的指导思想。"中学"指以三纲五常为核心的儒家学说，"西学"指近代传入中国的自然科学和商务、教育、外贸、万国公法等社会科学。

梁先生的思想又一度得到思想界的重视，也不是偶然的。经过 30 年的"一面倒"，在实践中认识到"全盘西化"是不可能的。全盘接受西方资本主义国家的文化固然不行，全盘接受西方社会主义国家的文化也行不通。从而觉悟到要实事求是，就是要从原有的基础上，采取群众能接受的办法，逐步改革传统的社会和文化，中国才能存在于现代世界，发展成先进国家，并建立一个和平繁荣的世界秩序。在这个历史关头，对人类文化的本质，各国各地文化之所以有异同，在发展过程中怎样互相对待，又怎样推陈出新，都是亟待解决的问题。因此，在 20 世纪末，文化观的研讨势必兴起新的高潮。梁先生的理论是 20 世纪初期的产物，经过半个多世纪的考验，尽管其中有许多值得讨论的地方，但作为提出问题，提出观点的先锋是值得我们后辈敬仰的，正如他自己在《人心与人生》的结语中所说："当全人类前途正需要有一种展望之际，吾书之作岂得已哉。"

我从梁先生的发言联想到 Ruth Benedict。我对美国的社会人类学隔膜已久，我不知道她的学说后来有什么发展。我的联想本身表明了我对西方社会人类学的期望。在当今的世界上，文化传统不同的人们已经生活在一个分不开的经济体系里，怎样能形成一个和平共处的世界秩序，应当是社会人类学或文化人类学当前的热点问题。我盼望由重温梁先生和 Benedict 的学说而促使我们面对现实，多做贡献。

谢谢各位。

1988 年 5 月 22 日

逝者如斯而未尝往也 [1]

　　一个老朋友告别了我们,活着的人有点恋恋不舍,怀念他,友情也还要继续下去。楚老临终的时候有遗嘱,不要开追悼会,不要举行什么仪式。我们尊重楚老的意见,但是总觉得心里有些话,需要大家聚一聚,谈一谈,感情方面才可以稳定下来。我们今天开这个追思会,意思很深,不是追悼的意思,不是光觉得悲伤,而是怀念他,有什么话说一说,使我们还活着的人心里清楚一点。

　　我是 1941 年在昆明开始和图南同志结交,到现在已经将近 60 年了。在这个漫长的过程中,有一个突出的特点——当时我记得的他,同最后我看到的他,印象没有变。在我心目中,图南同志的形象在近 60 年时间里没有改变,这个特点我觉得很有意义。

　　我们处在这么一个大变动的时代,世界在变,个人之间的关系在变,人生舞台上各种各样的架式都有。其中能够保持一贯的,我初次见面得到的印象保持到最后都不变的人,不多。这么多年过去了,图南同志却是一贯的,不管社会怎么变,他一直都是我忠实的朋友,一个可靠的朋友。我很敬慕这样一个人,能做到像他这样的一个人,我自己也就满意了。他的故去,可以说是"无病而终"。当然,这里说的"病",意思不一样。九十几岁的人,达到了自然规律的一个界限。早上起来还吃饭,坐在那儿默然而息,生命告终了。这个事很能代表他

---

[1]　本文是费孝通先生在民盟中央的"楚图南同志追思会"上所作的讲话。

这一生。我们交往了近60年，他始终如一地走过来，不给人突然的感觉。在这样一个大动荡的社会里，这不是一件容易的事情。

图南同志在东北的时候，曾经因为做党的工作坐过牢。他从来没有对我讲过这一点，我最近才知道这个事情。他没有因为为党工作受过打击而改变自己的态度，工作顺利时是这样，被抓之后也是这样，始终如一。在惊风巨浪里，我们的情绪，做事情的态度，对人的态度，都容易因为境遇变化而改变，图南同志却能坚持60年不变。

他比我大10岁，是我的上一辈。现在回想起来，比我大10岁的很多老师们，我的前辈中的知识分子，的确有一个劲儿，这个劲儿现在似乎不太容易见到了。最近几年里边，我写了不少纪念我的前辈的文章，出了一本书，叫《逝者如斯》。我是在想，能不能把我上一代的这些学者怎样做人写出来，让人们知道一点。我想到了很多人，不熟悉的不说了，我所熟悉的就有潘光旦先生、曾昭抡先生、吴泽霖先生，都是我们民盟的同志。我所熟悉的这些上一代老师们，都有相同的这么一个劲儿，一以贯之。就像图南同志，从大革命时期就跟党走了，这么多年，他的信念始终不变，对人对事的态度也不变。我同他在盟内一起做事情，1957年以前搞知识分子问题，他是文教委员会主任，我是副主任，在他领导下做事情。从那时起到后来，我的处境变化很大，一会儿挨骂，一会儿受捧，可是图南同志对我的态度没有变，从开始到最后始终一样。

前一段，我和他都在北京医院住院，房间相隔不远。我出院时去看他，他对我说了三句话，说："中国还需要你，世界还需要你，你还得好好保重。"他的话让我很感动，他寄希望于别人，不为他是自己的朋友，而是为了国家，为了人类，这是他考虑问题的出发点。图南同志能在几十年里不变初衷，就在于心中无我，不是"我"字当头，而是有更大的目标，为人民服务，为全世界人民努力建设一个美好的社会，我们叫作共产主义。他就是从这一点出发来对待别人，对待自己。

这一点，我想他是做到了。

图南同志后来说，在他身后不要开纪念会了。这是因为，他的事业还在继续。孔子说这是"逝者如斯"，苏东坡《赤壁赋》里接下加了一句话，"逝者如斯，而未尝往也"。事情是过去了，可是并没有走，还在。人就是这样，我们都是这个世界里的过客，最长不过九十几年，100年就很少了，我认识的只有一个孙越崎[1]老先生。大家迟早都要走上逝者之路，相差无几，这是自然规律，都会像流水一般过去的。可是应当看到也有不变的东西，这就是共同的信念，是具有共同信念的人和人的关系。现在很少有人讲这个事情了。今天纪念图南同志，我又想起这个问题，想讲一讲，提出来。

现在，我们都处在社会的大风浪、大变化里边，很少听人讲到人的修养问题，但这还是一个需要讲的大问题。刘少奇同志写过《论共产党员的修养》，讲共产党员要有修养。我们民盟盟员也有一个修养的问题，一个人怎么对待别人的问题。有修养的人，不是在得失之间做选择，而是在对人对世界的贡献上考虑自己的行动。这一点，存在着我们同资本主义文化的一个根本区别。资本主义的价值观念，是以理性的个人的打算为出发点来考虑的，用理性来权衡得失。共产主义的基本思想是从社会的利益来决定个人的行为。从个人出发和从社会出发，是对于人生处事的两种基本不同的看法。我觉得，中国文化的底子是有社会主义的本质内容的。它不倡导从个人出发，而总是以集体为权衡的导向，至少也是从一个家庭为出发点，而要求推之于国家和天下。这种从群体出发的文化生生不息地传下来，它是超越于个人生死的。我们有这个底子，从一个小的孤立的社会里边向外延伸，到将来扩大到全世界、全人类，这不就是共产主义。

---

[1] 孙越崎（1893～1995年）：我国现代能源工业的创办人和奠基人之一，被尊称为"工矿泰斗"。

在这个过程里边，我们怎样对待自己，对待别人，还得着重一个自我修养的问题。我想，图南同志能这样无疾而终，能走过这样剧烈变化的社会而一贯地坚持一个信念，保持一个始终如一的形象，至少在我心目中存在着这样一个不变的形象。这形象是他从坚持不懈的修养中得来的。他的修养似乎是无形的，其实处处表现在他的一举一动一意一行之中，从他的书法就可以看得清楚。他这一手具有浑厚朴实的那种不同凡众的好字是经过勤学苦练、千锤百炼、锻铸成的。看到他写的字也就明白他的为人，坚持真理、忠厚待人、无私忘己的高风亮节。我以在这一生中有这样的一位朋友而自幸。他是我的一个想追赶而总是赶不上的活榜样，一个不趋时、不趋势一以贯之的榜样。

1994 年 7 月 7 日

老来缅怀胡耀邦同志

此时此刻胡耀邦同志离开我们已足足有 10 个年头了，我到江西共青城凭吊他的墓地也已是 5 年前的事了。我自己实际年龄也已进入了九十大关。此时回顾自己坎坷的一生，到老来还能亲眼看到我们民族复兴的曙光，实在是件梦里都不敢企求的幸事。想到许许多多先我而去的良师益友，我怎能不珍惜我这难得的命运。一念及此，我更不能不想起我尊敬的耀邦同志了。

我总是认为，在我一生经历的转折点如果没有耀邦同志的英明果断、力排狂澜，我们这一小撮"毛选里有名的六教授"，绝不可能这样容易破冰山而重见光明的。我能有今天就不应该忘记耀邦同志对我们的这段恩德。

在 1980 年以前，我应当早就认识耀邦了，但是实际上除了见面时点头握手外，并谈不到相识和相知。在我回忆中初次说得上真正交心的是在 1980 年我得到改正之后，也就是说在我第二次学术生命的初期，确切的日子已不记得。有一天我正在民盟中央客厅里和盟内的同志们谈话，突然通知我们来了一位不速之客，一位党中央的领导同志。见了面才知道原来是耀邦同志。他当即声明这是他一时兴起来看望大家的，想顺便谈谈。我至今还清晰记得就在这次会见时，他说了"民盟是个党外知识分子的政党。这些知识分子第一是爱国的，第二是学有专长的，第三是为人正派的"。他接着说，"我们就希望能发挥这些知识分子的作用，同我们合作，成为复兴中国的一个力量"。这段话当时并没有用笔记下来，更没有录音，但口口相传，至今在老盟员中几乎念念不忘。

我还记得当时大家就议论开了，认为这可以说是一锤定音为民盟定了性。而且提出了民盟作为一个民主党派应该做些什么。我们特别感到高兴的是说盟员为人正派，因为当时正盛吹"宁左勿右"的风。提出正派做人的标准正切合时宜，和当前讲正气联系起来，不是更能发人深省么？

由于我最近参加了一次统一战线理论的讨论会，我又想起了耀邦同志那次乘兴访盟一事，所表露出当时党盟间那样亲密无间的关系，使人神往。在上述的谈话中耀邦同志那样轻松、平易地表达了统战的目的和方针，更是难得。耀邦同志这样说了而且也这样做了。在这里不妨用一段我自己的经历来加以说明。

我想到的是耀邦同志在1983年11月3日看了我所写的那本《小城镇 大问题》小册子之后随手写下的一段话，后来被说是他的批示，其实是读后的一点感想，并不准备给我看的，而是为了想推荐这本小册子给党内的一些同志看。不久，当时中央统战部的负责同志看到了，特地通知我到部里去看一看，当我读到了耀邦同志写在我发表的这篇文章上的话时深受感动。现在回想起来，可以说对我其后20年的生命起了决定性的作用。后来《瞭望》的编者打算出版一本《小城镇四记》，收入这篇文章时，请示了耀邦同志，同意把这一段话的一部分发表在这书的前页，得到公开。

这篇《小城镇 大问题》的文章是我在1982年9月20日在江苏家乡调查时写的，回到北京后印成了一本小册子，分发给当时全国政协的朋友们作为参考。我并不知道它怎么传到了耀邦同志的手上。后来听说，他有一次有点感冒，在家休息时无意中看了一遍，他阅毕在小册子上顺手写下了自己的感想，表达了他的真情实意。就是这点坦心置腹的话感动了我。耀邦同志认为我的这篇文章可以给人启发。他更以实事求是的态度，虚怀若谷地说出了小城镇这件事对当时党内的许多同志还是个新问题，他自己也不过是"蜻蜓点水"偶有接触，还没有深入，因此还不忙着决策。他还用反思的口吻说，如果情况没有摸透，考虑没有成熟，"硬着头皮去干……必然成不了功"，而且会"吃苦头的"。这些话出自主持大政的领导同志之口，我认为值得作为一个认真负责的榜样。最后他认为这篇文章还"值得一看"，因为它可以"给人以一定的思想启迪"。

我当时并没有想到我这篇文章会到达耀邦同志的手里，也没有想到他会愿意在百忙之中把它看完，而且还要推荐其他同志们看看。他也不可能想到他这短短几句话却打中了我这个知识分子的心，真的做到了古人所说的"人之相交，以心换心"。而且又悟到了这正是统战工作的真谛，做到了周恩来总理一再强调的要党的领导同志多交几个党外朋友。

后来我越是接近耀邦同志，越是对他更为尊敬。我感激他不仅在关键时刻给了我这一生中的第二次学术生命，而且以身作则地教导了我怎样做一个党的朋友；怎样用自己的专长为人民服务而乐此不倦。我愿意老来纪念耀邦去世 10 周年时，记下我这一段经历和我对他感激的心情。

2000 年 1 月

第三辑

风范与风物

物伤其类

——哀公遽

"云遽死了！"这几个字到了我手上。

他不是愿意死的人，更不是愿意这时死的人。他不怕活，生活对他虽则这样苛刻，这几年来狼狈得够他受，可是他从没有和我一般埋怨过"多此一举"的生命，死却偏找着他。多少人应该死的不死，多少人愿意死的不死，老天不公平到这样，我还有什么话可说？

满怀不平想申诉，可是举目没有半个了解我的气愤的人，郁积得受不住，只能悄悄地围上项巾 [1]，离开这木庚院。早春稀有的冷风，吹在却尔思河面，解冻未久的微波在发抖。

好像是民国二十九年，似乎也是这个天气（我的记忆这样模糊），在呈贡三台山上，听吴文藻先生说起，城外有个魁阁，魁阁里有位陶先生。当时我们在山顶远远望去，在一丛松林里，隐约有个古庙。湖光山影，衬出夕阳缭乱里的归帆。找到这地方去住的，定是个不凡的人物。云遽本是个诗人，血里流着他阳湖望族爱美的性格，尽管他怎样对他天性遏制，怎样埋头在数字或逻辑里，但人静酒后，娓娓话旧时，他那种不泥于实际，富于想象，沉湎洒脱的风致，就很自然地流露得使人忘却眼前一切的丑恶。那天不知为了什么，没有去找他，新婚的人也不会欢迎这近晚时的生客。

---

[1] 项巾：围巾。

有一天，我从呈贡赶晚车回昆明，好像是有一点微雨，人都挤在停在站上的车厢里等待那永远不守时刻的阿迷车。在我身旁坐着一个穿着咔叽布[1]短裤，褪了色的呢帽，衔着烟斗，眉目鼻子挤在一架近视眼镜周围的中年人，他忙着招呼一群女孩子，说话时有一点口吃，但是北方音咬得很准。不久，在那群说广东话的女孩子里有一个叫着他的名字："云逵。"我有一点不相信，这就是住在古庙里度蜜月的不凡的人么？我有一些迟疑地伸出了手："这就是陶先生么？"他那多肉的手掌，又使我感觉着一点异样。

其实，这并非我们初次见面。他提起了，我才记得，远在10年前，我在清华，认骷髅、量骨头、杀兔子的时候，他曾到我的实验室里来参观过。这时他刚从德国回来。在中国研究体质人类学的，他是很少人中的一个先进。我在这试验室里，因为无聊所以在东安市场弄了个香炉来，逢着心里闷的时候，就烧香。白骨满桌，香烟缭乱，另有一番滋味，尤其是在半夜月明的时节。他进门来，我是个小学生，老师带着此贵客，见面之下，有一点窘。谁知道他并没有考问我散乱的统计图表，只用着我听不懂的德文和老师讨论着他们的问题。临走时，抚摸了一回这个毫不古雅的香炉，向我笑了一笑。这一笑我还记得。

在车上，我们两人就攀谈起来，话从海外说到天边，一直到车到了昆明，才重又听到耳边还有广东的莺声。分手后，健忘和疏懒的我也就记不起去魁阁找他的约言了。后来听说他太太回广州湾去了，他是否在古庙里，我也没有打听。

隔了又不知多少日子，我知道他加入了云大社会学系。因为在一起做事，所以后来差不多天天见面，他那时已搬来学校里住，靠医学院的一间矮房里。太太是走了，他的房间乱得和我在大学里念书时的宿舍相似。我一进他的门，他一定要忙着找茶具，把床上的被向里

---

[1] 咔叽布：加厚的全棉布，一般用于夹克、工作服等。

一推，似乎很抱歉，一手搔着头，摇了摇："怎么办？"一忽[1]，很坚决地说："不管它。"这是他，他不像我那样安于糊涂散懒。他的性格多少有一点和我相同，可是他却偏不肯承认他的性格，而且永远在想和他的性格反抗。我好几次和他说："我真不明白，为什么你不弄艺术？诗、画、音乐，也许除了跳舞，都是你的专长。不，你一定是名角，若是你上了舞台。你偏要死劲弄科学。中国少了个特出的艺人。"他有时也承认："我父亲是个画家，可是，我就不愿意像我父亲一样。"——"一个研究遗传的人说这话！"我接着顶住他。他笑了，使我想起抚摸香炉时的一笑。他没有话时，就来了这老话："你自己呢？"大家是人，顺了风张篷，有什么意思？人总是不服气的，总是要找个最狠的仇敌，而最狠的仇敌决不在外，就是自己。魂灵最怕安定，除非有了个永远也克服不了的对象，生活才有重心。这也许就是云逵所谓"力人"。不论人家怎样不了解他，他是在实践这理想，在向他遗传争斗。

我在这种精神上自知比他差得远。他能在新婚不久，把太太送走。他能躲在象牙塔里安享尊荣，偏要深入弯荒。他能好好活下去，偏在这时死去——似乎有一个力量在推动他。这是，我若没有错解他，否定现实，在否定中创造新的境界。这个精神在我们自己的传统文化里已经断伤殆尽，差不多已完全丧失了。顺命安分，走近路，满足在低级的团圆上。航海探险在中国历史上是罕有的奇事，三宝太监下西洋，唐僧上西天，都值得编成神话。在别人实是家常便饭，英国人中很少没有亲戚朋友在海外；美国到了无险可探时，还会在高空里走绳索，否定安稳，不服命运；在中国这些是荒唐，多少人为宝玉惋惜："何必自苦？"云逵这种人在中国是不会长寿的，他生错了地方。

那次敌机轰炸昆明文化区，他那间陋室恰巧在炸弹旁边，炸起来

---

[1] 一忽：犹一会儿。

的土把它堆成了一个小丘。他来找我们时，我们的门面也已经认不清。我们相见之下，大家觉得很轻松："等得很久了，我们可以变一下了。"现在看来，我们得感谢这些敌机。如果没有这次轰炸，我们的研究室也决不会搬下乡，大家的生活也不会和工作打成一片，连现在这点成绩也不会有。这是云逵，不是别人，把我们的研究室安置到了他曾经住过的古庙中去，魁阁也从此成了我们研究室的绰号，饮水思源，我们怎样能忘记云逵？

云逵是从德国人类学家 Fisher[1] 大师门下出身的。德国学派和英国学派有很多地方刚刚是针锋相对。前者注重历史、形式、传播，从各方法的相异之处入手；后者注重现代、功能、结构，从各方法的相同之处入手。德国学者不肯相信文化不过是满足凡夫俗子平常生活的工具；英国学者却不愿相信文化是有它内在发展的铁律，是天地精华的不住外现——我并不想在这里申引两派文化论的差别，只是想说云逵和我二人师承不同，因之见解也有不同。因为我们在基本出发点上有些不同，所以讨论时也更显得有趣味。有人误解魁阁，以为它是抄袭某某学派，其实在它刚刚开始的时候，就是一个各学派的混合体；而且在经常的讨论中，谁都改变了他原来的看法。我们在讨论会中，谁也不让一点人，各人都尽量把自己认为对的申引发挥，可是谁也不放松别人有理的地方，因为我们目的相同，都在想了解一点中国社会和文化的实情。云逵住在龙街，我在古城，离魁阁都有一点路程，可是不论天雨泥泞，我们谁也没有缺席过。云逵常和我说："我们不是没有辩得不痛快的时候，可是我实在喜欢这种讨论会。"我也和他说同样的话。

中国人不很容易赏识"相反相成"的原则。我们听见和自己不合的意见，总会觉得人家和自己过不去，因之影响了交情，甚至互相中伤，形成了党同伐异的风气。我知道我自己也不免受这传统的遗毒，

---

[1] Eugen Fisher: 中文译名为欧根·费雪尔，著名人类学家。

但是在和云逵相处的四年中，我实在领会到"反对"的建设性。当他离开云大时曾和我极诚恳地说："我确有很多时候气你，但是我们的交情也就在这上边建筑了起来。"我是明白他的，他是个要求丰富生活的人，生活要丰富就得有一个可以时常找到和自己不同见解的人在一起，这样才能引得起内心的矛盾，有矛盾，才有新的创造。他是我的畏友，我爱找他谈，就因为我们不会在离开时和见面时完全一样，不会没有一点新的领悟，不会没有一点新的烦恼。他是明白学问的人，为什么中国明白学问的人就不易长寿？这是我永远不明白的。

在魁阁的一年多中，我们的相知不仅是在学理上，我们在生活上也有深刻认识。我永远记得，当我孩子在艰难中出世后，他第一个来看我们。他用鼻子闻，用手抚摸："这是人间最美的，孩子的气息。"第二天他写了一首诗给我，可惜我已背不上来。爱孩子的人才明白生活的艺术。他时常偷偷地看我的孩子睡时的安静，无邪的天真。有一次我在孩子身边抽烟，他很严肃地要我把烟灭了。"对孩子不好。"云逵懂得爱。在他不自觉的小举动里，我看他时常会忘记自己。可是他自己的孩子却并没有在他眼底长大，这是他的憾事。

提起他的孩子，我怎能忘记和他一同从大理回来的一幕？他知道我的历史，我们谈话中，他总是极小心，绝不提起我的往事。那是因为他知道假如他是我的时候，他会怎样难过。谁知道他所要避免加之于他朋友的感情，却会成了他自己的经验，而且更加重地降到了他最爱的人身上。他若有知时，恕我提起这一段最好能忘了的创痕。

在大理时，我们一同到街上去买小皮袄给孩子。他突然和我说："我总觉得很对不起我的孩子，你知道我是最爱孩子的，可是不知为什么，我总觉得我忽略了我自己的孩子。"虽则我们离家只有20天，有家的人，大家有些想家，归程的一路，在汽车里聊天，都是些有关太太和孩子的琐话，谁知道这时他的孩子已经急病死了呢？我们到翠湖东路时，还不知道出了这事。他那时住在玉龙堆，几步路就可以到家，但是招待我们的朋友却拉住了不放他回去，要他吃了饭再去。他们知道了这悲剧，不敢说，偷偷地把这话告诉了我。他一直被蒙蔽着，还要和我说尧尧不知道好不好。他又说，买小皮袄时，他不知为什么想不起尧尧的身材来，好像没有了，空虚了一般。我听着，实在受不住，想哭，又不能。所以我拉着他说："我们先去你家看看吧。"一路上我说了很多无聊的话，想瞒住他，可是我的神色和举动引起了他的疑心。一到家，房里没有灯，同居的朋友从楼上匆匆忙忙地奔下来——

"尧尧怎样了？"

"没有，没有怎样，你上来说。"

"完了，他死了，一定死了。"他哭了。这是我第一次看见他痛哭。我呆着，直说："哭，痛快地哭！"可是他还是收住了："不要紧，我受得住。"眼泪却直流。我扶着他下楼。他和我一遍一遍地说："我对不住他们。"——一句沉痛的话。

云逵经了这次打击，有一点变了。可是我常在乡下，他在城里，相见不多。有一次他约我一同到女青年会去找他太太。他太太刚在弹钢琴，我们不愿打断她，轻轻地坐在她背后听，好像暴风雨方罢，有一点严肃和惨淡，有一点不自然的平静。我心上一阵阵冷，大家没有提孩子的事。

我离开昆明前一刻，他到我房里来，一直送我上车，似乎大家有话要说，可是都没有说什么，这是我们最后相见的一面，后来从别人信上知道他又有了一个小女孩。

"云逵死了——"之毅的信上说，"情形很惨。"树青信上说："刺激很深，宁为治世犬，毋为乱世人。"我不知道说什么好，好像是我自己。门外过着一队兵，在唱：It is a long way—a long way.——我不能再写了。

1944 年 2 月于哈佛木庚院

一封未拆的信

——纪念老师沈骊英先生

从我们魁阁走上公路，向北，约莫半个钟点的路程，就到三岔口。中央农业实验所有一个分站疏散在这村子里。疏散在附近的文化机关时常有往来，大家用所在地的名称作各个机关的绰号。三岔口的徐季吾先生上下车站，便道常来我们魁阁，我们星期天有闲也常去三岔口望他。在一次闲谈中徐先生讲起了沈骊英先生。

"沈先生是我的老师，"我这样说，"我在小学时，最喜欢的老师就是她。"

我停了一忽，接着说：

"说来这已是 20 多年的事了。最后一次见着她是在东吴的校门前，那时候我就在这大学的附中里念书。我母亲去世不久，她是我母亲的朋友，一路和我说了许多关于我生活细节的话。中学时代的孩子最怕听这些，尤其像我这种乱哄哄的人，一天到晚真不知干些什么，她那时所说的，听过也就忘了。但是，我一闭眼，还记得这位老师的笑容。一副近视眼，一个拖在脑后梳得松松的髻。那时看来算是相当时髦的。至少，她所穿那件红方格子带裙子的衣服，在我印象里是件标准的西装——"

我一面说着，20 多年前的印象似乎愈来愈逼真：天赐庄夹道的两道红墙，东吴大门口的那棵大树——在这地方我们分手了。本来是路上偶然相逢，你想，一个十五六岁的男孩子在路上遇着了他幼年的女教师，怎么会说得上什么清楚的话？手插在裤袋里，脸红红的，眼睛潮润润的，只怕有哪个同学看见，多不好意思？

徐先生打断了我的回忆："沈先生不是在苏州那个女学校里教过书的么？怎会教得着你的呢？"

十多年前，我如果听到这话，一定要脸红，决不会接着说："是呀，我是在女学校里长大的呀。"徐先生好奇地听我说下去："那个学校名叫振华。苏州人大概都知道这学校。现在的校址是织造府。苏州的织造府谁不知道？这就是曹雪芹住过的地方，据说他所描写的大观园就依这个织造府作蓝本的。"

我在中学里时，最怕是有人提起我的来历；愈是怕，愈成了同学们取笑的把柄。"女学生！"——在这种心理压力之下，我怎么会有勇气，在我女老师的身边并排着走？校门救了我，我飞跑似的冲进铁门，头也不敢回，甚至连"再会"两字也没有说。可是，虽则这样鲁莽，我却并没有这样容易把这事忘却，20多年后，还是这样清楚地记得：那副眼镜，那件红方格的西装，和温存的语调。

我进高小刚是10岁，初次从小镇里搬到苏州。羸弱多病使我的母亲不敢把我送入普通的小学。振华靠近我们所住的地方，是我母亲的朋友王季玉先生所办的，而且是个女学，理论上说，女孩子不像男孩子那样喜欢欺负人，至少欺负时不太动用武力。不久我成了这女学校里少数男学生之一。入学时我母亲还特地送我去，那时校址是在十全街，就在那时我被介绍给这位沈先生。以后她常带我到她的房里去，她房里的样子现在已模糊了，只记得她窗外满墙的迎春花，黄黄的一片。当时，沈先生，我后来总是这样称呼她，其实还是和这一片黄花一样的时代，但是在我却免不了她已经属于"什么都懂，什么都能"的伟大人物那一类了。我当初总有一点羞涩，也有一些异样：在四年的小学中，老师在我是一个可怕的人物，打手心的是他，罚立壁角的也是他，一个似乎不太讲理，永远也不会明白孩子们心情的权威。

可是这个老师却会拉着我的手，满面是笑容，是个手里没有戒尺的人，这使我不太明白。我想，我那时一定没有勇气望着她的眼，不然，我怎会现在只记得满墙的迎春花呢？

沈先生教我算学，每次做练习，我总是第一个交卷。习题做快了，又不重看一遍，不免时常把6写成8，2写成3。"这样一个粗心大意的孩子！"其实我的心哪里是在做算学？课堂外的世界在招惹我。可怪的是沈先生从来没有打过这个顽皮的手心，或禁闭过这个冒失的孩子。她望着我这匆忙的神色，忙乱的步伐，微微地摇着头："孩子们，你们什么时候才会定心做一个算题？"

过了有10年的一个暑假，我在沪江的暑期学校里选了三门算学课程，天气热得像是坐在蒸笼里，我伏在桌子上做题解；入晚靠窗眺望黄浦江的烟景，一个个还是几何的图形。我不知为什么，一直到现在还是记不住历史上的人名，地理上的地名，而对于数字并不怎么怕；若是有理由可说的，该是我高小里历史和地理的教师并不是姓沈的缘故吧。多少孩子们的兴趣在给老师们铲除送终？等大学毕业，一个人对于学术前途还没有全被封锁，该算是很稀少的例外了。

我的性格也许是很不宜于算学的，可是为了有这个启蒙的教师，我竟为了它牺牲了一个可以夏游的暑天。

从那天偶尔在街上见面之后，我一直没有见过这位老师。我也没有去想着她的理由。天上的雨，灌溉了草木，人家看到苍翠，甚至草木也欣然自感茂盛，雨水已经没入了泥土，没有它的事了。多少小学里的教师们，一天天，一年年把孩子们培养着，可是，培养了出来，向广阔的天地间一送，谁还记得他们呢？孩子们的眼睛望着前面，不常回头的。小学教师们的功绩也就这样被埋葬在不常露面的记忆之中了。

一直到徐季吾先生说起了沈骊英先生在中央农业实验所服务，我才引起了这一段内疚。其实，如果不是我当时也在教书，也许这段内疚都不会发生。人情原是这样的。我问起沈先生的生活，徐先生这样和我说：

"她已是一个一群孩子的好母亲，同时也已成了我们种麦的农民们的恩人了。华北所种的那些改良麦种就是她试验成功的。她从南京逃难出来，自己的衣服什物都没有带，可是，亏她的，我们所里那些麦种却一粒不漏地运到了重庆。我们现在在云南所推广的麦种，还不是她带进来的种子所培植出来的？所里的人都爱她。她是所长的太太，但是，她的地位并不是从她先生身上套取来的，相反的，她帮了她先生为所里立下这一项最成功的成绩。"

我听着了，不知为什么心跳得特别快，皮肤上起一阵冷。一个被认为早已"完成"了的小学里的老师，在我们分离的20多年中，竟会生长得比她的学生更快。她并没有停留，她默默地做了一件中国科学界里罕有的大事。改良麦种，听来似乎很简单，可是，这是一件多繁重的事？麦子的花开得已经看不清楚，每朵花要轻手轻脚地包好，防止野蜂带来了野种。花熟了，又要一朵朵地把选择好的花粉加上去。如果"粗心大意"，一错就要耽搁一年。一年！多少农民的收入要等一年才能增加？

家务，疾病，战争，在阻碍她的成功，可是并没有打击倒她。她所改良的麦种已经在广大的华北平原，甚至在这西南偏僻的山国里，到处在农民的爱护中推广了。

我从三岔口回来，坐在魁阁的西窗边，写了一封将近五张纸长的信给我这20年没见过面，通过消息的老师。我写完这信，心上像是放下了一块石头。我想，任何一个老师在读着他多年前学生的信，一封表示世界上还没有把老师完全丢在脑后的学生的信，应当是一件高兴的事。我更向她说："当你在实验室里工作得疲乏的时候，你可以想到有一个曾经受过你教育的孩子，为了要对得起他的老师，也在另一个性质不同的实验室里感觉到工作后疲乏的可贵。我可以告慰你的不过是这一些。让我再加一笔，请你原谅我，我还是像在你班上时那样粗心大意，现在还没有定心做过一个算题。"

我把这信挂号递给呈贡的邮局，屈指数日子，盼望得到一封会使我兴奋的回信。

不到一个星期，徐季吾先生特地到魁阁来报告我一个消息：沈骊英先生脑充血死在她的实验室里。我还是坐在靠西窗的椅子上，隔着松树，远远是一片波光，这不是开迎春花的时节。但是波光闪烁处，还不是开遍了这黄花？

又过了一个星期，我寄出的信退了回来，加了一个信封，没有夹什么字。再没有人去拆这封信了，我把它投入了炉子里。

1946 年 1 月 11 日

郑兆良和积铁

门外传来十分耳熟的笑声，这年头很少听见的那种从心底里笑出来的声音。除了我在燕京里同户的那个被我们称作"大孩子"的老朋友，不可能是别人。没有等我去开门，大脚步踏进来的，果然是他，已阔别了5年的郑兆良先生。他一手提着好几匣东西，像是给我孩子的礼物。我心里想：这大孩子心上真是只有孩子们，儿童节没有到就来送礼。我们坐定还没有说多少话，他已忙着打开匣子来给我看，果真是我曾在英国孩子们"小工厂"里看见过的"积铁"。

"你哪里去觅来的？"

"我自己造的呀！"他张开了嘴，用手拍着胸脯，脸上表现出高兴和得意的神气。

我并没有认真相信他的话，却问他："这是给我孩子的么？"

他摇了摇头："不，带给你的。"突然又提高了嗓子："孝通，这是我的 idea[1]。"——

我们上一次见面是在重庆，无意中在渡船上碰着了，一起上南岸，他送我到我寄宿的工厂里。路上他告诉我：他正在一个儿童保育会做事，他提出了许许多多关于儿童的问题问我，我和他开玩笑说："我是长成了，谁像你心底里念念不忘的只有孩子们呢？"他却认真了起来：

---

[1] idea: 主意、想法。

"我就爱他们，可是，叫我怎么忘得了，他们不得了了呀！"他告诉了我更多后方保育工作不合理的事。怎样有人把救济儿童的物资浪费，怎样有地方把孩子开除了出去，甚至沦落为娼妓的。他不厌其详地把我看成了一个申诉的对象，一定要我帮他解决这些他实在看不惯的现象。"你得和我一起来想想法子呀。"在他面前我发觉了自己的卑鄙，我用了老成两字掩饰了懦弱和冷酷。这时我才领略了"不失赤子之心"的意义。

到了南岸的工厂时，我给他路上的一番话说得很有点感伤，但是感伤却又不是属于我们这位"大孩子"的。他是个倒头就睡的人，问题对于他是怎样去克服，他不考虑人情，不讲世故，不畏缩，因为他不怕后果，只要所做的是对的。这也是他绰号的来源。

不失赤子之心，不但是一种道德上的正义感，而是一种 mentality[1]，一种心境，孩子们是好奇的，无所为的好奇，因为他们并不把"己"作为世界一切的中心，所以他能超脱了对自己有没有好处的标准去看世界。他可以为一个不相识的孩子的苦难而动心，更可以因为要免除人间一桩不合理的设施而得罪他的上司，他会在当时没有想到这样做对于他的职业会有什么影响。这种人同样会发生种种似乎不近人情的联想，把很多身外的事，不在自己的利益上，配搭起来，成为各种不平常的 idea。

兆良在这小工厂里走了一圈，回头却和我提出了中国工业化的教育问题来了。他先告诉我，当他在红十字会里做事时，曾经派到缅甸去运东西。他在一路上最看不惯的是司机们糟蹋卡车。他气愤愤地说："这简直是犯罪。一个应当可以用几年的卡车，到他们手上，几个月不到就完了。"他说来比丢了他自己的东西更肉痛。我是知道他的习惯的，他从来没有因为别人用了他的东西或钱而说过半句怨言的。归结

---

[1] mentality：心理、思想、智力、精神力。

他的气愤却又是问我:"你看,怎么办才成,这些人怎样才能使他们爱惜机器?"

"这和你的保育工作有什么关系呢?"我又逗着他说。

"吓,我有 idea 了——"他高兴得用拳头在我腿上重重地打了一记。这种拳头我是熟悉的。

我虽则知道他出了学校已经换了近一打多事情,但是每次见面当我想劝他不要再孩子气时,只要听了他一番申诉,就无法开口了。我背地里曾和相熟悉的朋友说:"兆良生错了一个国家。"他听见了很气地回答我:"我就是为这个国家生的。"——我想他是对的。他这种做人的办法固然可以得罪上司,席不暇暖地从一个机关到另一机关地转动,但是也有常人所做不到的事,他做来却是轻而易举。

譬如说吧。有一次他在一个工厂里去当管理工人伙食的事。这工厂的工人据说是最难管理了,整天爱闹事,尤其是关于伙食(没有好差使会轮得上我们这位大孩子的)。他到了,先去看厨房,一看在污水桶底下全是半熟的饭。他不加考虑地认为不该这样"浪费",于是把这事揭发了。他把工人找来,问他们说:"你们要吃得好,就得自己管,每一粒米都不该糟蹋。"工人们很高兴地接管了伙食,大家监督着合作办去,几个月,从没闹过一次事。他的本领在哪里呢?其实是很简单的,他在办这件事时没有想到"自己的利益"。以往伙食办不好,就是因为桶底里的饭太多。办事的人不贪污,为工人福利着想,怎么会办不好呢?但是难得的就是这件看上去极自然的事。

还有一次他被行总派到解放区去分发物资。在猜忌、欺骗充满了的气氛中,他一看墙上贴着反对行总的标语。他拉着当地的负责人,一定要把这标语撕去:"我到这里来是用人和人的关系来的,不是什么党派对党派,国家对国家。我要公平地把这些东西分发给应该得到这些东西的人,你不该说标语上的话。人和人往来一定得互相信任,否则就不必做，干脆。"我想象他那时的神气必然是像在同学里讲理的时候一样，理直气壮，心里没有鬼的人才能有这种坦白和勇气。当地的负责人被他说服了，把标语当众撕了去，从此他成了大众的朋友，从没有受到过一点留难[1]。这在别人是不容易的，在他却很自然，那是因为他心目中只有救济，没有其他。他不明白在救济工作中怎么会有政治，就因为不明白这个，他完成了救济工作的本身。

"你离开行总了？"我问他。

他笑着："凡是有裁员或改组时，我总是第一个轮到的。"在他说来一点酸意都没有，像是说一条物理的原则一样。他接着："我不和你讲这个，我是来给你看这个玩意儿的。"他把那几匣给孩子们玩的积铁都卸了开来。积铁是个新名字，在中国也少见。这名词是从"积木"里套出来的。积木是许多各式各样的木块，孩子们用来堆出各种形式的东西。积铁在原则上也是这样。匣子里有各式各样的铁片，铁片上有着许多洞，另外有许多轮子和螺钉。用螺钉配合铁片和轮子，构成种种好像风车、升降机、桥梁、小房子等模型，因之可以称作"积铁"。这种玩具在英美大概已有几十年的历史了，他们的孩子们大多玩过这个。

他一手握着一个已搭成的"曳重机"，一手拉着我的膀子，头微侧着，眼睛看着我："你说，我为什么弄这个？你不要小看它，我已花了6亿了。参考了多少书，换了好几个图样，现在做成了。"

"你是说，你办了个玩具工厂了么？"

"也可以说是，也可以说不是。这是我的 idea。"

于是他提到我们在重庆南岸的话来了。原来他一直在想那时向我提出来的问题。"怎样才能使中国人知道爱惜和善于应用机器？"这问

---

[1] 留难：无理阻挠刁难。

题在这位心底里忘不了孩子们的朋友，很容易牵上了教育问题。一个心里不是真正有孩子们的人，绝不会想到儿童玩具这个东西。人老成了，早忘记了自己的童年；尤其是在这个一切都是为成人而设备的中国社会里，我们是否真正有过童年还是很成问题的。孩子被视作了没有完全的成人，不完全就是缺陷的意思。我们做大人的就一贯地去征服孩子的"缺陷"，把长衫马褂替孩子穿上，讲话得斯文，见了人要鞠躬，目的在使孩子成个具体而微的成人。房子里固然不准留一个老鼠窠一般的孩子世界，连在墙角里的泥沙都不许孩子去经营他的天地。颈项里套着个锁片，一周岁就要在盘里放下银元、钞票、文房四宝，让他去摸，用来测验他一生的兴趣。玩具是多余的，不但多余而且是"玩物丧志"，要不得的。狗叫猫叫的小学教科书已改编成对国旗和国父行礼的赞礼口诀。最近我常陪我的孩子读《小朋友》和《儿童世界》一类的读物，童话已长成了政治讽刺。我不敢说这是不好，但是孩子们对这些微妙的笔法似乎并不有什么领悟——我们还是一贯地否定了孩子们有他们的童年。

我接过那个"曳重机"，转动那些螺钉，不经意地掉了下来，不知什么潜意识里的郁结在作怪，我把这"曳重机"拆成了几块。兆良在旁边看着我笑："你小时候也曾经拆坏了闹钟给你爸爸打过手的吧？"

"是呀！"

"可是你会装么？你试试看，把这曳重机装回去。"

说来真奇怪，我明明记得曳重机的模型，可是东装也不是，西装也不是，这个螺钉弄上去了，绳子又不动了。那个螺钉装上去了，钩子又反了。我失望地撒了手。"兆良，我明白你的 idea 了。我这个脑子，这双手，只会白纸上写黑字，空口说白话。你来给我这个教训的，是不是？"

"还算你聪明。老实说，你还是难得的，你还会拆，已经不错了。我已经试验过好些朋友了。像我们这些年纪的，当我把这曳重机给他们时，他们规规矩矩地端详了一番，在桌子上一放，再也不肯去动它了。他们和我讲很多大道理，一直到我离开他们，他们从没有一点用手来玩弄一下的意思，更不知道螺钉是可以卸，可以装的。可是他们和你一般在讨论中国应当怎样工业化的问题。"

兆良刚从燕京来，他说工学院的第恩先生曾告诉他，班上有一个学生理念得很通，图也画得精巧，有一天到发电厂里来参观，却连摸摸机械的兴趣都没有了。第恩先生说他不明白这个学生为什么要进工学院。

用手去摸东西是一种习惯，在我们传统里是不讲究的，甚至是反对的。用物质来表现一个意念，也可以说意念的外形化，需要和物质有亲密和熟悉的好感。物质要不成其生硬，不成其为精神的对称，就得靠我们肯动手把二者沟通起来。这却正是我们传统文化最缺乏的，也正是我们进入现代文明最大的束缚和限制。一个意念不能外形化，不能在物质里表现出来，留在象征阶段，只是个壳子，没有内容的，因之也是死板的，改变不了现实的。要征服这个缺点，却必须从习惯那底子上做起。习惯得养成得早，童年是一生中最重要的时代，因为就在这一时代我们在养成我们基本的习惯。如果我们不满意于我们的传统，最应当注重的应当是我们下一代的童年。

这一套话早已说够了。现代化，工业化那一套论调可以说已经不少了，但是这一套论调却依旧是文章多，事实少。肯把这些理论化成一项一项琐细的事务，逐一在试验的却不多。这种工作必然是琐细的，而且必然是部分的，甚至是片面的。琐细所以不堂皇；部分所以不完全。对于那些醉心于全部计划的人是不惜考虑的。

从几匣积铁里去看出中国工业基础，自不免被大人先生们觉得是荒唐，用时髦的字说，是幻想。不错的，靠这些零星玩意儿，能做出些什么有用的东西来呢？但是在这时候能有人注意到从基本上去培养儿童习惯的问题，而且不惜小题大做，拿得这几匣积铁来，我却觉得中国工业化的希望至少多了一点踏实的根基了。

也许这是我的偏见，我始终不相信在原有的传统文化里，运一两千部大机器进来，中国就会有工业基础。机器是要人用的，它得进入我们生活的一部分，要用机器就得另有一套生活习惯。这一套习惯才是工业化的保证。我并不说，等人长大了，习惯就僵化了，没法学习了；但是我愿意说，要养成习惯，开始得愈早愈容易。儿童玩具在一个文化里地位的重要就在这里。

在这一个从来不承认童年是成人的摇篮，玩具是文化的模型的中国，能有人在这上面下功夫，做试验，而且能在一切制造事业都这样艰难的年头，把曾是西洋文化基础之一的"积铁"，介绍到中国来，使中国儿童能自由地和铁片、轮盘、螺钉接触，在这些零件中去创造他们的意念——这一切，在我看来，是一件太可以重视的事。我怎能不骄傲，这人就是我在大学里朝夕相处的老朋友？我又怎能不惭愧，同是一间户里出来的学生，一个已经从文字的缚束中解放出来，在活生生的铁片中表现了怎样去改造中国文化的一条道路，而另一个却天天还是在笔头上弄字眼儿，愈钻愈不能自拔？

"我的 idea 怎么样？你不笑我，活了 40 年还是个孩子么？"

我实在不知道怎样回答他。像他的笑声一般，已经这样久没有听见过，又这样能打入我的心胸地使我感到一种活力和希望。"即使所有的人都讥笑你，你也会在这里找到一个了解你的朋友。你的成就已超过了我们这一群了。""可是，"他接着说，"成本太贵，我没有法子把这个东西分给村子角落里每一个孩子。他们买不起，我也送不起。但是我愿意这变成少爷小姐们点缀的摆饰。这不是我的 idea。"

是的，这是个钢铁的时代，积木、泥娃娃不能代替积铁，孩子们一定得从小和这个"时代的材料"混熟。但是哪里来这样多的钢铁去做积铁给孩子们呢？

钢铁真的没有么？不是真的。我们整天在用钢铁做武器，在杀人，但是在教育上，这材料却没有了。钢铁象征了这时代，我们还是被时代所抛弃，没有主动地去迎接它。像以往他所问我的其他问题一般，我没有法子回答他。但是也像以往他所问我的其他问题一般，总会给我认识了一些存在我们四周最基本矛盾。我羡慕他能发现这些问题而被这些问题所困。这也许就是一个肯用手的人所具有的长处吧？

"我相信，从这方向做去，我会实现我的 idea 的。"我们分手时，他这样向我说。

让我在这篇末附带地说：郑先生正在组织一个"儿童现代学艺促进社"，他和发明"中华万能式"的华文打字机的彭泽先生和技师张澍先生合作制造技术科学玩具。他们利用制造打字机的机器制造积铁，第一批出品已经成功，为数只有几百套，是试验性质。他们不愿把这种玩具弄成营业的商品，而想设计出一个办法来能大量地供应儿童的需要。他们的工厂是在天津十区宜昌道。据郑先生向我说，他们极欢迎对这个问题有兴趣而热心的朋友们去参观，并且一同想出个最有效的供应方法来。

1948 年 3 月 30 日于清华胜因院

悼福彭

　　一个以解除别人的痛苦为自己的职责而乐在其中的人是应当受到别人的尊敬的。福彭就是这样的一个人。我以有他这样一个人做朋友而感到自豪。

　　福彭曾告诉过我：他立志学医是因为他早年患过严重的骨症，痛苦万分；当时许下了个愿：如果他还能活下去，这一生就应当用来解除患同样病症的人的痛苦。正当他病危之际，一个比利时的骨科大夫，他父亲的朋友，来到中国探望他们，动手术挽救他的生命。以后的60多年，他就用来实践他许下的心愿。

　　坚持这个志愿，岂是易事？福彭在比利时学医，学成时，国内抗战爆发。像他这样学有专长的医生，在国外哪处得不到安定富裕的生活，但是福彭却毅然返国到云南大后方投身医学教育工作。抗战后方当教师的生活是艰苦的，医学院里的教授个人不开业而集中精力于教学工作的不多，福彭是其中之一。个人的享受不在他的心上。他一刻都不肯放松的是他的业务：研究和教学。1928年我和他在同一张桌子上做实验时，他就是这个劲儿，他总是最后一个离开实验室。1945年我从呈贡移居云南大学晚翠园的教员宿舍，正在医学院解剖室的附近。他一早来上班，过我家时，常常推门进来，看见我还高枕未起，总是话也不说，捶我一拳，反身就走。我心里想，这家伙，这样早又来报到了。他就是这样起早摸黑地搞他的实验。

　　他的学生中有些也和我很熟，我从他们的谈话中知道学生们怎样地敬爱他。当他的学生是不容易的。他称得上是个严师，但是学生们心里都明白，只有这样才能出高徒。最使得学生们心服的是他以身作则。他是严己以律人。严格要求自己的学术在他已成了习惯，真是五十年如一日。我最后见到他是1980年。我们自从1957年遭受同样的打击后，一直没有见过面。这次见面一进他家门第一件事却是给我看他正在绘制的一叠关于心脏的解剖图。年已过古稀的福彭还是我最初相识时的福彭。

我和福彭在一起的时候少，分离的时候多。但在我们，在一起和分离差别不大，在一起时，我们的话不多，捶一拳，反身就走。一拳传达了语言不能表达的深情。什么深情呢？他知道我明白他，我知道他明白我，这就够了。以1957年这件事说吧，我早就料到他会受到和我一样的遭遇。像他这样一个刚直不阿的性格，注定在劫难逃。但是对于他，我心中有数。他一定能支持下来，而且不怨天，不尤人，利用一切条件搞他念念不忘的业务。至于他能有多大成就，那不是由他本人的努力所能决定的了。他这个劲是夺不掉的。我在和他最后一次见面中，我感到一种说不出的安慰，福彭果然是我所了解的福彭。我们分手时，我真想捶他一拳，用以告诉他："我明白你。"

明白什么呢？他明白他懂得什么叫生，什么叫死，什么叫痛苦，什么叫愉快。他最后的遗言要把他的遗体作实验之用，集中地表达了他对上面这些问题的答案。他懂得有一个东西比他的躯体更重要、更高贵。有此，这个躯体才有意义。这是什么呢？那就是他许下的愿，立下的志：用这一生来解除别人的痛苦。这样死可以化为生，痛苦可以化为愉快。这一点我相信，福彭是明白的，有体会的。他就是这样做了一生。

临别时的一拳，我没有捶出去，留一点余地也好。人之相知，贵相知心，我究竟对福彭懂得多少，还得他捶回我一拳，才能检验。这样的机会已经不存在了。这一点在他留下的躯体里现在的人还是解剖不出来的。无论怎样，我相信，福彭是没有留下什么遗憾地永息的。我能做到像我这个朋友所得到的结束，我也就没有遗憾了。

1982 年 4 月 7 日

"严伊同学"

接到《读书》编辑部转来读者来信，指出我在《读书》今年第4期发表的《英伦杂感》一文中有一则史实不确，现加订正如下：严复和伊藤博文并非同时在英国学习海军的同学。

该文系我在一个会上的即席发言，别人根据录音整理成文，经我修改后寄给《读书》发表，其中有一些凭一时记忆失误的史实没有核对纠正是我的责任，应予批评，幸有读者不吝指出，实在感激。

关于"严伊同学"一事的误传，由来已久。让我先抄录读者寄来的摘文三则：

（1）摘自《华严选集》（香港皇冠出版社，1977年11月），作者华严，本名严停云，是严复的孙女，严叔夏的女儿。文题：《我的祖父——严复（写在〈严复思想述评〉重印前）》。原文如下：

"鳌头山"（按系严复故乡阳歧乡的鹅头山）老松临风，极目荒凉。那儿，长眠着我的祖父。他的故墓并不体面，青石墓碑破损了，学生们屡屡向他的墓地扔石头，一面口里谩骂："哼，你这老家伙，和伊藤博文（事实上，祖父在英国和伊藤博文见过面，但从未和他同学）一同在英国留学，你得第一名。伊藤博文回日本为国家做了多少事，你呢？你为国家尽了什么心力？"多少次，母亲抚摸着那残缺的墓碑流眼泪，父亲轻拍她的肩膀，安慰着说："不要难过，父亲不会介意这些的。"

（2）福建文史资料未刊稿，《对严以玉〈严复轶事〉的核对意见》，作者严家理，系严复的侄儿，此稿作于 1964 年 6 月。原文如下：

按几道[1]先生与伊藤博文并不是同学。社会上有些传说，甚至过去北大教授诗人刘半农所著诗中赞扬他名次列在伊藤博文之前的事。刘更荒唐，将英国作美国，格林尼次海军大学，误为哈佛大学。

摘文后附：伊藤博文（1841～1909），严复（1853～1921）。

(3)《读书》编辑部来信，原文如下：

第 4 期第 125 页说："严复早年是和伊藤博文同时在英国学习海军的同学。"有的读者查阅了史料，以为不确。据《近代现代外国哲学社会科学人名资料汇编》（商务版）载，伊藤博文留英为 1864 年 3 月至 6 月，而这时严复仅 12 岁。严复留英时在 1877 至 1879 年（据赵靖等编《中国近代经济思想史》，下册），这时伊藤博文已近 40 岁，并不在英。

以上三则均认为严伊并不是同学。严伊曾否在英见面，(1)与(3)说法不一致。我曾托人去查日本辞书，找伊的年谱，至今未获复。伊曾否去英学习海军尚是问题。如 (3) 说，他在英时期只有三个月，很难说是"留学"，当时英国学制如何我并不清楚。(1)(2) 都出于严氏亲属之笔，可靠性较高，但未提结实事据，还待进一步考证，才能定论。我自己对此项研究实在有心无力。即是一般学者常备的工具书，在浩劫中已全部丧失，年来尚无力购买。由于缺乏随手可查的基本设备而造成的失误，想来可以为读者见谅的。

如果还是允许我以记忆来说，我从小就听到过"严伊同学"之说。甲午之战的失败对我的上一代震动极大，他们有意识地要把这国耻教育我这一代。我的父亲是当年主张办新学来富国强兵的人。他的态度和 (1) 中所记的学生不同，主要是用这传说来谴责当时清廷的腐败，并且联系了慈禧用海军军费建造颐和园来讲的。他最愤慨的是像严几

---

[1] 几道："几"为"几"的繁体字。几道为严复的字。此处为原文用字。

道先生这样的人才不能得到发挥所长而落到卖文自活的下场。如果这可以代表当时在知识分子中流行的思想，我们很可以理解"严伊同学"传说的社会意义了。这个传说发生的经过我确实不清楚。在我父亲一辈的青年时代，即上个世纪之末，日本维新是他们心目中最具体的样板，伊藤博文在他们是个又恨又羡的人物。中国为什么不能出个伊藤博文？我们中国男儿哪个不如他，可是"比伊才高"的严幾道为什么不能起用而在实战中中国被日本打败？这些感情是编造出"严伊同学"传说的实质。这个传说在当时也确是激发了许多知识分子的爱国热情。

我们怎样对待这个传说呢？我们是历史唯物主义者，首先要承认科学的历史，是什么就是什么，不容歪曲。如果证明严伊并没有同过学，就得承认"严伊同学"不是事实，不能用任何理由来篡改历史。同时，我们还要看到形成这传说的历史事实，那就是当时中国知识分子爱国主义的热情。我们对此要实事求是地予以肯定和赞扬。这种态度我想是可以为当时的知识分子所接受的，正如（1）里所说"不会介意"的。

以我自己来说，直到我接到读者来信之前，我并没有丝毫怀疑过"严伊同学"是否虚构，我是认以为真的。但对这件事的看法却有几度变化，在这里讲一讲也很有意思。

我早年当然曾经无条件地接受过父亲一辈的看法，为严幾道先生抱屈，清廷腐败，误才误国。我很早就看到过父亲书架上放着的严氏译著，但是看不懂。说实话，我是先读了《原富》的英文本之后才看懂严氏译本，而领会到他确是翻译高才的。当我懂了一点严氏所译诸书时，我对"严伊同学"的看法变了，我发生了"严胜于伊"的思想。这个思想的内容还有变化。最初是认为，不能立功，就得立言。功虽显赫，昙花易逝；言留于世，流久弥长。那就是说，严复如果竭尽一生之力建设海军，即便有成，对国家的贡献还不如他在思想上的影响那样能深入和久远。后来在抗日战争中，我把日本军国主义归罪在伊藤博文那一类人物，于是又有一种想法，认为我们中国没有走上日本维新这条路，也许对人类历史是一个极大的幸事。我们中国如果也搞成一个军国主义的霸权国家，人类的前途也就不堪设想了。中国出严复远胜于日本出伊藤博文。

现在回溯我自己围绕着"严伊同学"这个传说看法上的变化自然难免自觉可笑，但这里的确埋藏着一个值得思考的课题。倒不是严复的评价而已，其实是我们怎样现代化的问题。说得更具体一些，怎样在现代化的过程中引进西方文化的问题。在这个问题上我对严的评价里也暴露出种种矛盾。我曾有一时，认为严引进西方社会意识形态方面的成果是高明的，与他对照的是保存封建意识而引进武器和机械的日本维新之路。当然，严所引进的是当时资本主义处于上升时代的意识形态。他所选择的代表作是有水平的。过了一个世纪，我们还是可以从他所走过的路上引进西方无产阶级的思想，内容有区别，从思想意识入手来推动中国社会的发展是相同的。

在"文化大革命"中我对这种办法产生了怀疑。我觉得一个社会的生产技术不改变，生产力不发展起来，外来的思想意识生不了根，会换汤不换药，旧东西上贴新标签。从这方面着眼，"严逊于伊"了。我尽管在《英伦杂感》里先说："再过50年，全面回顾我国的现代化过程时，我们应该把这些知识分子掀起的维新运动也写进去。"后面却又说："我们也有一个风气，书中出书，'万事惟有读书高'，很少到实践里去，我很崇拜的严几道先生也没有脱离这么个传统，他没有把真正科学的、实践的精神带回来，带回来的是资本主义最上层的意识形态里的东西。"

每个人的思想是盘旋着上升的。历史实际在发展、在变化，我们的思想也正反映着这些发展和变化。对自己的思想反复想想大有意味。我只要还活着，对这类问题还是放不下心的。说是自讨麻烦也可以，说是人生的乐趣就在这里也可以。至于我的想法符合不符合实际，或符合多少，那是另一个问题了。刊误之便，附述如上。

1982 年 8 月 24 日

附言：写成此稿后又接到浙江师院金泽民同志来信。来信摘要如下：

严复与伊藤为留英同学说，在旧时流传很广。陈宝琛《清故资政大夫海军协都统严君墓志铭》云："光绪二年，派赴英国海军学校肄战术及炮台建筑诸学。是时，日本亦始遣人留学西洋，君试辄最……"陈文没有实指同学为谁。后钱基博《现代中国文学史》始指明云："光绪二年，派赴英国海军学校，肄战术及炮台建筑诸学。是时日本亦始遣人留学西洋，伊藤相，大隈伯之伦皆其选，而复试辄最上第。"

伊藤博文……并非严复的同学。伊藤留英在 1863 至 1864 年间。第二次以日本大使岩仓具视的副使于 1872 年（同治十一年）到英国考察……考严复年谱，伊藤留英时，严复尚十一二岁，未进福州航政学堂。严复于光绪三年（1877）抵英时，距伊藤留学返国已 13 年，距第二次赴英亦已有 5 年，因此，根本不可能为同学。

1982 年 9 月 5 日

一代良师

我今天来参加"已故燕京、西南联大社会学教授学术成就研讨会"，大概不讲话也不行。刚才雷先生讲的话我基本上都同意。我想就雷先生已讲过的发挥一点感想。就是我们对于上一辈人应当怎样看法？怎样要求自己？

每个人都有长处，也都有缺点。我们希望历史不断地发展，一天比一天好，那么就要我们以学习前人的长处为主，否则历史就不会发展了。我们究竟应该向上一辈人学习些什么东西呢？我们曾经有过一段时间，把我们所有的上一辈人都说得一无是处。他们对我们好像只有错误的影响，一点好处都没有。既然如此，那就只有和他们划清界线，一切重新做起了。其实我们中国的历史不是从30多年前开始的，我们社会学也不是从这几年才开始的。如果过去的一切都应当否定，我们不是成了无源之水了么？今天我想大家已经觉悟到这种对过去全盘否定的态度本身是有害的了。

我常常想到过去的很多老师，我觉得我自己今天的许多知识和思想，的确都是跟这些老师学来的。我觉得我这一生还能说是幸运的，在当学生时碰上了很多好老师。在这里特别值得提到的是吴文藻先生、潘光旦先生、杨开道先生。我在燕京和清华这一段生活里接触最多的就是这三位先生了，是他们把我带进社会学这个领域来的，后来在清华，碰到了史禄国，出国后又碰到了马林诺斯基，从他们身上我也学到了一点东西，但没有学好。还应该提到的是吴景超 [1] 先生，我与他也很熟，但我只上过他一门课，对我的影响没有前面三位先生那么深刻。我现在在学术领域里所做的东西并没有超过上面所提到的几位老师。我从燕京、清华这几位老师所学的不仅是做学问这一方面，更重要的是做人这一方面。我深切体会到在他们脑子里经常在想的是怎么把中国搞好，人民怎么富起来，别的都是次要的事情。我相信这几位老师做学问的主要目的还是在这个地方。这是他们做人的精神支柱。我们搞社会学不是为了其他的东西，就是为了要使我们中国的社会更好。什么叫好？各人有自己的看法，大家不一定相同，但有一点大家都清楚，我们的国家不能这样穷，这样弱，我们的中国人不能在现代世界上处在落后的地位，我们在今后的世界上不能低人一等，我们中华民族应当重放光明。

我当学生的时候同这些老师们接触很多，不像现在的师生关系。那时我差不多每个星期总有机会同上面讲的这几位老师见面、讲话，看他们怎么生活，如何待人。现在好像只有在上课时老师才和学生见面，上完课就不再接触了。这样就很难学到东西。做学问是一种最细致的脑力劳动，一定要通过直接接触才能学到。我常这么说，只有通过经常和老师直接接触才能学会怎样做学问和怎样做人。如果光看一个人写的东西，你怎么能知道他是如何写出来的呢？你能学到多少东西呢？

一门学科，必须代代相传才能存在，才能有生命力。代代相传必须通过一代一代人的接触——直接的接触。在接触里把一代一代累积下来的经验和智慧传下去，每一代推陈出新，通过不断的再创造而形成一门学科。学科是人们智慧的积累。

我们下一辈人去看上一辈人时，如果把他们一切都否定了，受害

---

[1]　吴景超（1901～1968年）：我国著名社会学家。

的是谁呢？不是上辈人，而是我们自己。这个对待前辈的不正之风我看还没有完全扭转过来。我们要多看看，看看他们过去的成就，看看他们是怎样得到这些成就的。肯定前人的成绩，不是不要批判他们的缺点。没有一个人的思想是全面和一贯正确的，何况时代在前进，即使在过去是正确的东西，也不一定能在现在和将来保持其正确性。我们只有立足在今天的现实去评估前人的知识和思想，这才是老老实实的态度，是我们对待上一辈老师的态度。

时间不多了，本来叫我讲杨开道先生，我也去找了一点材料，拿到一看是一份他在被批判时的自我检讨。这对我的刺激很深。他决不是像他被逼写下的那种对不起人民，对不起国家的人。我所认识的杨开道先生是一个想用社会学的知识去改变当时农村贫困落后的人。这是他的抱负。我就是从他那里学得了这一点。仅仅是这一点我觉得就给了我这一生的精神支持。我要问一下，我们今天这里有多少学社会学的人还有我们前辈老师的抱负？我希望年轻的一代人能走到我们的前面去，一代比一代好，决不能一代比一代差。对于这一点，我觉得值得我们深刻地想一想。

1988 年 5 月 3 日

在人生的天平上

—— 纪念吴泽霖先生

我的前辈，五四运动时代的青年中，确有许多后来长成为这个世纪我国学术事业的奠基人。他们具有的共同特点就是有较广阔的学术底子，凭一己的天赋，在各自的专业里，执着坚持，发愤力行，抵得住疾风严霜，在苛刻的条件下，不求名，不求利，几十年如一日地为我国学术的基础，打下一个个结实的桩子。不久前永息的吴泽霖先生就是其中我熟悉的一个。

吴泽霖先生一生中做出卓越贡献的专业是我国少数民族博物馆事业。正如一位长期协助他工作的同志所说的："吴老为我国少数民族文物事业的发展灌注了他的心血和汗水。他走到哪里，就把这专业的种子撒在哪里。他这种锲而不舍地追求科学、振兴民族文化事业献身的精神，几乎可以说是达到了殉道者的境界。他是我国当之无愧的民族博物馆事业的创始人和最有权威的民族博物馆专家。"

博物馆的事业在中国已有百来年的历史，如果把私人对珍贵文物的收藏作为博物馆的起点，那就更加源远流长了。但是少数民族的文物能在博物馆中取得应有的地位，据我所知，那是从吴泽霖先生开始的。

吴泽霖先生早在抗战开始，随大夏大学由上海西迁贵阳。他就在该校建立了民族文物陈列室。1940 年在贵阳举办了三次贵州省少数民族文物图片展。这是少数民族文物在贵州第一次公开展出，当时报纸誉为"国内首创"。

这"首创"的意义是深远的。我还很清楚地记得，就在那些年里，当时居统治地位的国民党正在大肆鼓吹大民族主义，根本否定少数民族的存在。就在少数民族众多的贵阳发生过强迫苗族妇女剪发改装的民族压迫事件。把少数民族作为同等具有灿烂文化的民族，把他们的文物在社会上公开展览，事实上是对国民党反动政策的强烈抗议。少数民族文物博物馆事业就是在这种激烈的政治斗争中诞生的。

我有机会亲自见到吴先生是 1941 年他到昆明西南联大任教的时候。真是他到哪儿，民博事业也就到哪儿。在云南他多次深入少数民族地区，进行社会调查并收集了文物，在清华大学驻昆明办事处进行公开展览。抗战胜利后，吴先生携带这批文物随清华迁校返回北平，在清华大学内建立了国内第一个永久性的民族文物陈列室，也就是小型的民族博物馆。在筹备过程中我记得有一次他邀我去参观一批由台湾运回大陆的珍贵的高山族文物。在座的还有梁思成先生，我在旁看他们一件件认真地鉴定这批文物。我这时才发现吴先生不仅是个社会科学家，而且是个精湛的艺术鉴赏家。他们两人可以在一块木雕前面谈上十几分钟，从此我明白一个民族学者没有艺术的修养是不会全面的。后来我才知道吴先生原来具有艺术的家学渊源。他的父亲在江苏常熟乡间是个有名的绘画家，吴先生幼年时还当过他父亲的助手。这种与生俱来的"艺术细胞"可能是引导他成长后偏爱少数民族艺术的根源。

后来我又想到，吴先生的艺术鉴赏能力帮助了他坚定地信守民族平等的观念。在各民族的文物中可以透视到各民族所共同具有的艺术创造力。这种艺术创造力不受物质条件的限制。即使在最简单的一块石头、一片木板上，同样可以体现出最高的艺术创造力。认识到这一层，才能真实地相信各民族根本上是平等的。

吴先生在留学时期已接触到世界上各种民族和当时在美国十分猖獗的种族歧视。他衷心地"路见不平"。他在他的博士论文《美国人对黑人、犹太人和东方人的态度》里极力揭露和批判了这种种族歧视。

他这种崇尚民族平等的思想一直贯串了他一生的事业里。民族博物馆的创建只是他为实现他的这个理想的一项具体措施。他热爱民族文物是他从心底里认识到民族平等，共同发展的表现。这是一种真正的人的感情，导致他一生成为一个真正的人。

解放后，1950年吴先生和我一起参加了中央访问团先到贵州后，又来到广西，访问当地的少数民族。在我们这支队伍里吴先生是最年长的。我当时还担心他年已过半百是否能吃得消民族地区的工作。那时的民族地区绝不能和现在相比，深入访问少数民族千家万户必须爬山越水，很多地方还只能徒步往来。我幼于吴先生12岁，已经感到行动艰难，对吴先生来说应当是一项体力上的考验。但是当我征求他的意见是否能参加这个队伍时，他不仅毫无难色，而且表示出求之不得的兴奋。我们在贵州和广西访问的两年中吴先生在种种困难面前，没有后退过一步。

记得从贵州的威宁返回毕节的道上，正值大雪。我们所乘的卡车相继抛锚，大家只能手拉着手，穿上草鞋，沿山坡的公路上上下下地步行。黄昏时到了一个村子，村子里正值闹瘟疫，不能接待我们。我们几十个人不得不挤在路旁的一间道房里过夜，生了一个营火，大家围坐着。吴先生为了鼓舞大众的情绪，带头讲故事，把一个凄凉的夜宿，转变成了一个欢笑热闹的晚会。他就是这样的一个人，在平时谦让温厚，决不争先，但在困难面前，胆大心细，勇于承担。第二天到达山下，毕节派车来接应我们时，吴先生的草鞋底已经磨破了。事后，我们每次谈到那晚的情景，一直觉得留恋不止。

这两年的辛勤劳动对吴先生来说是心满意足的，因为在这段期间我们收集到了大量少数民族文物。回京后，经当时的政务院决定在北京三大殿举行了一次全国性的少数民族文物展览，为期三个月，受到群众的热烈欢迎。接着中央民族事务委员会成立了一个中国民族博物馆筹备组，任命吴先生为主任。

与此同时，中央民族学院宣告成立，吴先生和我都参加了这个学院，并在中央民族学院里开辟了一个文物室，整理、保管、陈列当时各方面收集到的少数民族文物，包括清华大学原有的收藏。在当时说，已初具了少数民族博物馆的雏形。

后来，吴先生工作有了调动，1956年他调到西南民族学院，后来几经更迭，1982年又到中南民族学院执教。民博的火种跟着他传到了成都和武汉。我虽则没有机会去参观过他在这两校成立的民博机构，但是我几次见面中得知他在民博事业的认识上正在不断升华。在北京这段期间建立的，用他后来提出的分类法来说，还是属于民族博物馆性质；而其后在成都和武汉所建立的却已逐步向他所谓民族学博物馆发展。这两类博物馆的区别是在其服务对象有不同。前者是为社会大众服务的，主要是在宣传民族政策和介绍民族情况，是普及性的；后者是为民族学研究工作服务的，着重围绕一定的专题搜集文物，用来阐明民族学上的专业问题，所以是专业性的。当然这二者也不应作严格的划分，专业性的文物搜集同时也必然能反映各民族的情况和民族政策，而一般性的文物搜集也必须针对一定的民族特点和发展水平，同样是民族学中的重要问题。而且二者都是国家民族政策的实证，起到政治上的宣传教育作用。推测吴先生提出这种分类的意见目的是在于强调教育和研究机关发展民族学的研究必须以实物论证，通过实物来阐明理论上的观点。这是我完全支持的。

50年代后期的政治风云严重影响了中国学术的发展，吴先生在民博事业上的工作不可能是例外。吴先生个人的遭遇在同行中更可以说特别严重。他一生谨慎，从不出格；他一生爱国，没有半点私心。但是在暴风雨中，不仅一样在劫难逃，而且不近情理地蒙受到家破人亡的打击。以1957年的反右扩大化来说，他是因为西南民院右派定额不足规定比例，而在1958年补划的，这种处理实在是错得离奇。但事实毕竟是事实，他所受到的不公正的遭遇一直到80年代调离到中南民院后才得到部分的更正，而主要的损失包括他的家庭的受害和岁月的丢失是无可补偿的。即使在错划右派改正之后，他还是以七十高寿独身寄宿而被安置在四层高楼的单身宿舍里。我每见到他在楼梯上上上下下，心里总是不得平静。但他却反而安慰我说：这给了他很好的锻炼机会。也许他是对的。他身心康泰一直坚持到92岁，平时很少病痛，岂非实事？

现代的年轻人也许不大能体悉到像吴先生这样的为人，而他这种精神在我的前辈中却并不是稀有的。这种人是怎样想的呢？让吴先生自己回答这个问题吧。下面是他在答谢同人们庆贺他九十大寿时说的话：

"我常想，我们一个人的一生好像躺在一架天平上，天平的一头是我们的父母、老师、社会为培养我们放进去的砝码，天平的那一头是我们应当给社会所做的事情，所做的贡献。我们每一个人要对得起人民，对得起国家，对得起父母，最低限度应当使天平的两头取得平衡。现在我估计一下自己……国家和社会为了我，在天平上确实压下了很重的砝码。而我做出的贡献，作为砝码并没有把天平压平……我仍然欠了人民一笔债。欠了债，必须还。还债是好事，做好事不怕晚……只要一息尚存……还能……争取使天平的两端基本上取得平衡。"

吴先生在这个人生的天平上是否如他所说的还没有压平，历史会做出公正的判断。我想说的很可能就是他这种历史观和社会观。把个人放进历史和社会的天平上来衡量自己，是推动我的上一辈人才辈出的力量。吴先生所开创的事业能否早日开花结果那是有赖于历史的条件，到现在不可讳言还处于萌芽状态。这一点吴先生是有高度自觉的，他只求耕耘，不求及身收获。我完全同意他有一天同我说的话："中国总有一天会建成一个世界第一流的民族博物馆的。"他的信心带动了我。而使他有这个信心的却正是他那种高度的历史观和社会观。我们应当向他学习的也就是这种精神。

1990 年 9 月 5 日

清华人的一代风骚

我今年 5 月渡沪，深入凉山，第一站是西昌。在面对邓海的小楼上憩息时，一位同行的朋友递给我一本薄薄的小书，是科学出版社发行的《为接朝霞顾夕阳》。那位朋友指着作者的名字问我："西南联大的老人，你熟悉他的吧？"我一看忙着点头，突然一转念，却又怅然自思："这样一个我一向尊敬的人怎么连他现在在哪里都说不上来了？"作者是汤佩松先生。这是他的一本回忆录。

自称是"一个清华人"的汤佩松先生现在已经是 88 岁的老人了，比我年长 7 年零 10 天。这不到 10 岁之差却把我们两人划成两辈。正因为辈分不同，加上了我又是个学医未成，在生命科学中半途掉队的人，原是无缘和汤先生相识的。当然，正如送我这本书的朋友说，我们两人曾在昆明的西南联大同事过，但他住在大普集，我住在呈贡魁阁，南北相距有一天步行的路程，相见自是不易。他的大名却早已灌入我的耳中，那是因为我的老师潘光旦先生和汤先生是莫逆之交。不仅这本回忆录的第一页中有潘先生的名字，而且汤先生在接到我托人带给他赞赏这书的口信后特地签名赠我的那本书的扉页上还写着怀念潘先生的话。

我早年对他的印象是个能文能武、多才多艺的人。当时，文指的是他能说一口好英文，武指的是他会打球。在他这本回忆录中不仅得到了证实，内涵更丰富和提高了。他在清华学堂里就是个活宝，成绩一直维持优良外又是"一个少数几名获得'全能'奖的体育运动员"。

他在球迷中名声太响，以致当时他的化学老师甚至怀疑他超人一等的实验报告是抄高班同学的旧作业，理由是："一个在球场上出色的运动员，不可能是一个功课好的学生。"真冤枉了他。

在读到这本回忆录时，我差一点成了这位化学老师的同类人，因为在我初读这本回忆录时，竟怀疑这是不是他亲自执笔写成的，因为我不大相信一个一生在实验室里搞自然科学的学者能写出这一手动人的文章来。直到我看到他叙述从昆明复员回来写这篇《一个清华人的自白》时记下的一笔："大名鼎鼎的朱自清从清华园本校步行到几公里外的颐和园对面（升平署）我的办公室（和宿舍）来，专门为了赞扬我这篇'文学作品'，这是我一生中几次少有的幸遇之一！"能得到朱自清先生赏识的文才必然是货真价实的。这也说明汤先生的能文能武是高规格的。

汤先生在清华的教师中念念不忘的是马约翰老师。他说："我在那时及以后的学习和工作中能克服许多困难和挫折，以及在生活和工作中的优良运动竞赛作风、态度及精神，是和在清华 8 年间的强迫性体育制度分不开的。具体地说，体坛巨师，已故的马约翰教授的培养起了极大的影响。"他在这里所说竞赛作风、态度及精神指的就是英文中的 sportsmanship 和 teamwork。这两个字很难翻译，而正是清华人之所以成为清华人的精神内容。

以足球来说，sportsmanship 是竞赛道德，是从球员怎样对待竞赛对手来说的，要能主动的严守球规，己所不欲勿施于对方，不搞小动作，尊重裁判的裁决，不计较胜负始终全力以赴。在这种竞赛精神下才能显得出球艺，球艺是以运动道德为前提的，二者也是分不开的。Teamwork 则是从球队内部队员之间的关系来说的。各个队员要能各守岗位，各尽全力，密切配合，不存个人突出之心，步步从全队整体出发，顾全大局。这两条其实是人类社会赖以健全和发展的基本精神。体育运动的目的就是在通过实践来培养和锻炼这种基本精神。受过良好运动员训练的人重要的是在把这种精神贯彻到一个人的生活和工作中去，使他所处的社会能赖以健全和发展。从这个角度去看汤先生的自传，那就能对他之所以感激马约翰先生有所领会了。

汤佩松先生的一生确是有点像一场精彩的球赛。他使出浑身解数冲向一个目标，有如球员一心一意地要把球踢进对方的球门。这个球门就是他所说的"生命的奥秘"。他一丝不苟地谨守着科学家的竞赛道德，又毫不厌烦地组成一个抱成一团的科学队伍，在困难重重中，不顾一切私人牺牲，冲在别人的前面。这个比喻像其他一切比喻一样总是有点牵强和出格的，但他在科学领域里冲锋陷阵，义无反顾，不达目的不止的劲头，完全像他在球场上踢球一般。我既是个球迷，自容易这样来体会和赞赏他在这本回忆录里写下的一生经历。

在汤先生的一生中，他的球门是清楚的，也就是说他一生奋斗的目标是十分自觉的。更引人入胜的是他叙述这个目标怎样逐步由模糊而明确，由动摇而坚定，由抽象而具体，由"定情"而坚贞不移。

在美国明尼苏达大学里，他的兴趣被一个物理化学教授吸引到热力学这门学科中，又被他在课堂上提出了一个老师避而不答的"愚蠢问题"播下了他一生事业的种子。这个"愚蠢问题"是发生在胚胎学班上，当他的老师刚讲完种子在萌芽过程中胚乳里无结构的淀粉质逐步转变成为有形态结构的幼苗这个变化时，他突然站起来向老师发问："在这个形态建成过程中，无组织的有机化合物是以什么（化学、物理学）方式达到一个有形态结构的幼苗？"这是个当时生物科学里还没有人能答复的问题，甚至还没有人提出过的问题。作为一个大学生，当着老师的面这样发问，不是有点冒失，甚至有意撞碰和捣乱么？他看到老师的窘状，不能不后悔而认为这个问题是"愚蠢"的了。

愚蠢和敏捷本是一回事的两面。这个问题实际触及了一个探求生命现象的物理学及化学机制，企图答复"生命是什么"的根本问题。

提出"生命是什么"这个问题并不希奇，古已有之，而且甚至可说人人发生过。我们天天接触到的东西，有的是活的，有的不是活的。活和不活的区别我们都明白。但是这个区别怎么产生的？一个东西怎么会是活的？那就提出了生命是什么的问题了。但一般人却不去思索了，把问题挂了起来，或是说这是"天生如此""上帝知道"。

自从人类对自然的知识丰富了一些之后，明白了我们所居住的地球上曾经有很长很长的一段时期里并不存在活的东西。有生命的东西，所谓生物，是后来发生的。相信这段自然历史的人不免要问：没有生命的世界里怎样发生生命的呢？

如果一个人发生了一个无法答复的问题，似乎可以戴得上愚蠢的帽子。汤佩松先生在课堂上提的问题其实已超过了"无法答复"的界限，因为他已经指出了答复这问题的方法，就是要用化学和物理学的知识去解决这个问题。他提出的是一个科学命题，就是可以用科学方法来解决的问题，不是愚蠢问题。但是这个问题提得太早了一些，超前了一些，因此当时那位胚胎学的老师只能避而不答了。我们不能怪这位老师，因为在本世纪20年代后期，生物科学还刚刚开始和物理化学相结合。汤佩松先生冒了尖，敏捷过了人。

超前或敏捷过人是汤佩松先生突出的个性。他老是跑在他这门学科的前面，使他的老师辈或当时的权威瞠目结舌。再举一个实例：汤先生在明尼苏达大学读完本科后在约翰·霍普金斯大学得到了博士学位。1930年他受哈佛大学普通生理学研究室之聘去协助当时的权威Crozier的研究工作。研究的题目是"种子萌发期中呼吸作用的温度特征"。这是生物科学当时的前哨课题，目的是在找出呼吸这种生理现象和温度的关系，求得在不同温度中生理上化学反应速度的常数。可是我们这位不甘心在时代水平上"人云亦云"的超前哨兵却"对老板的总的思路开始怀疑甚至厌恶"了起来，因为他认为"呼吸作用只是气体交换的表面工作，离探索生理功能的实质相差甚远"。

汤先生在完成和老板约定的试验工作的同时，私下却做了一些"黑活"。通过这项"黑活"，他"用CO（一氧化碳）抑制和光恢复方法首次证明了在植物中存在着细胞色素氧化酶"，而且他的实验又突破了当时酶学动力学中的米氏（Michaelis）常数，因为米氏公式只适用于离体单纯的酶本身（in vitro）而不是存在于细胞体内（in situ）的酶活性与氧浓度（分压、底物）的关系。换一句话说，米氏是把细胞破碎后去测定的，而汤氏则在完整生活着的细胞中测定的。这项"黑活"把汤先生真正挤进了探索生命奥秘的大门，而把当时的那些权威一下抛在身后。

　　他在1933年离美时绕道走欧洲返国，目的是探探这门学科在国际上的水平。他访问了三位研究呼吸（代谢）作用的权威。在英国剑桥大学遇见Keilin时提出了一个问题："你的这些关于细胞色素在体外氧化还原现象是否能代表它们在体内进行的规律？"他得到的回答是："这个问题只能由你自己去回答。"这句简单的答语指出了汤先生正在进行的"细胞呼吸作用的动力学研究"将是他在这门学科中"独树一帜"的有自己特色的思路和研究体系。他当即立下决心将为此奋斗终身。这个体系的主导思想，用他自己的话说："是用尽可能简单的，并又在进行正常生命活动的机体（动、植物或其细胞）在尽可能单纯的化学及物理环境（反应体系）中寻求这一问题的答案：一些无组织的（有机）物质是如何通过呼吸代谢、能量转换而变成有形态结构，能进行包括生长、发育在内的生命活动现象（功能）的活生生的生物的？"他明白自己走到了生命科学的最前沿了。

　　如果容许我用通俗的语言来重复上面这个科学命题，也许可以这样说：我们作为一个活着的人继续不断地在吸收体外没有生命的东西把它们变成我们生命的一部分，而又把原属于我们这个有生命的部分排出体外成为没有生命的东西。这里不就存在着从无生到有生，又从有生到无生的不断转化过程，也不就是生命的过程么？如果我们对这个过程能用化学和物理学上的概念解释清楚，不就是说明了生命的奥秘了么？我这样说如果和汤先生的科学命题相离不太远，我们也就容易理解为什么汤先生抓住呼吸这个关键。普通人不是都认为生死相差只是一口气么？这口气就是生命赖以存在的力和化的来源，力是指热力，化是指代谢作用。断气也成了死亡的同义词。我和生物学告别已有 60 年，对这类的问题本来不应当有发言权的。说些门外的话，如果不合原意，还得请汤先生及读者原谅。

在这里我想说，像这样的一条科学思路在生物学界里应当不是难于理解和接受的。但是如果"超了前"，却还是会被没有赶上前哨的"权威"们所冷视和排斥。汤先生 1933 年回国后，还没有来得及在武汉大学落窝，就碰到了抗战。尽管抗战时期生活怎样颠簸，他的时间多半花在总结过去关于细胞呼吸的研究工作，从而理出一条学术思路。他撰写了三篇论文。第一篇就是《一个完整而正在进行生命活动的细胞（生物）如何将外加（或内储）的无形结构的物质转变为自身的有序性较高的结构和在这个转变过程中熵与形态变换的关系》。他把这篇文章寄给他国外的老师和老友，当时这门学科的权威 R.Gerard，请他提意见并转投 *Quarterly Review of Biology*（《生物学季刊》）发表。这位老友却很为难，因为直到这时（1941 年）西方的生物学界对"在进行生命活动的细胞"这个研究对象还没有足够的认识，所以"在文前作了一篇'说情'式的介绍，并称此文作者是在战火纷飞的中国的困难条件下文献阅读不全而写作的，故而有些'与众不同'"。

另一篇是论太阳能的生物转化作为人类（生物）能源的基本意义的论文，1944 年发表在 *Scientific Monthly*（《科学月刊》）。此文一发表，该刊收到过不少谩骂性的"读者来信"。第三篇是汤先生和王竹溪合写的《细胞吸水的热力学处理》，在 *Journal of Physical Chemistry*（《物理化学杂志》，1941 年）发表，见世后却如石落深山。直到 1985 年在 Kramer 所著的《植物细胞和环境》一书中才提到说：

"20年后的今天当人们早已讨论并认为已经解决了这个问题后（1960年），方发现这篇文章。""希望这篇（指Kramer的）短文能……弥补我们对汤和王关于细胞水分关系热力学的先驱性论文长期忽视的遗憾。"

在学术上一直是个超前人物的汤先生不能不在今天长长地呼了一口气说："时间和岁月是对科学成果估量的最公正、最权威的裁决者。"他是个优秀的体育运动员，有着竞技道德和队伍精神的锻炼，他不计较荣誉和得失。他在自传的结语里写着他一生奉行的信念，首先是"忠于科学"，而且他说，"科学就是积累、继承、突破和演进的过程。它来自个人，却属于全人类"。

对这样一个在科学阵地善于"突破"的超前人物，当前的读者也许会发生一个问题，如果上帝给他一个安定的环境，优裕的条件，他对人类知识的累积会做出多大的贡献？话里也不免流露出为这样的人才抱屈。在读完了他的回忆录后，必然会明白那种所谓"安定的环境、优裕的条件"，在他一生中其实都是唾手可得的。但是他一一地自觉地拒绝了。他自愿、主动、视为当然地选择了这一条在一些人看来也许会说他是个"傻子"的道路。这本自传是用他一个接一个坚定的决断串成的。

他是1933年3月上旬从美国乘船回国的。他的一位至友在接到他要回国的消息，特地赶到哈佛劝他一定不要离开美国，因为这位朋友相信他在美国一定会脱颖而出，为生物学做出惊人的贡献；并且已经为他的研究工作和前妻因目疾而带来生活上的不便全都做了妥善的安排。但是他谢绝了。

后来过了大约有20年，在50年代的"思想改造"中，斗争他时要追究他回国的动机。他说这是完全出于他的意外的。他从来没有思考过这个问题。他一向的想法很简单：我是一个中国人，当然要回中国去。他在美国的生活一直是顺利和愉快的，对美国人是友好的。但是总觉得他不属于这个地方（I don't belong here），"生我之乡的山山水水总是最可爱的。所以从来没有发生过为什么要回国的念头"。

当然有人可以说，他当时已得到了武汉大学教授的聘书，而且还答应用 2000 元美金为他建立一个研究室。那不是"衣锦荣归"而且有了"独树一帜"在国内学术界露一手的机会了么？这个说法却不能用来解释为什么其后两次拒绝离国从业的机会。

他在抗战时期所遭受的困难，这里不必多说。1943 年他的前妻，加拿大籍，由于营养不足，缺医少药，以致双目失明，不能不在怀孕期间，带了两个孩子，离昆明回娘家。感情十分亲密的夫妇一别四年，1947 年汤先生在日本投降后应联合国教科文组织的邀请去伦敦参加学术讨论会，返国时便道去加拿大探亲。他的前妻和所有的亲友都力主他一家人不应再分离了，并在温哥华大学替他谋得了职位。但是他自认是个"清华人"绝不能和母校"不辞而别"，在加拿大家里同妻儿只团聚了两个月，就回到北平。这是第一次。

第二次是 1979 年，中加建交后，他经历了"文革"的折磨，又回加拿大探亲。这时他的前妻已经过世，他又拒绝温哥华大学的聘约，在前妻的墓前献了花。和三个儿子告别回国了。他当时已经 76 岁了。如果还有人要追问他为什么要回国，他已经以行动做出了答复："我是属于中国的。"不能辜负"一个清华人"这个光荣的称号。

说汤佩松先生是一个杰出的国际上著名的科学家，他是当之无愧的。他已为"探索生命奥秘"找到了一条科学之路。他已用科学的语言说明了，通过呼吸代谢、能量转换，无生的东西怎样转化成有生的东西，变成有形态结构，并能进行生长、发育的生理机制。他已经用被称为生物力能学的体系占领了生物学发展的这个前哨阵地。汤先生对个人的成就应当可以满足了。但是还是孜孜矻矻工作。因为他深知一门学科要有它的生命，需要科学家本身的代谢作用才能持续和发展下去。生命奥秘原是一项没有尽头的探索。他在自己冲锋陷阵之外，着手培养后一代的继承人。建立一个科学队伍成了他义不容辞的责任。

1938 年他应母校清华大学的聘约，从贵阳往昆明的路上，在回忆录里有下面这段话："不知道为什么连美丽壮观的黄果树瀑布都没有引起我的赞美，倒是曲靖城楼上'金汤永固'的金字黑匾却那样使我难忘。"其实使他难忘的正就是使他不愿留居国外高等学府的那股情深义重向往祖国的热忱。那股热忱是出于超过个人寿命而能长期持续下去的集体生命，祖国对他的召唤。用他的话来说："要在这个后方基地为百孔千疮的祖国做出我应当做、也能做的贡献。"他应当做也能做，而且确实做到了的是："为战时和战后国家贮备及培养一批实验生物学的科学人才。"他明确地把"为国储才"作为他在抗战时期向自己提出的目标和誓言。

体育锻炼使汤先生不仅明白竞赛道德是对人处世的基本守则，而且深信队伍组织是成事创业的不二法门。足球要个球队，科学研究要个实验机构。汤先生一到昆明就着手组织他的科研队伍。西南联大是抗战时期北方三个大学，北大、清华、南开南迁时组成的联合体。清华大学用独立的基金在联合体之外另设了五个研究所，其中农业研究所下设植物生理研究组归汤先生主持。为了避免敌机的空袭干扰，这些研究所陆续迁出昆明市区。1940 年农业研究所除昆虫研究组外和其他两所迁到了昆明北郊的一个小镇上，这个镇名称大普集。"大普集"从 1940 年到 1946 年成了我国抗战时期有名的科学中心之一。聚集在这个中心里的人也就自称是"大普集人"，其中最活跃的，起着核心作用的就是汤佩松先生。

他这本回忆录里最能使同西南联大沾过边的人萦怀万千的也许就是这记下了大普集时代的第 11 章《难忘的岁月》。他写下了这样的话："就我个人（及我的研究室的许多同事）来说，这一段的生活占了抗战8 年中的最长时间，是工作和收集青年工作人员最活跃、最旺盛的时期。这段时间内在生活上愈来愈艰苦，工作上由于物资的来源和供应愈来愈困难也更加艰苦。而正由于此，我们之间也愈来愈团结，意志愈坚强。无论是在工作中，在生活上，总是协同一致、互相帮助……这6年在为国效忠和为国储才上也是一个最集中和高潮的时期。"

在这一章回忆录中，汤先生指名道姓列举了他这个研究队伍的人，我统计一下有27人。这个队伍是指在他的研究室工作和生活过的同事和学生们，至于在大普集与梨园村之间的一家茶馆里每月定期会晤，无拘无束地进行学术讨论的，以及国内外到大普集来进行学术交流的学者们都没有统计在这个数目里。这27人后来几乎都成了这个学科的带头人和骨干分子，分散在全国有关的学术机关里。他们现在可能已全部进入了退休行列，但这一代学者所创下的业绩，历史会做出公正和权威的估量。

汤先生这支生花妙笔把当年这几间泥砖盖起的"陋室"里仙境般的灵气，一一从回忆中记录了下来：从门上手锯的木制金字，室内那些分别由成员们从远洋带回来的冰箱、电动唱机等"超级"设备，墙外喊声震天男女混打的排球场，"雷打不动"的周末桥牌集会，以及香飘门外的"殷家烙饼"和改善生活时的"汤阴楼"聚餐会，一直到四合院场地上尘土飞扬的"盛大舞会"，在半个世纪后的今天读起来还是那么风趣横溢和栩栩如生。这不仅是令人难忘的，而且是历史上也永远不会褪色的镜头。

至于这个科研队伍在这样简陋的战时设备下，在学术上做出的成果中，许多都是这门学科的先驱甚至超前的作业。幸亏汤先生已经把这些成就的基本观点和哲学思想总结在他的 *Green Thraldom* 一书中，至少在国外已经不会失传了。这里用不到我这个外行后生多赘一词。

我想也许还有人存在一个问题，这种生命奥秘理论上的探索对实际的国计民生究竟有多大用处呢？用这些大普集人所做的研究成果就能扫清这些人的怀疑。让我随手举出下面一些具体例子：这个研究室成功地从荸荠中提取出了一种新的抗菌物质，称作 Puchiin，取其音同荸荠及普集。这是紧接着轰动世界的青霉素之后，国际上首次在高等植物中发现的一种抗生素，可惜当时未能在医药中得到应用，但是它的实用价值很显然，没有得到实用是另一回事。还有一件使我不能忘怀的是我最近在山东和四川看到农村里正在大量推广的用塑料薄膜覆盖来提高棉花和玉米产量的新技术。在读到汤先生的回忆录后才知道，这个现在才得到下乡的新科技却是汤先生在30年前的《农业学报》上早已经提出的育秧方法。

汤先生从专业出发还提出了整整下一代人所必须正视和解决的有关国计民生甚至整个人类前途的深远问题，比如他从营养学的分析引导出来的世界粮食问题和人口问题。1940年前后出版而现在已绝版的《天、地、人》论文集里提出的"以农业为基础的中国经济体系如何改变为一个工业化的国家"的问题。这些不正是至今我们还在探索的课题么？只说汤先生具有先见之明是不够的，应当反思的是为什么他提出的这些问题竟如泥牛入海，而导致了我们在这半个世纪里走上这样一条曲折的道路？

抗战胜利，复员回北平是1946年的夏天。汤先生以"无穷的精力"劲头十足地指望"大普集"能在美丽的清华园里茁壮成长。这股充沛的热情在庆祝复员后的第一次校庆那一天像高压下的喷泉，一泻千里地涌流出《一个清华人的自白》那篇引起朱自清先生赞赏的传世之作。他日以继夜地一心一意扑在筹建清华农学院的工作上，成了他"一生中少有的几次美丽好景中的一个"。在这个美景的向往中，他等待着北平的解放。在1948年12月中旬的围城时期召开的一次清华大学全体教授会议上，他又一次表白了清华人的呐喊："清华是全中国国民的血汗建成的。现在到了把它还给国民手里的时候了。"在回忆录里，他说："这个有历史意义的怒吼正好是由她的儿子'一个清华人'在这个关键时刻首先发出的。他没有辜负'一个清华人'这个光荣称号。"

汤先生这本回忆录是1986年8月写成的，离开最后一次"清华人"的呐喊已经38年。这38年比他从学成回国到清华园解放的15年要长得多，可是在回忆录里却只占了150页中的18页。这段时期对一个以旧社会来的知识分子的经历来说原是没有多少可以鼓舞后人的事值得述说的，如果把那些最好在记忆里抹去的事写出来，经历过的人不言自喻，没有经历过的人读到了好处也不大，我看少说还是较好。他只用最简括的语言总结了这段生活："往事已矣！决无私人怨恨！这就是历史，这就是人生。没有什么可以自恼，更没有什么怨天尤人的。这就是生活。这就是一个国家历史的自然演变过程。"

在回忆录的倒数第3页，他对自己这一生做出了如下估计："在植物生物学、生物化学和生物力能学中我的确很努力地做了不少工作。在教育和人才培养上也尽了我能尽的力量。但我对祖国对人民的贡献毕竟离我的主观愿望和客观要求相差很远。我工作成就不多、贡献不大，特别在建国以来未能做出合乎我主观愿望的成就，这只能归咎于我自己的努力和工作水平不够，决不能归咎于任何客观条件，如物质条件的不足或政治运动的频繁上。"

这段话里，他重又以他青年时代运动员的那种坚持竞赛道德和队伍精神的面貌留下了他在科学界的形象，一个不朽的形象，称得上"不愧是个清华人"的形象。

写到这里，我觉得言犹未尽，还想在这本书的书名中的"为接朝霞"这四个字上做点文章。正在下笔踌躇时，来了位朋友，抢着读完了我的草稿，抬起头来呆呆地看着我，一语不发，接着讷讷自言："真是个白头宫女，还有心情闲坐说清华。"好，让我就用这句话来结束这篇读后感吧。

1991年8月10日于丹东山上宾馆

顾颉刚先生百年祭

今天我来参加顾颉刚百岁纪念会，感想很多。我对顾颉刚先生一向敬崇和爱慕，他是我们三吴书香的骄傲。他在燕京大学执教时，我正在未名湖畔上学，但我没有上过他的课，听过他的讲。我们属前后两代，相差17年，由于学科不同，我错失了上门拜师的机会。我对史学早年并不发生兴趣，更怕读古书，读也读不懂，因之，和顾先生交臂错失。

顾先生的名字我早已耳熟，他的为学我是衷心钦佩的。那时我还在东吴附中读书，我已读到顾先生的《古史辨》（第一册是在1926年出版的）。当时我上课时不很守规矩，凡是老师讲的课听得厌烦时，就偷偷看自己想看的书，《古史辨》就是其中之一。我喜欢这本书是因为它告诉我，书上的东西不要全信，看书要先看一看这书是谁写的，想一想他为什么要写这本书。那时我正是十七八岁的小青年，思想活泼，就喜欢听这种别的书上和教室里听不到的话。头脑里还没有形成教条，敢于怀疑，很忌"有书为证"这类的话。所以《古史辨》吸引了我，提醒我不要盲目认为凡是印在书上的都是可靠的。

后来我看到陆懋德先生说："此书实为近年吾国史学界极有关系之著作；因其影响于青年心理者甚大，且足以使吾国史学发生革命之举动也。"我就是受到这本书影响的青年之一。我还极同意周予同先生所说的话："他不说空话，不喊口号。""他是有计划的、勇敢的，就心之所安，性之所近，力之所至，从事学问与著作。"这些我在青年时代听到的话，铭记在心，现在年老了，可以加上一句，"受用一生"。我按这几句话做，固然吃了不少苦头，但也尝到真正的甜头。苦头吃过了，也就过去了。甜头却留在心底，历久更甘。

近世的中国学术界大体上也许可以分为四代。从"五四"到抗战是一代，属于我老师们的一代，顾先生就是属于这一代。从抗战开始到解放前后是我这一代，解放后到70年代末是一代，最近这10年又可作为一代。一代有一代的特点，各领风骚几十年。第一代的人物我所接触到的许多老师中有比较深刻的印象。他们确是具有一种特殊的气质，追求真理，热爱科学，在他们看来科学之可贵不是已存在的知识而已，主要在不断追求知识的这股劲。一个人只有一个小小的脑袋，能有天大的本领，装得尽人间知识？只有人类世世代代追求知识，累积起来，才能越来越多。比如我年轻时代在东吴学生物学时，遗传基因还是先进的知识，现在时隔不过几十年，人们已经掌握了利用基因来改造物种的技能，即所谓遗传工程。已有的知识总是有限，经过不断追求就成了无限。人类是演进来的，还在演进，将来会演进成什么样子，我们现在还不清楚。

我上一代的学者那种一往无前推陈出新的精神确是动人。我相信它符合宇宙的演进规律。我去年在《读书》杂志上发表了一篇《清华人的一代风骚》，就是想歌颂我们上一代的这种精神。我写的是关于汤佩松先生一生的奋斗经过。他在生物学战线上冲锋陷阵，远远地超出当时西方的生物界。可惜生不逢时，他培养的花圃里并没有百紫千红的煊赫起来，但是那种精神却表现了我们民族的素质，光辉的前途是可以信得过的。

顾先生不又是这样的一个突出的例子么？他的《古史辨》却比汤佩松先生的"生命之源"幸运多了。顾先生这支锋利的笔杆居然把几千年占在历史高位的三皇五帝摧枯拉朽地推倒了。原来不过是历代编下的一段神话！历代古人曾费了九牛二虎之力搭成的这座琉璃宝塔被顾先生拆成一堆垃圾。这不是一件大大的快事么？三皇五帝的偶像都拉得倒，也预示了没有事实基础的历史的纸老虎，都不会经得住科学的雷电。

顾先生是打破偶像的前锋。他在《古史辨》第四册的序里说："我们的古史里藏着许多偶像，而帝系所代表的是种族的偶像……王制为政治的偶像……道统是伦理的偶像……经学是学术的偶像……这四种偶像都建立在不自然的一元论上。本来语言风俗不同，祖先氏姓有别的民族，归于黄帝的一元论……有了这样坚实的一元论，于是我们的历史一切被其搅乱，我们的思想一切受其统治……所以我们无论为求真的学术计，或为求生存的民族计，既已发见了这些主题，就当拆去其伪造的体系和装点的形态而回复其多元的真面目，使人晓然于古代真相不过如此，民族的光荣不在过去而在将来……"

顾先生这番激昂慷慨的议论，加上他史不绝书那么厚厚的论证，使像我一样的青年学生完全折服了。事经半个多世纪，我年纪已进入耄耋之列，顾先生也已经过去了13年，我们今天在这里纪念他的百岁时，作为他一个没有及门的同乡后生，我心里却非常矛盾。我毫不动摇地承认顾先生所说历代虚构的这部上古史，甚至可以类推到以后的许多传说性的史实，都是不足信的。但是我们的祖祖辈辈难道全是居心叵测的诳言家么？他们为什么要编出一套虚构的历史呢？他们认真地虚构这一套历史这件事的本身反映着一件什么真实的历史过程呢？从这个伪编过程能不能就得出结论说，"古代真相不过如此"，只是一片荒唐的虚妄传说，因而"民族的光荣不在过去而在将来"。我对这个结论，心里还有疑问，实情恐怕没有这样简单。

顾先生一代的学者有一个共同的特点，就是反对学术界不动思想，轻易信人，人云亦云的风气，所以顾先生自己说要造成一个"讨论学术的风气，造成学者们的容受商榷的度量，更造成学者们的自己感到烦闷而要求解决的欲望"。我这一代在这种学风上虽则已大为衰退，但尚幸余风未灭，只是几经风雨，有话常自己咽下。今天在顾先生的纪念会上尽情一吐，也可说是话得其所。

其实今天我想说的内容，在 1958 年前已经提过了，只是没有联系到《古史辨》本身。今天补此一课。那是 1939 年的事，当时我匆匆忙忙从英国回来决心和同胞们共赴国难。到了昆明看到顾先生在 2 月 29 日《益世报》的《边疆》副刊上发表了一篇《中华民族是一个》的大文。他的意思是"五大民族"一词是中国人自己作茧自缚，授帝国主义者以分裂我国的借口，所以我们应当正名，中华民族只能有一个，在中华民族之内我们绝不再分析出什么民族。并且着重说："从今以后大家应当留神使用这'民族'二字。"

我看了这篇文章就有不同意见，认为事实上中国境内不仅有五大民族，而且还有许多人数较少的民族。我在出国前调查过的广西大瑶山，就有瑶族，而瑶族里还分出各种瑶人。不称他们为民族，称他们什么呢？我并没有去推敲顾先生为什么要那样大声疾呼中华民族只有一个。我就给顾先生写了一封信表示异议。这封信在该年 5 月 1 日《益世报》的《边疆》副刊上公开刊出了，题目是《关于民族问题的讨论》，接着顾先生在 5 月 8 日和 29 日撰文《续论中华民族是一个，答费孝通先生》。长篇大论，意重词严。

这样的学术辩论在当时是不足为怪的。后来我明白了顾先生是激于爱国热情，针对当时日本帝国主义在东北成立"满洲国"，又在内蒙古煽动分裂，所以义愤膺胸，极力反对利用"民族"来分裂我国的侵略行为。他的政治立场我是完全拥护的。虽则我还是不同意他承认满、蒙是民族是作茧自缚或是授人以柄，成了引起帝国主义分裂我国的原因。而且认为只要不承认有这些"民族"就可以不致引狼入室。借口不是原因，卸下把柄不会使人不能动刀。但是这种牵涉到政治的辩论对当时的形势并不有利，所以我没有再写文章辩论下去。

其实从学术观点上说，顾先生是触及到"民族"这个概念问题的。我们不应该简单地抄袭西方现存的概念来讲中国的事实。民族是属于历史范畴的概念。中国民族的实质取决于中国悠久的历史，如果硬套西方有关民族的概念，很多地方就不能自圆其说。顾先生其实在他的历史研究中已经接触到这个困难。他既要保留西方"民族国家"的概念，一旦承认了中华民族就不能同时承认在中华民族之内还可以同时存在组成这共同体的许多部分，也称之为民族了。

顾先生自有他的想法，我已无法当面请教他了。但是我相信，如果人神可通，他一定不会见怪我旧事重提，因为历史发展本身已经答复了我们当时辩论的问题。答案是中华民族既是一体，又是多元，不是能一不能多，能多不能一。一体与多元原是辩证统一的概念。民族并不是一个一成不变的群体，而是可聚可散，聚散并不决定于名称上的认同，而决定于是否能保证一体内多元的平等的富饶。我们这个统一的中华民族来之不易，历经几千年，是亿万人努力创造得来的成果，我们子子孙孙自应力保其繁荣、富强、完整、统一。过去创立的功绩，不应抹煞了，今后的光荣只能立足在这个现有基础上，从不断创造、不断更新中得来。这一点我希望顾先生能含笑点头，予以同意。

我刚在说到我对《古史辨》心里还有疑问后，插入了我和顾先生在民族问题上的辩论，似乎有一点乱了思路。其实并没有。因为顾先生在民族问题上的主张正说明顾先生思想上存在着一个没有解决的问题，就是并没有重视一切思想在当时必然有它发生的历史背景。正如顾先生当时要提中华民族是一个一样是迫于时势。三皇五帝是否也有其必须提的背景呢？我对顾先生的三皇五帝纯系虚构的说法，并不怀疑。但是想进一步问一下，为什么要虚构这座琉璃宝塔来"欺世骗人"？真如顾先生所谓拆穿了，"古代真相不过如此"，意思是它只是一片荒唐的虚妄传说。我们古代历史不是成了一回荒唐事迹了么？我们自然会说"民族光荣不在过去而在将来"了。这是我不同意他的地方，因为我认为这是出于他没有更进一步深究这座宝塔在中国古史里所起的积极作用。其实顾先生在厚厚的多少本《古史辨》中有许多地方已经直接或间接提到或暗示，这个虚构过程是密切联系着中华民族从多元形成一体的过程。尧、舜、禹、汤原是东南西北各地民族信奉的神祇。当这些民族与中华民族这个核心相融合时，各别的神祇也就联上了家谱。这一点顾先生不仅不否认，而且提出了不少证据。使我不能了解的是为什么顾先生那样热忱我们这个中华民族的统一体，却不愿承认缔造这个民族统一体，使信奉个别神祇的许多集团归成一体的有功的群众呢？分别的神祇原本是小集团认同的象征。各个小集团融合成了一个较大的集团，很自然需要一个认同的汇合，这时分别的神祇也就自然而然地联系在一起了。虚构三皇五帝的系统，不是哪一个人而是各族的群众。如果我们同意中华民族统一体的不断扩大正说明了我们民族的强盛和文化的发展，那么为什么不肯认可这种认同象征的联宗呢？

说得更明确一些，我不能不怀疑顾先生的思路中存在着个没有解开的矛盾。如果他真正看到了我们这个民族的所以伟大就在于能容纳多元，融成一体，那么他的《古史辨》岂不就是我们民族自古有之的这种伟大性格的见证么？也正因为有此渊源，我们在未来的世界中才可以成为和平共处，兄弟相待的全球性社会的一个支柱。我同意顾先生把我们民族光荣放在将来，但将来的光荣是有根底的。这根底就是我国5000年来的历史，包括顾先生深加辨析的古史。

顾先生所代表的一代学人已经纷纷萎逝，我作为紧接这一代的后辈，深自疚愧，不仅没有能发扬光大前辈的为学精神，甚至难以为继，甘自菲薄。国运其昌，命在维新。缅怀前贤，敢不自勉。

1993 年 8 月 10 日

人不知而不愠

——缅怀史禄国老师

　　1991 年 8 月在辽宁丹东鸭绿江边度暑。丹东是个满族的聚居区，据 1990 年人口普查，丹东地区满族人口超过 100 万人，占全地区总人口的 40% 以上，已有三个县，岫岩、凤城、宽甸建立了满族自治地方。我抽出几天时间访问了附近的满族农村。在访问过程中我回忆起半个多世纪前，我在清华大学研究生院读书时曾读过当时的老师史禄国教授在 20 年代写的《满族社会组织》一书。引起我对满族研究的想法，如果有机会再去现场深入调查一次和史氏旧著的内容相比较，不是可以看到这个民族在最近 70 年里的变化了么？我把这个意思告诉了陪同我去度暑的潘乃谷同志。假期结束回到北京，她立即在北京大学社会学人类学研究中心里说服了高丙中同志，参与这个研究课题。她先在北京图书馆找出了这本久已被人遗忘的旧书进行翻译，作为这个课题的初步工作。1993 年暑季译文原稿送到了我的手上，并且说这本译稿已由商务印书馆接受出版，希望我写一篇序文。写序我是不敢的，因为这本书的作者是我的老师，按我自定的写作规矩，在师承上不许越位。我只同意在书后写一篇记下一些对这位老师的追忆。

　　1933 年暑假前，距今可巧正是 61 年前，燕京大学的吴文藻老师带着我去清华大学登门拜见史禄国教授。为了这次约会，吴先生是经过一番考虑的。他认为发展中国的社会学应当走中国化的路子，所谓社会学中国化是以"认识中国，改造中国"为宗旨的社会学必须从中国本土中长出来。为此他费尽心思要培养一批年轻学生做这件事，他在这年又邀请了美国芝加哥大学的派克到燕京大学来做客座教授，传授实地调查的社区研究方法。这套方法据派克说是从现代人类学里移植过来的。西方当时人类学者都必须参与到具有不同文化特点的各族人民的实际社会生活中去，通过切身的观察、理解、分析、总结，取得对实际的认识。这种参与研究对象的实际生活的方法被称为实地调查的社区研究方法。派克和他的学生们就采用这种方法去调查芝加哥的都市社会，建立了被称为芝加哥学派的社会学。吴先生就有意采用这种方法来建立中国的社会学。这是他的意图，要实行这个意图就必须培养一批人。当时我正好是燕京大学社会学系毕业班的学生，成了他看中的一个培养对象。

要培养一个能进行社区实地调查研究的社会学者，在吴先生看来首先要学会人类学方法，于是想到了就在燕京大学附近的清华大学里的一位教人类学的史禄国教授（以下简称史氏）。燕京和清华两校是近邻，但是要送我去从史氏学人类学却不是那么方便。吴先生为此先说服了清华的社会学及人类学系在1933年招收学人类学的研究生，更重要的一关是要说服史氏愿意接受我这个研究生。这却是个不容易过的关，因为这位教授据说生性怪癖，不易同人接近。为了要他愿意收我这个徒弟，吴先生特地亲自带着我去登门拜见。换一句话说，先得让他对我口试一番，取得了他首肯后，才能进行正规手续。

史氏是怎样一个人？他对自己的身世守口如瓶，我一直不清楚，也不便打听。直到我打算写这篇后记时，才查了他自己的著作和请一位日本朋友帮我在东京搜集了一些资料，关于他的学历才有个简要的梗概。从这个简历中也可以明白为什么他有个不很和人接近的名声。

这位日本朋友复制给我的英文本《国际人类学者人名字典》（C.Winters编，1991年出版，以下简称《人名字典》）中有关史氏简历的条文，由 A. M. Reshetov 执笔，原系俄文，由 T. L. Mann 译为英文。史氏的原名是 Sergei Mikhailovich Shirokogorov（他所出版的著作署名时名尾不用 v 而用 ff），在中国通用的汉名是史禄国。这个汉名是否由他自己起的，我不清楚。但是至少是他认可的。

史氏的生卒年月有两种说法。一是上述《人名字典》说他 1887 年 6 月 2 日生于 Suzdal（俄罗斯），1939 年 10 月 19 日死在"北京"（当时我们称北平，在日本军队占领时用什么地名我不清楚）。但是《北方通古斯的社会组织》（以下简称《北方通古斯》）中译文的译者前言里另有一说，在他名后附有（1889～1939），意思是生在 1889 年，比前说迟两年。中译本说是曾"利用原著和日译本"。我请那位日本朋友查了这书的日译本，译者是川久保悌郎、田中克己。在译者跋文里有"教授 1889 年生于俄罗斯古都附近其父的庄园里"，可见第二说来源于此。这两年之差，不易断定何者为误。

据汉译《北方通古斯》译者前言：史氏"1910 年毕业于法国巴黎大学人类学院，回国后在圣彼得堡大学和帝国科学院从事研究工作，1915 年被选为该院人类学学部委员（时年 26 岁或 28 岁）。曾于 1912 年至 1913 年在俄国后贝加尔和 1915 年到 1917 年在我国东北多次进行民族志学、考古学和语言学调查。十月革命以后流亡我国。从 1922 年至 1930 年先后在上海、厦门、广东等地的大学任教和从事研究工作。1930 年以后在北平辅仁大学、清华大学任教，并到福建、广东、云南和东北等地进行过学术调查。1939 年逝世于北平"。

史氏在《北方通古斯》自序中说："1912 年和 1913 年我曾到后贝加尔做过三次考察，1915 年到 1917 年期间我又去蒙古和满洲做了考察……1917 年科学院又派我前往中国的蒙古以及西伯利亚毗邻的各地方，使我得以继续过去几年的考察。但是我的工作还没有完成，因为整个远东，特别是西伯利亚各地，陷入不安定状况而几次中断，我的研究性质改变了，新资料的搜集几乎限于汉族（体质）人类学的问题。""1917 年俄国旧政权崩溃以后……决定返回圣彼得堡……1917 年结束的第三次考察，持续了两年多……1917 年末在北京进行了对满族的考察……从 1918 年春季以来……我再也没有到通古斯人和满人居住地区去考察的机会了。"从史氏的自述中可以看到，他对通古斯人及满族的实地考察主要是在 1912 ～ 1913 年和 1915 ～ 1917 年这几年中。他又提到过 1920 年离开西伯利亚时丢失过一部分资料，表明 1917 年后还去过通古斯人的地区，看来没有进行正规的调查研究。

《人名字典》记着 1918 ～ 1922 年他是在海参崴大学工作。他自己在所著 Ethnos 专刊的前言中说："经过了 10 年的思考，1921 ～ 1922 学年在海参崴的远东大学讲'民族志'这门课程的引论里阐述了这个理论。"这说明 1922 年流亡到中国之前曾在海参崴的远东大学里住过一年。

1922 年他曾到过上海，但他在上海的情况，我不清楚。据他在《北方通古斯》的序言中表示感谢上海商务印书馆总编辑王云五和英文部主任邝富灼，还有上海巡捕房的人，说明他在上海和当地的社会是有联系的。后来不知哪一年他受到了厦门大学之聘担任研究教授。就在这段时间里他编写和准备出版这本著作。这书的序言是 1928 年 7 月在广州写的。当时他是否在中山大学任职我没有确证。我认识的一位民族学家曾经和史氏一起去广西或云南考察过，是和中山大学有关系的。但是这位朋友几年前已逝世，我也无从追问了。据日译本译者的跋文说：他是 1930 年秋到北平辅仁大学及清华大学任教。我只知道他和辅仁大学的许多欧洲学者往来较多，但是否担任教授的职务不敢肯定。依我 1933 年起跟他学习的两年中，没有听说他兼任过辅仁大学的课程。

我是 1935 年和他分别的，他就在这年的暑期按清华的惯例：教授工作 5 年后有休假出国一年的权利，去了欧洲，但由于一直没有通信，他的行踪我无法得知。我 1938 年返国正在抗日战争时期，北平已经沦陷，情况不明。我所见到从北方南下的人中，没有提到过他。直到抗战胜利后，我于 1947 年回到北平，听说他已逝世。据《人名字典》他是 1939 年 10 月 19 日死的。《北方通古斯》日文本译者跋文中记着 1942 年在北平访史禄国夫人的事。当时她住在景山山麓。他的夫人是 1943 年去世的。

从上述史氏简历中可以看到他一共享年 50 岁或 52 岁。在这半个世纪中有 2/5 的时间，约有 20 年，是用在打学术基础的受业时期。由于他出生于帝俄末期的世家，深受彼得大帝传下来的向西欧开放和向东亚扩张的基本传统影响，后来他留学法国和研究通古斯人。《北方通古斯》日文本译者说他受的是"古典教育"，用我们的话说是欧洲早期的通才教育，着重学习数理化文史哲的基础知识和掌握接通欧洲文化的各种语言工具。他在大约 20 岁时进入法国巴黎大学，在当时西欧文化的中心，接受资本主义上升时期的实证主义思想的熏陶。他接受进化论的观点，把人和人所构成的社会和所创造的文化看作是自然的一部分，企图用科学方法来探讨其发展变化的规律。

他确是从当时欧洲学术最前沿起步的。当时欧洲的人类学还是在研讨文化起源和发展阶段上徘徊，希望从"原始社会"和"野蛮人"中寻找到人类文明的起源。直到第一次世界大战之后才突破了这种"古典"人类学的传统。史氏就在这时投身到人类学这门学科中的。他扬弃了坐在书斋里用零星汇集的资料沿主观思路推论的那种历史学派和传播学派的老框框，采取了当时先进的亲身实地观察的实证主义的方法。

从人类学的历史上看，他和波兰籍的 Malinowski（1884 ～ 1942），威尔士籍的 Radcliffe-Brown（1881 ～ 1955）和德裔美籍的 Kroeber（1876 ～ 1960），都是第一次世界大战之后初露头角的所谓现代人类学的创始人。这一代的人类学者基本上都走上了所谓功能论的路子。以我的水平所能理解的限度来说，史氏在这些人中出生最晚，生命最短，所讲的人类学包罗最广，联系的相关学科最宽，思维的透射力最深，但是表述的能力最差，知名度最低，能理解他的人最少，因而到现在为止，他的学术影响也最小。

史氏的造诣和弱点和他的经历是分不开的。他学术的旺季无疑是1910～1917年的大约7年时间。当时他在俄罗斯帝国科学院里是一个受到上一代栽培的多才多艺、风华正茂的青年学者。26岁当选院士，三次参加受到国家支持的人类学实地考察队，而且在1917年革命狂潮初起时还受到人类学博物馆馆长的安排，再去西伯利亚考察。从他当时已初步形成，后来发表有系统的综合性的民族学理论框架看，不能不说他是个多才，而且勤奋好学的青年。他除写作之外还善绘画。在他那本《北方通古斯》里插入了两幅自绘的彩色画。他有一次对我说，用绘画来写生比摄影更能突出主题。他对音乐也具有深厚的欣赏力，他夫人是位钢琴能手。我在他的书房里和他谈话时常听到隔壁传来的琴音。他有时就停住了话头，侧耳倾听，自得之情另有一种神采。所以我说他不仅多才而且是多艺。

具有这样天赋的青年，在当时浓厚而严格的学术气氛里，他获得了他一生事业的结实功底。但是正在他学术旭日初升之际，无情的历史转变给他带来了严厉的打击。他从1917年起就走上了坎坷的命运。他在《北方通古斯》的自序里透露过，1917年前在各地调查时，一路受到官方的殷勤协助，其后一下变成处处跟他为难的旅行。从1917～1920年他仆仆道上，行旅匆匆，甚至行李遗失，资料被窃。最后不得不远走海参崴，仅一年就开始告别祖国，过着流亡异乡的生活。

在这里插入一小段和我另一位老师Malinowski（以下简称马氏）的对照，也许可以加深对这两人遭遇不同的认识。马氏出生于波兰的Cracow[1]，当时属奥匈帝国。他的父亲是个有名的语言学家。他大学毕

---

[1] Cracow：克拉科夫，位于波兰南部，是克拉科夫省首府。

业后留学德国，后来从 1910 年起又到英国留学，1914 年由英国伦敦大学资助去澳洲调查研究。欧战爆发奥匈站在德国一边对抗协约国。那时他正在澳洲调查，被列入敌国人士，行动受到限制，不得离境。但由英国学者担保，可利用这时期在澳做学术研究，因此他有机会从 1915～1918 年几次深入 Trobriand 岛，参与土人社会生活。他用观察和体会结合的生动资料写出了惊动一时的著作，一举成名。加上他纯熟的英语和优美的文笔，扩大了影响，成了两次大战之间社会人类学功能派的带头人。

回头看看史氏，他在中国虽然也取得了大学里的职位，但他所讲的那一套理论，在中国不可能为同辈学者所理解。何况他又不能用他母语做媒体来表达他的学术思想，只能借助于他自认驾驭尚欠自如的英语来发表他的著作，传播面狭而且不够透彻。于是两人及身的社会声望自然不可同日而语了。

史氏在 1930 年进入清华之前的生活我不清楚。据我从别人口上所得来的印象，他所接触的中国同行学人对他至多是以礼相待，甚至由于莫测高深而采取敬而远之的态度。在清华园里和他有来往的倒是生物学系的一些教授，这是我从同乡的生物学系助教口上听来的。他们系里的教授有疑难的问题，多去请教他。我想这是事实，因为我在清华时的工作室就是在生物馆里，占有一间实验室，而且我可以到生物学系所开的课程去做正式附读生听课并做实验，老师们对我也很优待。这些都是出于史氏给我的安排，表明他和生物系的关系似乎比和自己的社会学及人类学系更亲近些。

人类学在清华园里知道的人不多，史氏作为一个世界级的学者，知道的人更少。他不但在清华里不知名，甚至全国全世界在当时知道他而能理解他的人也是很少的。他在学术本行里有往来的人我所知道的只有在辅仁大学里的一些欧籍学者，而且大多数是天主教神父。天主教神父从明朝以来就是传播西方学术到东方来的桥梁。这座桥到民国时就只留下了辅仁大学这一个小小据点了。

史氏深居简出，与世隔离，自有他的苦衷。他是个回不了家乡的学者，而所以回不去，或不愿回去，是因为家乡已经变了色，对他是合不来的。至于他怎样能立足在中国的高等学府里，其社会政治背景我是说不上的。只有一次我在他家座谈，突然看见他神色异常，因为隔窗见到了几个外国人走向他家门。接着又见他夫人匆匆出门去把来人打发开了。他当时那种紧张的表情，留下我不易忘怀的印象。后来我有位朋友私下同我说，苏联的克格勃 [1] 是无孔不入的。我当时也不大明白这句话的意义，但模糊地理解到我这位老师这时的表情是有点大祸临头的味儿。我怎敢多问呢？

他在清华园里是个孤僻的隐士。生活十分简单，除一周在教室里讲一两堂课外，整天关在书斋里翻书写作。闲下来就听夫人弹钢琴。傍晚两人携手散步，绕清华园一周，每日如此。他这种遗世独立的生活，养成了他那种孤僻的性格，使人觉得他是个很难接近和相处的怪人。这和当年我在伦敦时见到的高朋满座，谈笑风生的马氏正好是个对照。同是异乡流亡客，世态炎凉处两端。

人是社会的动物，最怕是没有人懂得自己，周围得不到自己所期待于别人的反应。在这种处境里连孔子都会兴叹"莫我知也夫？""知我者其天乎"。人之相知是人和人所以能结合成社会的基本纽带。没有共识就不可能有社会交往。孩子哭妈妈就知道他饿了，喂他奶吃。这就是相知的基本模式，也是社会的基础。

一个学者也是为了要社会上明白他所思考、所推敲的问题，所以竭尽心力表达自己的见解，即使四周得不到反应，他总是想著书立说，希望远方也许有人、身后也许有人会明白他的。这是司马迁的所以负辱著书，留言于后世，"疾没世而名不称也"。我说这段话，眼前

---

[1] 克格勃：苏联的情报机构。

似乎出现了这位成天伏在书案前的老师。他不就是这样的人么？孔子说"人不知而不愠，不亦君子乎"，这句话紧接在"有朋自远方来，不亦乐乎"之后，不能不使我猜想他正是希望远方有个明白他人的人能来见他。

史氏在世之日，恐怕深知他的人是不多的。我总觉得似乎是有一条界限，把他的后半生排除在当时的学术圈子之外。他去世后，1986年我三访英伦，在 LSE[1] 的一次座谈会上，在休息期间有一位英国朋友，紧紧拉着我的手用喜悦的口吻说："史禄国在苏联恢复名誉了。他的著作被公开了，肯定了，而且承认他是通古斯研究的权威了。"这位朋友知道我是史氏的学生。因为我把史氏的名字列入 1945 年出版的 *Earthbound China* 一书的扉页上，作为纪念我的三位外国老师的首位。所以这位朋友知道我和史氏的关系，把这个好消息通知我。同时我也了解到史氏不能回国的原因，他在祖国曾是被归在"反动学术权威"一类里的。这个标签的涵义我自有深刻的体会。名要搞臭，书要禁读。1990 年 8 月我有缘去莫斯科访问苏联的科学院，接待我的人证明了 1986 年我在伦敦听到的话。我作为史氏的学生也叨了光。

当我收到那位日本朋友寄来《人名字典》的复制件中有下面一句话："他又是被推崇为第一个给 Ethnicity（民族性）这个概念下定义的人。"《人名字典》这一条文的作者引用史氏的原话"Ethnos 是人们的群体，说同一语言，自认为出于同一来源，具有完整的一套风俗和生活方式，用来维护和崇敬传统，并用这些来和其他群体做出区别。这是民族志的单位——民族志科学研究的对象"。原文出于何书没有说明，我无法核对。

我最初读到这句话时，觉得十分面熟。这不是和近几十年来我国民族学界所背得烂熟的民族定义基本上是相同的，就少了共同地域和

---

[1]　LSE: 伦敦政治经济学院。

共同经济这两个要素？怎么能把这个"经典"定义的初创权归到史氏名下呢？再看写这段话的人署名 A. M. Reshetov 看来是个俄籍学者，而且条文下注明是从俄文翻译的，译者署名 T. L. Mann 以示文责由著者自负。这本字典是 1991 年出版的。出版社的名字在复制件中查不到。写这条文的日期当在我去访问莫斯科前后不久。我思索了一会儿，才豁然开朗。史氏在世时，这种话在苏联是不会有人敢说，更不会见诸文字，而是送到国外出版的字典里公开发表的。

还应当说明的是，我在用中文翻译上面这句话时也很尴尬。史氏用的 Ethnos 是他的专用词，采自拉丁文，在《牛津英语词典》直译作 Nation。史氏采用拉丁古字就是为了要避开现代英语中 nation 一词，因为 nation 在 19 世纪欧洲各民族强调政治自主权时，把这词和 state 联了起来，成为 Nation-State。State，是指拥有独立主权的国家，于是 Nation 也染上国家的涵义，比如联合国的英文名字就是 United Nations。为了把民族和主权国家脱钩，他采用了拉丁文 Ethnos。为了不再把浑水搅得更乱，我就直接用 Ethnos，原词不做翻译了。

由于史氏对用字十分严格，不肯苟从英语的习惯用法。这也是普通读者不容易读懂史氏著作的一个原因。他用词力求确切性，于是许多被各家用滥了的名词总是想违避，结果提了不少别人不易了解的新词。他抛开通用之词，采用拉丁文原字，使其不染附义，Ethnos 是一个例子。更使人不易理解的是用一般的英文词汇加以改造而注入新义，如他最后亲自编刊的巨著的书题名为 *Psycho-mental Complex of Tungus*。Psycho 原是拉丁文 Psukhe 演化出来的，本意是呼吸、生命和灵魂的意思，但英语里用此为字根，造出一系列的词如 psychic、psychology 等意义也扩大到了整个人的心理活动。晚近称 Psychology 的心理学又日益偏重体质成分，成为研究神经系统活动的学科。史氏总觉得它范围太狭，包括不了思想，意识，于是联上 mind 这个字，创造出 Psycho-mental 一词，用来指群体所表现的生理、心理、意识和精神境界的现象，又认为这个现象是一种复杂而融洽的整体，所以加上他喜欢用的 complex 一字，构成了人类学研究最上层的对象。这个词要简单地加以翻译实在太困难了。我近来把这一层次的社会文化现象简称作心态，也是个模糊的概括。

他强调心态研究原是出于他研究通古斯人社会文化中特别发达的 Shamanism（萨满信仰）。萨满是一种被通古斯人认为是人神媒体的巫师。过去许多人把它看作迷信或原始宗教，但史氏则采取实证主义的立场，把它作为一种在社会生活里积累形成的生理、心理的文化现象来研究，并认为它具有使群体持续和适应一定客观环境的作用。这是功能学派的基本观点。

马氏的巫术分析也是采取这样看法的，但是没有像史氏那样深入到生理基础去阐明这种社会行为的心理机制，所以我认为在这方面马氏在理论上没有史氏那样深入。

史氏的人类学和马氏的人类学的差别也许就在这里。马氏也把文化看成是人类为了满足人的生物需要的手段，但是他没有走进生物基础里面去，而满足以生物基础的"食色性也"为他研究社会文化的出发点，去说明各种社会制度的功能和结构，就是如何在满足生物需要上起作用。史氏的生物学基本训练似乎比较深透些。他把人类学的出发点深植于人体的本身。他更把人体结构和生理机制看作是生物演化的一个阶段，尽管人类比前阶段的生物种类发生了许多质的变化，但这些变化的基层还是生物的机制。他甚至在他的 Ethnos 理论中说"在这些单位（Ethnos）里进行着文化适应的过程，遗传的因素在其中传袭和改变，在最广义的理解上，生物适应过程即在这单位中进行的"。

他的 Ethnos 论最精彩的分析是可以用算术公式来表示的一个可视作 Ethnos 单位，即民族认同的群体，在和同类单位接触中所表现出各自的能量。这能量是这单位的地、人、文三个变量相生相克的综合。地包括生存的空间和资源，人包括成员的数和质即生物基础，文是人造的环境，包括社会结构和文化积累。三个变量相生相克的关系中表现向心力和离心力的消长。在相接触的各单位间能量上平衡的取得或失却即导致各单位的兴衰存亡的变化。所以他的理论的最后一句话是"Ethnos 本身是一个不断变化的过程"。人类学就是研究 Ethnos 的变化过程，用我们的话说就是民族的兴衰消长，是一种动态的研究。

史氏把体质人类学作为人类学的基础训练就是这个原因。而且他所讲的体质人类学决不限于体形学（人体测量学），而要深入到生理现象，从人体形态的类型发掘其生理上的差异，一直到人体各部分生长过程的区别。如果停止在这里，还是生物学的范围。他在理论上的贡献也许就在把生物现象接上社会和文化现象，突破人类的精神领域，再从宗教信仰进入现在所谓意识形态和精神境界。这样一以贯之地把人之所以为人，全部放进自然现象之中，作为理性思考的对象，建立一门名副其实的人类学。我用这一段话来总结史氏的理论，自己知道是很冒失和草率的，也就是说完全可能和史氏理论的真实思想有很大的距离。但是作为我个人的体会，在这里说一说也算是写下我向他学习了两年的一些心得。

正因为他把人类作为自然界演化过程中出现的一个阶段，我时常感觉到他的眼光是一直看到后人类的时期。宇宙的发展不会停止在出现了人类的阶段上。我们如果把人类视作宇宙发展的最高阶段，或是最后阶段，那么等于说宇宙业已发展到了尽头。这似乎是一种人的自大狂。在读了史氏的理论后，油然而生的一种感觉是宇宙本身发生了有"智力"的这种人类，因而产生了社会文化现象，其后不可能不在生物基础上又冒出一种新的突破而出现一种后人类的物体。这种物体所创造的世界将是宇宙演化的新阶段。当前的一切世态不过是向这方向演化积累过程中的一些表现罢了，Ethnos 只是其中的一部分。这样说似乎说远了，但正是我要说明为什么我感到他和马氏相比在思路上可能是高出了一筹。正因为史氏的理论宽阔、广博、深奥，又不幸受到文字表达上的种种困扰，他之不易为人所知是不足为奇的。我虽则跟他学了两年，但还是个不太了解他的人。自惭自疚，为时已晚。

也许我是史氏在中国唯一的及门弟子。但是由于客观的原因，我没有能按照他在我们初次见面时为我规划下的程序完成学业，可说是个及门而未出师的徒弟。他给我规定了三个学习阶段，每个阶段用两个学年。第一阶段学体质人类学，第二阶段学语言学，第三阶段才学文化人类学。其间还要自学一段考古学。这个规划看来是重复他自己的经验。体质、语言、社会及文化和考古是他自己的学术基础程序。在他留下的著作中可以看到他从这些学科的训练中所取得的知识，怎样纯熟地运用到他所从事的人类学研究中去的。

他 1922 年后在上海、广州和北京的时间，由于他不熟悉汉语，无法进行社会调查，但是他还是利用他在体质人类学的基础训练，在各地进行人体测量。1924～1925 年间发表了三本有关华东、广东、华北的中国人体质研究的科学报告。他还应用他在体质方面的研究成果，为中国古代史上人口流动做出过富有启发性的推测（见《北方通古斯》中译本第 228 页附图）。这三本有关中国人的体质研究至今还是空谷足音，并无后继。

史氏在人类学方面主要的贡献是在通古斯人的研究。他所著有关通古斯人的社会组织和心态研究这两大巨册现已得到高度的声誉，成了举世公认的权威著作。从他有关通古斯人和满族的著作中，读者必然会体会到他在语言学方面的根底。他不仅能掌握当地民族的语言文字去接触和理解各族人民生活，而且用以分析各民族的社会组织和文化的发展。史氏不仅能纯熟地说通古斯各种语言，而且对语言本身进行深入研究，最后完成了《通古斯字典》，用俄语对译。我在从《人名字典》有关史氏简历所附著作简目中得知这本字典 1944～1954 年已在东京出版。我衷心地感到慰藉，史氏坎坷的一生，终于抵达了他向往的目标，从人类的体质、语言、社会和文化所进行的系统研究环环都做出了传世的成果。他没有辜负历史给他的使命，为开拓人类学做出了先行的榜样。

1935年暑假我刚学完他安排给我的第一阶段的课程，就是体质人类学后，我们就分手了。他当时因在清华已届五年，按校规可以由清华出资送他去欧洲休假。我当时即听他的嘱咐去广西大瑶山调查当地的瑶族。他还为我装备了全副人体测量仪器，并从德国订购了一套当时高质量的照相机，不用胶卷而用胶板。我用这照相机所拍摄的相片有一部分发表在《花蓝瑶社会组织》和《江村经济》两书里，颇受出版社的赏识。这应归功于这相机的质量而和我的手法无关。

我还应当记下，他特地为我和同行的新婚妻子各人定制一双长筒皮靴，坚实牢固，因为他知道西南山区有一种有如北方蝎子一般专门叮人下腿吸血的"蚂蟥"，穿上这种靴就可以防害。他用自己田野工作的经验，十分仔细地给我做好了准备工作。当时谁也没有料想到就是由于这双皮靴竟免我受一生残废的折磨。因为我们在瑶山里出了事故。一个傍晚的黄昏时刻，我误踏了瑶人在竹林里布置下的捉野兽的机关。当我踏上机关时，安放在机关顶上的大石块一下压了下来，幸而我向前扑得快没有打着我的头，而打在我的腰腿和左脚上。我腰部神经当即麻痹，而左脚奇痛，原来左脚骨节被重石压错了位。如果没有这双坚实的皮靴挡一挡，我的左脚一定压烂，如果流了血和感染了，这左脚也必然完蛋了，甚至我的生命也可能就此结束了。后来我妻子独自出林求援溺水身亡，事过后瑶人劈林开路把我们一死一伤的两人抬送出瑶山。死者已矣，我经过半年的医治，才能拄杖行动，但左脚骨节错位，至今未复。我没有和妻子全归于尽，寻根应当归功于老师送给我这双皮靴。这是我毕生难忘的事。

至于我这位老师对我的教育方法，从简道来，就是着重培养我自己解决问题的能力。他从来不扶着我走，而只提出目标和创造各种条件让我自己去闯，在错路上拉我一把。他在体质人类学这一课程上从没有做过一次有系统的讲解。他给了我几本他自己的著作，就是我上面提到的关于中国人的人体研究。并用示范的方法教会了我怎样使用人体测量的仪器。随着就给我一本日本人所著的关于朝鲜人的人体测量的资料，完全是素材，就是关于一个个人的人体测量各项数字，一共有500多人。接着就要求我根据这些素材，像他所做过的分析那样，找出朝鲜人的人体类型。怎样找法就由我在他的著作中去琢磨。

他为我向生物学系借了一间实验室，实验室的门有两个钥匙，他一个，我一个。他就让我独自在实验室工作，但是任何时间他都可以自己开门进来看我在做些什么。我们在工作室里见面的机会并不太多。因为他这两年主要的工作，是在编写和刊印他的《通古斯人的心态》巨著。每天主要的时间是在他自己的书斋里埋头工作。可是每天傍晚总要和他夫人一起绕清华园散步一周。当他经过生物馆时，就可以用身边带着的钥匙开门进入我的工作室。我这时大多已回宿舍去了。他正好可以独自查阅我堆在桌上的统计纸，看到错误时就留下"重做"的批语。我一看到这字条，就明白一个星期的劳动又得重来了。

《朝鲜人的体质分析》交卷后，他就替我安排去驻清河的军队测量士兵的体质，每周两次，由驻军派马队来去接送。士兵测量结束后，在暑假里，他又替我接洽妥当到北平监狱，测量犯人的体质。分析这两份资料又费了我一个多学期的时间，独自埋头在这个工作室里打算盘和拉算尺。这又是他的主意。他只准我用这两种工具进行计数。我问他为什么不引进一些较先进而省时的计算工具。他的答语一直记在我的心里。他说："你得准备在最艰难的条件下，还能继续你的研究工作。"其实这又是他自己的经验总结。他在体质人类学上的贡献，就是靠这两种工具做出来的。他这句话却成了他对我一生的预嘱，只是我没有能像他一样不自丧志地坚持研究。在1957年之后我浪费了足足20年。我更觉对不住这位老师的是瑶山里所取得的资料，在李、闻事件中遗失在昆明。我没有及时地把这批资料分析出个结论来，以致悔恨至今。不幸的事还不止此。我的两篇关于朝鲜人和中国人的体质分析的毕业论文，也在抗战时期清华图书内迁时，被日机炸沉在长江里。到现在我在体质人类学上并没有留下任何可供后人参考的成果。史老师在我身上费的心计，竟至落了空。

我和史氏在1935年分手后没有再见的机会，他给我规定下的三个学习阶段，也没有按预计完成。我1936年直接到伦敦跟马氏学社会人类学了。到现在我才深刻地意识到这个跳越的阶段没有把语言学学到手，正是我一生学术研究中主要的缺陷。不听老人言，苦果自己受。

我跟史氏学习虽只两年，但受用却是越老越感到深刻。我在别处已经说过，如果要追究我近10年来城乡发展研究中所运用的类别、模式等概念，其来源应当追溯到我埋头在清华园生物楼里的两年。那时不是天天在找体型类型和模式么？至于我在民族学上提出的多元一体论更直接从史氏的Ethnos论里传来的。前人播下的种子，能否长出草木，能否开放花朵那是后人的事。我这一生没有做到，还有下一代。值得珍视的是这些种子，好好保留着，总有一天会桃李花满园的。让我把这种心情，写在这本《满族社会组织》的中译本的书后，传之后世。

1994年2月癸酉除夕于北京北太平庄

开风气　育人才

今天我借这个纪念北大社会学研究所成立 10 周年的机会，同时纪念吴文藻老师逝世 10 周年。这两件值得纪念的事并不是巧合，而正是一条江水流程上的会合点。这条江水就是中国社会学人类学民族学的流程，北大社会学研究所的成立和后来改名为北大社会学人类学研究所，还有吴文藻老师一生的学术事业都是这一条江水的构成部分，值得我们同饮这江水的人在此驻足溯源，回忆反思。因之，我挑选这时刻说一些感想，和同人们一起鼓劲自励。

水有源，树有根，学术风气也有带头人。北大社会学人类学研究所怀有在中国人文科学的领域里开创一种风气的宗旨，在过去 10 年里，所里已经有不少年轻学者为实现这个风气而做出了一定的成绩。把这个风气带进中国来的，而且为此努力一生的，我所知道，吴文藻老师是其中一个重要的带头人。现在回过头来看这个研究所力行的那些学术方针中，有不少就是吴老师留下的教导。因之在吴老师逝世的 10 周年回顾一下他始终坚持的学术主张，对这个研究所今后的继续发展，应当是有用的，对同人们今后在学术领域里继续开拓和创造也是有益的。

吴文藻老师的生平和主要论述，在 1990 年民族出版社出版的《吴文藻人类学社会学研究文集》里已经有了叙述和重刊，我不在这里重复了。我只想从我个人的体会中捡出一点要点，略作诠释。

首先我想说的是吴文藻老师的为人，他在为中国社会学引进的新风气上，身教胜于言传。他所孜孜以求的不是在使他自己成为一代名重一时的学人在文坛上独占鳌头。不，这不是吴老师的为人。他着眼的是学科的本身，他看到了他所从事的社会学这门学科的处境、地位和应起的作用。他在65年前提出来的"社会学中国化"是当时改革社会学这门学科的主张。我在和他的接触中有一种感觉：他清醒地觉察到中国原有的社会学需要一个彻底的改革，要开创一种新的风气，但是要实行学术风气的改革和开创，决不是一个人所能做到的，甚至不是一代人所能做到的。所以，他除了明确提出一些方向性的主张外，主要是在培养能起改革作用和能树立新风气的人才。一代不成继以二代、三代。学术是要通过学人来传袭和开拓的，学人是要从加强基础学力和学术实践中成长的。人才，人才，还是人才。人才是文化传袭和发展的载体。不从人才培养上下功夫，学术以及广而大之的文化成了无源之水，无根之本，哪里还谈得上发展和弘扬！从这个角度去体会吴老师不急之于个人的成名成家，而开帐讲学，挑选学生，分送出国深造。继之建立学术研究基地，出版学术刊物，这一切都是深思远谋的切实工夫，其用心是深奥的。

只有了解了65年前中国各大学社会学系的实情，才容易理解吴老师当时初次踏上讲台授课时的心情。正如前述文集的附录里"传略"所引用吴老师自己的话说，当时中国各大学里社会学是"始而由外人用外国文字介绍，例证多用外文材料，继而由国人用外国文字讲述，有多讲外国材料者"。接着他深有感慨地总结了一句，"仍不脱为一种变相的舶来物"。

我是1930年从苏州东吴大学医学预科转学到燕京大学来学社会学，有缘见到吴老师初次上台讲"西洋社会思想史"的一个学生。我从中学时就在教会学校里受早期教育，是个用舶来物滋养大的学生。吴老师给我上的第一堂课上留下了我至今难忘的印象。这个印象说出来，现在中国的大学生一定很难理解。我当时觉得真是件怪事，这位从哥伦比亚大学得了博士回来，又是从小我就很崇拜的冰心女士的丈夫，在课堂上怎么会用中国的普通话来讲西洋社会思想？我当时认为是怪事的这个印象，在现在的大学生看来当时我会有这种印象才真是件怪事。这件事正好说明了这65年里我们的国家已发生了一个了不起的变化。这个变化不知耗尽了多少人的生命和心血，但只有在这个变化的大背景里才能领会65年前老师和学生的心态和他们在这65年中经历的苦乐。

现在来讪笑当时的"怪事"是很容易的，但如果置身于60年前的历史条件里，要想把当时的学术怪胎改造成一门名副其实能为中国人民服务的社会学，却并非一项轻而易举的工作，吴老师当时能做到的只是用本国的普通话来讲西洋社会思想史。这一步也不容易，因为西洋社会思想所包含的一系列概念，并不是中国历史上本来就存在的。要用中国语言表达西方的概念，比起用中国衣料制造西式服装还要困难百倍。

65年前在燕京大学讲台上有人用中国语言讲西方社会思想是一个值得纪念的大事，在中国的大学里吹响了中国学术改革的号角。这个人在当时的心情上必然已经立下了要建立一个"植根于中国土壤之中"的社会学，使中国的社会和人文科学"彻底中国化"的决心了。

从65年前提出"社会学中国化"的主张，现在看来必然会觉得是件很自然的事，不过是纠正在中国大学里竟要用外语来讲授社会和人文科学的课程的怪事。经过了一个甲子，除了教授外文的课程之外，在中国学校里用本土语言来授课已成了常态，但是，社会和文化科学的教材以本国的材料为主的似乎还说不上是正宗。吴老师所提出的"社会学中国化"，在目前是不是已经过时，还是个应该进一步认真研究的问题。北大社会学人类学研究所坚持以结合中国社会文化实际进行科学研究为宗旨，实质上是继承和发扬吴老师早年提出的"社会学中国化"的主张。

这个社会和人文科学中国化问题牵涉到科学知识在文化中的地位和作用的根本问题。其实在大约 60 年前在燕京大学的社会学系学生所办的《社会研究》周刊，就曾经展开过一番"为学术而学术"和"学术为实用"之争。尽管"为学术而学术"就是为了丰富人类知识而追求知识，固然也是一种不求名利的做人态度，有它高洁的一面。但是我在这场辩论中始终站在"学术为实用"这一面，因为我觉得"学以致用"是我们中国的传统，是值得继承和发扬的。吴老师当时没有表态，但后来把英国社会人类学的功能学派介绍进来，为学以致用提出了更有力的理论基础。在功能学派看来，文化本身就是人类为了满足他们个人和集体的需要而创造出来的人文世界。满足人类的需要就是对人类的生活是有用的意思。人文世界就建立在人类通过积累和不断更新的知识之上。知识是人文世界的基础和骨干。学以致用不就是说出了知识对人是有用的道理了么？用现在已通行的话说，学术的用处就在为人民服务。

吴老师所主张的"社会学中国化"原来是很朴实的针对当时在大学里所讲的社会学不联系中国社会的实际而提出来的。要使社会学这门学科能为中国人民服务，即对中国国计民生有用处，常识告诉我们，这门学科里所包括的知识必须有中国的内容。提出"社会学中国化"，正反映了当时中国大学里所讲的社会学走上了错误的路子，成了"半殖民地上的怪胎"。

把中国社会的事实充实到社会学的内容里去实现"社会学中国化"所必要做的初步工作。我记得 30 年代的初期在当时的社会学界在这方面已逐步成为普通的要求，出现了两种不同的倾向，一种是用中国已有书本资料，特别是历史资料填入西方社会和人文科学的理论；另一种是用当时通行于英、美社会学的所谓"社会调查"方法，编写描述中国社会的论著。在当时的教会大学里偏重的是第二种倾向。开始引进这方法的还是在教会大学里教书的外籍教师，其中大多不懂中国话，雇佣了一批中国助手按照西方通用的问卷，到中国人的社会里去，按项提问，按表填写，然后以此为依据，加上统计，汇编成书。这在当时的社会学里还是先进的方法。南京金陵大学的 J. L. Buck（布克）教授是其中之一，他用此法开创了中国农村经济的调查，不能不说是有贡献的。这个方法不久就为中国的社会学者所接受和运用并加以改进，适应中国的情况。最著名的是当时在平民教育会工作后来转入清华大学的李景汉教授。他在河北定县和北京郊区一个农村的调查首开其端，接着燕京大学的杨开道教授也开始了北京附近清河镇的社会调查。这些实地调查在中国社会学的进程中有它们重要的地位。至于抗战时期在社会调查工作方面，清华大学国情普查所曾经结合经济学在滇池周围各县进行过人口调查，由陈达教授给予了指导，方法上也得到了进一步的提高，也形成了一种传统，为中国人口学奠定了基础，则是后话。

吴文藻老师当时对上述的两种研究方法都表示怀疑。利用已有的书本上的中国史料来填写西方的理论和基本上借用西方的调查问卷来填入访问资料，都不能充分反映中国社会的实际。1933 年燕京大学社会学系请到了美国芝加哥大学社会学系的 Robert Park（派克）教授来校讲学，给燕京大学的师生们介绍了研究者深入到群众生活中去观察和体验的实地调查方法。吴老师很敏捷地发现了这正是改进当时"社会调查"使其科学化的方法。他从派克教授得知这种方法是从社会人类学中吸收来的，而且在美国芝加哥大学已用当时所谓"田野作业"的方法开创了美国社会学的芝加哥学派。吴老师抓住这个机遇，提出了有别于"社会调查"和"社会学调查"的方法论，并且决定跟着追踪进入社会人类学这个学科去谋取"社会学中国化"的进一步发展。

现在我又回想起 1933 年燕京大学社会学系里在我们这批青年学生中掀起的"派克热"。派克带着我们这些学生到北平去，去现场参观贫民窟、天桥、监狱甚至八大胡同，从而领会了派克所说要从实际上存在的各种各样的社会生活中去体验社会的实际。这正是吴老师提出"社会学中国化"时要求我们用理论去结合的实际。这个实际就是人们社会生活的实际。这个中国是中国人生活在其中的中国。当派克教授讲学期满返国时，我们这辈学生出版了一本《派克社会学论文集》送他做纪念。这本书我到现在还没有找到。

就在那个暑假，这一群青年学生就纷纷下乡去搞所谓社会学的"田野作业"。吴老师则正开始认真考虑怎样去培养出一批能做"社会学调查"的学生，他知道要实现他改革社会学的事业，不能停留在口头的论说，必须做出有分量的研究成果，让这些研究成果对社会的效益去奠定这项学术改革的基础。能做这种"社会学调查"的人在哪里呢？当时各大学还没有培养出这种人才。所以吴老师就采取了现在已通行的"请进来，走出去"的办法。他在 1935 年请来了著名的英国人类学家 Radcliffe-Brown（布朗）到燕京大学讲学。又在燕京大学的学生中挑出一部分有志于做这项工作的人去学人类学。我就是其中之一，由吴老师介绍，考入清华大学研究院跟俄籍人类学家 Shirokogoroff（史禄国）学人类学。其后又为李安宅、林耀华等安排出国机会到美国学文化人类学。吴老师自己利用 1936 年休假机会去美国和英国遍访当时著名的人类学家。我在该年从清华毕业后得到公费出国进修的机会，在伦敦由吴老师的介绍才有机会直接接受 Malinowski（马林诺斯基）的指导进行学习。

我提到这些似乎是私人的事，目的是要点出吴老师怎样满怀热情地为社会学学科在中国的发展费尽心计。我在这里引一段冰心老人在她《我的老伴》一文中所引吴老师自传中的一段话："我对于哪一个学生，去哪一个国家，哪一个学校，跟谁为师和吸收哪一派理论和方法等问题，都大体上做出了具体的、有针对性的安排。"现在李安宅已经去世，林耀华和我今年都已到了 85 岁，这几个人就是吴老师这段话里所说的那些学生，都是吴老师亲自安排派出去学了人类学回来为"社会学中国化"工作的人，也是吴老师开风气、育人才的例证。

吴老师把英国社会人类学的功能学派引进到中国来，实际上也就是想吸收人类学的方法，来改造当时的社会学，这对社会学的中国化，实在是一个很大的促进。直至今天看来，还是一个很重要的选择，仍然不失其现实的意义。事实上从那个时候起，社会人类学在中国的社会学里一直起着很重要的地位和作用。60多年前开始的这个风气，是从"社会学中国化"这个时代需要的命题中生长起来的。即使是今天的人，无论是国外的学者，还是国内的专家，只要想扎扎实实地研究一点中国的社会和文化问题，常常会感到社会人类学的方法在社会学研究中的重要性。这个问题说起来，当然还有更深的道理，因为社会学研究的对象是人，人是有文化的，文化是由民族传袭和发展的，所以有它的个性（即本土性），所以在研究时不应照搬一般化的概念。早期西方的人类学是以"非西方社会和文化"作为它的研究对象的，因而注意到文化的个性（即本土性），因而强调研究者应采取田野作业的方法，吴老师提出"社会学中国化"就是着重研究工作必须从中国社会的实际出发。中国人研究中国（本社会、本文化）必须注意中国特色，即中国社会和文化的个性。这就是他所强调中国社会学应引进人类学方法的用意。同时他把这两门学科联系了起来，认为社会学引进人类学的方法可以深化我们对中国社会文化的理解。

吴老师出国休假期满，回到燕京大学，正值抗日战争前夕。他原想返国后在燕京大学试行牛津大学的导师制，并为实现他提出的社会学调查工作继续培养人才。这个计划事实上因战争发生已经落空。他和他同辈的许多爱国的学人一样，不甘心在沦陷区苟延偷安，决心冒风险，历艰苦，跋涉千里进入西南大后方，参与抗战大业。吴老师于1938年暑到达昆明接受云南大学的委托建立社会学系。不久，我也接踵从伦敦返国，立即投入云大新建的社会学系，并取得吴老师的同意在云大社会学系附设一个研究工作站，使我可以继续进行实地农村调查。这个研究工作站在敌机滥炸下迁居昆明附近的呈贡魁星阁，"魁阁"因而成了这个研究工作站当时的通用名称。在这里我回想起魁阁，因为它是在吴老师尽力支持下用来实行他多年主张为社会学"开风气，育人才"的实验室。在他的思想号召下吸引了一批青年人和我在一起共同在十分艰苦的条件下，进行内地农村的社会学研究工作。尽管1940年底吴老师离开昆明去了重庆，这个小小的魁阁还坚持到抗战胜利，并取得一定的科学成果。

吴老师到了重庆后，又着手支持李安宅和林耀华在成都的燕大分校成立了一个社会学系和开展研究工作的据点，并适应当时和当地的条件，在"边政学"的名义下，展开对西南少数民族的社会学调查和研究，同样取得了优秀的成绩。昆明和成都两地的社会学研究工作应当说是吴老师为改造当时的社会学在抗战时期取得的初步成果。抗战胜利后，1946年吴老师出国去日本参加当时中国驻日代表团的工作。新中国成立后他即辞去代表团职务，于1951年克服种种困难返回祖国怀抱。

在吴老师返国后，于1952年高校院系调整中，原在各大学中的社会学被取消了，原来在社会学系里的教师和学生分别安置在各有关学系里。其中一部分包括我自己，转入新成立的民族学院，开展有关少数民族历史和社会调查研究。这项研究实际上和吴老师在成都时开展的少数民族研究是相衔接的，所以从学术上看吴老师所主张的联系中国实际和吸收人类学的田野作业方法在新的条件下，还是得到了持续。而且适应当时民族工作的需要而得到了为人民服务的机会。

吴老师1951年从国外归来后，1953年参加了民族学院的教学工作。不幸的是他和其他许多社会学者一样在1957年受到反右扩大化的影响，被错划为右派，失去了继续学术工作的机会。又经过了20多年，到1979年吴老师的右派问题才得到彻底改正。这时他已经年近80岁了，但对社会学的关心从未间断过。当1978年社会学得到重新肯定和在准备重建的时候，他在自传里曾说"由于多年来我国的社会学和民族学未被承认，我在重建和创新工作中还有许多事要做。我虽年老体弱，但仍有信心在有生之年为发展我国的社会学和民族学做出贡献"。

社会学作为一门学科，中断了有 20 多年。这是历史事实。而且正中断在它刚刚自觉地要改造成为一个能为中国人民服务的学科的时刻，社会学在重新获得合法地位时，实质上是要在中国土地上从头建立起一门符合当前新中国需要的社会学。因此不只是在大学里恢复一门学科，在大学里成立社会学系，而是要社会学本身进行改造和创新。正是吴老师在上引自传的话里着重提出重建和创新的意义。其实他也说出了怎样去重建和创新的路子，就是实行他一生主张的理论联系实际和从具体现实的人们生活中去认识和表达社会事实。吴老师是在 1985 年去世的，他在自传中这句话不幸已成了他对中国社会学重建和创新的遗嘱。

我纪念吴老师的话说到这里可以告一段落。现在可以转身过来纪念北大这个社会学研究所成立 10 周年了。这两年值得纪念的事在时间上正好在今年相衔接在一起。我在这次讲话的开始时就说，今天我们所要纪念的两件事并不是巧合，而是有内在的密切联系。因为这个研究所的宗旨正符合吴老师总结了一生经验而表达于他遗嘱中的主题，所以两者是一脉相通的。而且我自己正是把两者结合在一起的中介人。接下去我应当说一下这个研究所成立的经过。

1999 年改革开放政策开始时，邓小平同志在"坚持四项基本原则"的讲话里，讲到了社会学，并说："现在也需要赶快补课。"这可以说是对社会学这门学科在学术界地位的肯定。接着是怎样落实这项政策的具体工作。当时在过去大学里讲过社会学的老师大多数已经去世，留下的不多，我是其中之一，所以理应响应这个号召。但我当时的心情是很复杂的。社会学这门学科能得到恢复，我当然由衷地感到鼓舞，但是对于重新建立这门学科的困难，我应当说是有充分的估计的。社会学在中国，在我看来在解放前并没有打下结实的基础，正如我上面所说的，它是正处于有人想改造的时候中断的，所以提到恢复这门学科时，我曾经认为它是先天不足。又经了这中断 20 多年，可以调动的实力不强。对重建这门学科，我的信心是不足的。最后我用"知难而进"的心情参与重建社会学这项工作。

我记得胡乔木同志在该年社会学研究会成立时的讲话中曾说："要赶快带徒弟，要教学生，即在大学里边恢复社会学系，现在许多同志（指学过社会学的人）都老了。我们希望从我们开这次会到有些大学设立起社会学系这中间不要开追悼会。"在大学里办社会学系，一要教师，二要教材，而当时正是教师教材两缺。既然在一些大学里恢复社会学系作为一个紧急任务提了出来，我们也就不得不采取应急的措施。于是从各大学里征集愿意学社会学的各有关学科的青年教师进行短期集中学习。从若干期学习班里挑选一部分较优秀的成员，采取集体编写教材的方法，加工自学。经过反复讨论修改编出了《社会学概论》这一本基本教材，然后由编写人分别在一些大学里试讲。通过这我们所谓"先有后好"的方针，到 1980 年起在南开、北大、上大、中山等大学里开始社会学这门课程的设置。在这个基础上陆续在一些大学里建成社会学系。到现在全国已有 15 所大学建立了社会学系或专业。1985 年我在教委召开的一次社会学教学改革座谈会上的发言中表示重建社会学的任务到这时可以说已初步告一段落。"戏台是搭好了，现在要看各位演员在台上的实践中去充实和提高这门学科了。"我说这句话时的心情不轻松，怎样去帮助教师们能在实践中充实提高还是一个必须考虑的问题。

这问题其实我在采用上述的速成法培养社会学教师时早就看到了的。我从吴老师的遗言里得到启发，看来我们还得从他所指出过的路子上去解决这个充实和提高社会学内容的问题。所以我在《社会学概论》的试讲本前言的结束语里说："我认为编写人必须定期选择专题投身到社会调查工作中去，联系相应的理论研究，用切实的从中国社会中观察到的事实和实践经验来充实《概论》的内容，并提高社会学的理论和应用水平。"

话是说出了口，但如果我自己不能以身作则，这些话很可能成为一套空言。因之我一方面在说"戏台已经搭成"，另一方面我想有必要再创立一个机构使社会学这个学科的教师能够不断接触实际，进行田野作业。所以我建议北大成立社会学系之后，再设立一个社会学研究所，并自愿担任该所的所长，以便继续带头进行实地调查农村和少数民族社区的田野作业。我力求能继承吴老师的"开风气，育人才"和"身教重于言传"的精神，用我自己的研究工作去带动北大社会学学科的教师和研究生的实地研究风气。这样开始我的"行行重行行"。为了摆脱该所的行政事务，1987年我辞去所长职务，但依旧以名誉所长名义保留学术指导的任务，直到目前。

人类学的调查方法是我们认识中国社会实际的重要途径，结合人类学来创建和改造中国的社会学，是我们实现"社会学中国化"的基础工作。我在1990年给北大校领导的信中曾建议："从我几年来亲自实践的经验看，把社会学和人类学结合起来，以社区为对象，用实地调查研究方法，对学科建设和培养年轻一代扎实的学风很有必要，而且可以突出北大的特点和优势……可把所名改为社会学人类学研究所。"这样可以继承传统，加强国际学术交流，也更加名副其实。1992年研究所正式更名。社会学人类学研究所成立10年来，主要从事了三个方面的工作：边区开发、城乡研究、中华民族多元一体格局的探讨。这些研究都是跨学科的，体现了社会学与人类学综合的想法。同时，这些工作的开展与我多年来十分关注的社会学、人类学的现实应用是密切相关的。中国社会的发展，需要一代接一代人的不断努力。我们社会学人类学工作者不能像西方学者那样，采用对人民生活漠不关心的贵族态度。处在社会变迁中的学术工作者，应当努力为社会现实的发展与人民生活素质的改善，付出不懈的劳动。这一点也许也是中国社会学与人类学的一大特色。

从该所建成的 1985 年至今年已有 10 年。回顾这 10 年，这个研究所是取得了一定成就的，我们应当饮水思源，感激吴文藻老师为我们大家开创出这一条改革社会学，使其能适应不断在发展中的新中国的道路。因此在纪念这个研究所的第一个 10 年的时候，我愿意同时纪念吴文藻老师逝世的 10 周年。应当说这两件值得纪念的事联结在一起是恰当的，同时也正应当用以加强同人们任重道远的认识和自觉的责任心。

1995 年 12 月 10 日

怀念我的知心难友浦二姊

　　春节期间，冬林携同她弟弟士杰一起到我家里来看我，并告诉我，他们已经把母亲浦熙修的文集编定，准备出版，要我写一篇怀念的文章。我听了首先认为他们姊弟二人做了一件好事，因为我认为这是浦二姊生前的一桩不敢认为会实现的梦想。我相信这位知心难友心里一定盼望有这一天。暴风雨过去后，她有机会能在明朗的阳光下让人看到她一片爱国爱党、忠心耿耿的真正面貌。这本文集虽则我还没有机会拜读，但据说将收集她在遭到劫难之前，即 1957 年以前历年所发表过的文章。这里积聚着她一字一字真心实意写出来的一贯精神的结晶；这也是她一生为人的真凭实据，应当可以把劫难中无中生有捏造出来的对她的侮蔑和中伤一扫而清。我还是相信后来的子子孙孙是有判断力的，而且真心盼望今后的日子里，他们也不会再遭到我们这一代人所遭到过的劫难了。

　　我同意冬林姊弟提出的要我写一篇怀念我对这位知心难友的文章，因为至今我还常常想到她，而且感到和她往来相处的那段经历，不仅是支持我渡过那场劫难，使我有第二次生命，而且是鼓励我珍惜我这 20 多年来不敢自懈地工作的动力。因为我心底里还有她这个人，我要求自己这一生能做到她指望我所应当做的事情。

　　对浦二姊的怀念，我在 1987 年 6 月曾为上海《文汇报》50 周年写过一篇《纪念〈文汇报〉的女将》，记下了我当时对她的怀念。时间又过了 12 年，我的记忆力更差了，当时记不起的事，现在更模糊了。在我对浦二姊的怀念之情实在无须加以添补，这段经历又经过了近20年的洗练，我内心确是觉得更光洁可爱了。

我这次再怀念这位难友时，在题目上加了"知心"两个字，这是我这段时间里不断回思浦二姊这个人和我的友好关系时，想起的称呼。她是我的难友那是众所周知的。我们确是从1957年坐在一条板凳上听到我们被宣判成"章罗联盟"的干将和军师时，开始其后13年不寻常的友谊。起初不过是一般的难友，同受劫难以后有的那种共同感情的结合。但同是受难人并不一定有共同的语言，共同的理想和意识，所以不一定是知心朋友。经过1958年这一年在社会主义学院的一起学习，有了相互交心的机会，大家多了一层相识，建立了心态上深一层的联系，所以我加上知心二字在难友之上。

怎样描述我们之间的那种知心难友的实质呢？首先当然我们有共同的境遇，我们都是从社会的正常活动中，突然在一声号令下被孤立出来的人。人是不能离群独立的，也就是说正常的人必须有一个正常的社会环境。我们被指定为"人民的敌人"以后，就从正常的社会环境中和别人划出了一条界线，成为一般人不敢接触和往来的对象。所谓"划清界限"。

我曾打过比较容易理解的比喻，人之不能离开社会可以说有如鱼之不能离开水。一条活鱼从水中打捞出来后，放在沙滩上用强烈阳光来干晒，成了所谓枯鱼，这样的鱼是活不了多久的。这些枯鱼要苟延生命，只能"相濡以沫"。知心的难友在处境上就有类于沙滩上的被晒在一起的枯鱼，他们只能"相濡以沫"，就是在沙滩上互相把自己的吐沫来共同维持生命。我们这些难友就是相濡以沫的枯鱼。他们在被众人视为异类时，还能在相互间保持着社会中人和人在精神上相互支持的作用，因为这些在社会主义学院学习的"右派分子"，还允许个别接触讲点知心话，流露心与心之间的同情。我说知心难友的可贵就在这里，就是被孤立的人还能在这些难友中得到一点人间的温暖作为精神营养。当然，就是在社会主义学院里学习的难友也不一定能相互慰藉成为知心人。这一点体会，正是我接近90岁这几年中补习社会学的心得。

社会主义学院结业后，我们这些被认为已有点改造的难友被宣布摘掉了"右派"帽子，一部分还恢复了政协委员，享受了一些如集体学习和外出参观访问等政治权利。浦二姊还安排在政协文史委员会做编辑工作，所以她自己解嘲说，原来的"新闻记者"递升成了"旧闻编辑"。她兢兢业业地在这个岗位上工作，而且写出了乐松生同仁堂的企业史、董守义参与奥林匹克纪事，以及修改董竹君的回忆和溥仪前半生的历史等这些经得起学术考核的历史著作。

但是树欲静而风不止，1957年掀起的这股巨浪，还在翻天和高涨，到1966年升级成了"文化大革命"这样一次人类历史上少见的特大灾难，牵涉到亿万人。"文化大革命"和"反右"相比真是大巫见小巫。

我们这些"摘帽右派"一夜之间成了当然的牛鬼蛇神，真是闹得家破人亡。潘光旦老师和浦二姊，都没有渡过这场灾难而离开了人世。我作为一只死老虎不知怎的活了下来，以至于今。1980年又得到改正，获得了已经有19年的第二次学术生命。

在上一篇怀念浦二姊的文章中，已说过我在1966年被抄家接着进牛棚、受批斗，直到1969年11月下放沙洋干校。在这段时节里，我几乎完全失去自由，已记不得和浦二姊是否还有机会见面。直到1970年我才利用回北京的假期，又见到浦二姊，这时她已病重，我们是在大家心里都明白即将永诀时分手的，我回到干校不久她就去世了。但没有人告诉我这个消息。浦二姊是在心怀坦白的心态中受癌病在身体上的折磨而离开这个世界的。她没有走出这段黑云压城的劫难。在这个结尾上，我一直觉得有一种对运命的不平之感，我甚至有时狂想，愿与老天对簿，愿意把它无意中给我的近20年的寿命收回，转移给这位能干的女将。因为我深信如果这样一转移国家和人民的收益无疑会比现在的安排可以大的多。对此我还有何可说呢！

　　我在怀念浦二姊时总有一种想法，我们这一代人很快就会结束了。但是在这神州大地，甚至整个地球上，人类还应当活下去。为了人类继续发展，我总是有一种非分的想法，愿意像我们这一代人所受到的扭曲灵魂的历史能否从此不再重演了。我们这一代受过劫难的人，是否有责任把我们所受的灾难总结出一些教训，真正做到前事不忘，后事之师，化怀念为防灾的力量，使得子子孙孙的灵魂再不遭扭曲呢？这也许是对亿万难友怀念的积极的行动。巴金老先生提出过建立"文化大革命"纪念馆也许早已看到这个意思了。我自认脆弱，而且加上年已老了，让我留着这个意思来结束这次对浦二姊的怀念吧。千万不要忘记我们曾有过这一段可悲痛的历史。

1999 年 3 月 14 日

爱国学者的一代人

——在纪念曾昭抡同志诞辰 100 周年座谈会上的发言

　　几天前，我接到一份通知，说民盟中央要举办纪念曾昭抡先生诞辰 100 周年座谈会，问我能不能参加。我说我一定要来。说过之后，我就想，曾昭抡先生在我脑筋里边究竟是什么样的一个人，这个问题不清楚不行，曾先生在历史里边该怎么评价，我没有资格讲这个话。在我心目中他是什么样的一个人，他正代表了"爱国学者"这一代的人。要定个位。我想来想去，有四个字觉得比较妥当一些，就是"爱国学者"。

　　从年龄上讲，我比曾先生差 10 年，晚他一代。他这一代人，我接触到了，可是我不属于他那一代人，下一代人认识上一代人不容易，我上一代人的特点在哪里，不容易看得清楚，我看曾昭抡先生，是小一辈看前辈。两辈人在历史里边的位置不同，发生的变化也很大。我希望自己能超脱出来我这一代，设身处地去想想上一代知识分子的精神特点，领略一代风骚。我写过一篇文章，叫《清华人的一代风骚》。这一代人在精神上有共同之处，在各个学科上都表现了出来。

　　说老实话，我能看出来这一点，但是并不能完全理解，他们生活中的很多事情，我觉得很奇怪。比如讲曾昭抡先生，在西南联大时期，他已经很出名了，是系主任。因为潘光旦先生的关系，我同曾先生也比较熟识，经常听到说他的笑话。他这个人连鞋都穿不好的，是破的。他想不到自己要穿好一点的鞋，还是潘太太提醒他要换一双。最突出的是，下雨的时候，他拿着伞，却不知道打开。我们这一代人觉得这批老头子是怪人。可是我们同情他们，觉得怪得有意思。不修边幅，这是别人的评价，是好话。在他们的真实心里是想不到有边幅可修。他的生活里边有个东西，比其他东西都重要。我想这个东西怎么表达呢？是不是可以用"志"来表达。"匹夫不可夺志"的"志"。这个"志"在我的上一辈人心里很清楚。他要追求一个东西，一个人生的着落。

我最近看了不少写上一代知识分子生平的书，比如陈寅恪，他一定要在明朝到清朝的知识分子当中找到他可以通话的人，所以写《柳如是别传》。他感到语言能通、能交流思想的人，还是在明清之交。志向不同，讲不了话的。代沟的意思就是没有共同语言，志不同也。现在，我们同下一代人交往，看不出他们中的一些人"志"在哪里。他也有他的志，有他追求的东西，有他生活的着落点，可是我们不能体会他了。这和我们对老一代人一样，我对曾昭抡先生这一代人，包括闻一多先生，他们一生中什么东西最重要，他们心里很清楚，我们理解起来就有困难。曾先生连家都不要的。他回到家里，家里的保姆不知道他是主人，把他当客人招待。见曾先生到晚上还不走，保姆很奇怪，闹不明白这个客人怎么回事。这是个笑话，也是真事，说明曾先生"志"不在家。

他的"志"在什么地方，我看的不一定对，但我看到了两个主要的东西，第一个是爱国，这是我看上一代人首先看到的东西。他们的爱国和现在讲的爱国不同。他们真的爱国，这是第一位的东西。为了爱国，别的事情都可以放下。第二个是学术，学者要有知识，有学识。开创一个学科或一个学科的局面，是他一生唯一的任务。一是"爱国"，一是"学者"，曾昭抡先生身上这两个东西表现得很清楚。现在的学者，当个教授好像很容易，搞教学可以，到科学院也可以，他已经不是为了一个学科在那里拼命了，很难说是把全部生命奉献于这个学科了。

　　曾昭抡先生对待化学，是和对待他爱人一样的。他创办化学学会会志，用的钱都是自己掏出来的。不是人家要他拿钱，是他主动把工资拿出来办这个杂志。杂志比他的鞋重要。他为这个学科费尽心力，像一个妈妈对自己的孩子一样。在我国把实验室办大学里边，据说他是第一个。通过实际获得科学知识，他解决了这一个很基本的问题，抓住了要害。人生经历当中的有些东西，随着历史发展就过去了，像"六教授"，像"右派"，这些东西都过去了，不再讲了，可是实验室对于获得科学知识的重要性是不会过去的。这是学习的需要。将来说起曾昭抡先生的历史上的贡献，我看他在中国化学学科上的贡献会比他当部长的贡献重要得多。在我心目中，曾昭抡先生是个真正的学者。"学"的根子，是爱国，所以我说他是爱国学者。

　　我们民盟也是从爱国这两个字上长出来的。我和曾先生差不多同时进民盟，都是在 40 年代。进民盟没有别的理由，就是爱国。当时我们觉得，再那么搞下去不行了，要当亡国奴了，要救亡，所以要加入民盟。不是想当官、想当部长才进民盟。他后来被打成右派，官做不成了，他也不在乎。他觉得这样很好。编写了很多教材，培养了很多人才。他在的那个学校我去过，在珞珈山上，高高低低的路不大好走。他还是老样子，穿的还是破鞋子，走路碰在树上，碰破了头也不在乎。他心里边装的就是一个学科的发展，志在此也。

　　知识分子心里总要有个着落，有个寄托。一生要做什么事情，他自己要知道要明白。现在的人很多不知道他的一生要干什么，没有一个清楚的目标，没有志向了。过去讲"三军可以夺帅，匹夫不可夺志"，现在他没有志了，没有一个一生中不可移动的目标了。我觉得"志"是以前的知识分子比较关键的一个东西，我的上一代人在这个方面比较清楚。像汤佩松，把一生精力放在生物学里边；曾昭抡把一生的精力放在化学里边。没有这样的人在那里拼命，一个学科是不可能出来的。

　　现在科学院里的人，可以在一门学科的考卷上证明自己学得很好，分数考得很高，得到硕士学位，博士学位，得到各种各样的名誉，可是他并不一定清楚进入这个学科追求的是什么，不一定会觉得这个学科比自己穿的鞋还重要，比自己的老婆还重要。我对现在的年轻人不大了解，也不大理解。我这一代人不能完全理解上一代人，下一代人也不能完全理解我这一代人。相差 10 年，就有了不能理解的地方。我希望大家能互相地多理解一些。中国文化要是再有一个蓬勃发展的时候，科学界就不能缺曾昭抡这样的人。我希望有这一天。知识分子靠的是知识，国家发展也需要积累知识，这是根本。曾先生当部长的历史很快就过去了，可是他花钱办的化学杂志还存在，他拼命发展的学科还存在，他的"志"转化成的东西还存在。我不知道新的一代继续下去的人心里还有没有这样一个东西。没有这个东西就危险了。没有"志"了。文化就没有底了，没有根本了。我很担心。

1999 年 6 月 10 日

推己及人

接到参加纪念潘光旦先生诞辰 100 周年座谈会的通知，我就开始想该怎么讲，花了很多时间。晚上睡觉的时候也在想这个问题。在这个会上，怎么表达我的心情呢？想了很多，也确实有很多话可以讲讲。可是我来开会之前，我的女儿对我说：不要讲得太激动，不要讲得太多。我马上就到九十岁了，到了这个年龄的人不宜太激动。可是今天这个场合，要不激动很不容易。我同潘先生的关系，很多人都知道。我同他接触之多，关系之深，大概除了他的女儿之外就轮到我了。从时间上看，我同潘先生的接触要比他有的女儿还要长一些。小三出生之前，我已经和潘先生有接触了。我们是在上海认识的，时间是 1930 年之前，早于我来北京上学的时间。后来，在清华大学，我和潘先生住得很近，是邻舍。到了民族学院，住得更近了。有一个时期，我们几乎是天天见面，一直在一起，可以说是生死与共，荣辱与共，联在一起，分不开了。这一段历史很长，我要是放开讲，可以讲上半天。

昨天晚上我还在想，要讲潘先生，关键问题在哪里？我觉得，关键是要看到两代人的差距。在我和潘先生之间，中国知识分子两代人之间的差距可以看得很清楚。我同潘先生的差距很清楚，我同下一代的差距也很清楚。差在哪儿呢？我想说，最关键的差距是在怎么做人。做法不同，看法不同。做一个什么样的人，自己才能觉得过得去？不是人家说你过得去，而是自己觉得过得去。这一点，在两代知识分子之间差别很大。潘先生这一代和我这一代就差得很远。他是个好老师，我不是个好学生，没有学到他的很多东西。

潘先生这一代人的一个特点，是懂得孔子讲的一个字：己，推己及人的己。懂得什么叫作"己"，这个特点很厉害。己这个字，要讲清楚很难，但这是同人打交道、做事情的基础。归根到底，要懂得这个字。在社会上，人同别人之间的关系里边，有一个"己"字。怎么对待自己，推己及人，老吾老以及人之老，幼吾幼以及人之幼，首先是个"吾"，是"己"。在英文里讲，是"self"，不是"me"，也不是"I"。弄清楚这个"self"是怎么样，该怎么样，是个最基本的问题。可是现在的人大概想不到这个问题了。很多人倒是天天都在那里为自己想办法，为自己做事情，但是他并不认识自己，不知道应当把自己放在什么地方。

潘先生这一代知识分子，对这个问题很清楚。他们对于怎么做人才对得起自己很清楚，对于推己及人立身处世也很清楚。不是潘先生一个人，而是这一代的很多人，都是这样。他们首先是从己做起，要对得起自己。怎么才算对得起呢？不是去争一个好的名誉，不是去追求一个好看的面子。这是不难做到的。

可是要真正对得起自己，不是对付别人，这一点很难做到。考虑一个事情，首先想的是怎么对得起自己，而不是做给别人看，这可以说是从"己"里边推出来的一种做人的境界。

这样的境界，我认为是好的。怎么个好法，很难说清楚。如果潘先生还在世的话，我又该去问他了。在我和潘先生交往的一段很长的时间里，我把他当成活字典。我碰到不懂的问题，不去查字典，而是去问他。假定他今天还在，我会问，这个"己"字典出在哪儿？在儒家学说里边，这个世界的关键在什么地方？为什么它提出"推己及人"？"一日三省吾身"是要想什么？人在社会上怎样塑造自己才对得起自己？潘先生在清华大学开过课，专门讲儒家的思想。我那时候在研究院，不去上课，没有去听。后来我想找到他讲课的时候别人记录下来的笔记。新加坡一个朋友叫郑安仑，听过潘先生的课。我要来了郑安仑的课堂笔记，可是他记得不清楚。我后来想，其实不用去看潘先生讲了些什么，他在一生中就是那么去做的。他一生的做人做事，就是儒家思想的一个典型表现。他不光是讲，更重要的是在做。他把儒家思想在自己的生活中表现了出来，体现了儒家主张的道理。

这个道理关键在哪里？我最近的一个想法，是觉得关键在于"己"字。"己"是最关键、最根本的东西，是个核心。决定一个人怎么对待人家的关键，是他怎么对待自己。我从这个想法里想到了自己。我写过一篇文章，题目是"我看人看我"，意思是讲我看人家怎么看我。潘先生同我的一个不同，是他自己能清楚地看待自己。我这一代人可以想到，要在人家眼里做个好人，在做人的问题上要个面子。现在下一代人要不要这个面子已经是个问题了。我这一代人还是要这个面子，所以很在意别人怎么看待自己。潘先生比我们深一层，就是把心思用在自己怎么看待自己。这一点很难做到。这个问题很深，我的力量不够，讲不清楚，只是还可以体会得到。我这一代人还可以体会到有这个问题存在。

孔子的社会思想的关键，我认为是推己及人。自己觉得对的才去做，自己感觉到不对的、不舒服的，就不要那样去对待人家。这是很基本的一点。可是在现在的社会上，还不能说大家都是在这么做了。潘先生一直是在这么做的。这使我能够看到自己的差距。我看人看我，我做到了，也写了文章。可是我没有提出另一个题目：我看我怎么看。我还没有深入到这个"己"字，可潘先生已经做出来了。不管上下左右，朋友也好、保姆也好，都说他好，是个好人。为什么呢？因为他知道怎么对人，知道推己及人。他真正做到了推己及人。一事当前，先想想，这样对人好不好呢？那就先假定放在自己身上，体会一下心情。己所不欲，勿施于人。我今天讲潘先生，主要先讲这一点。我想这一点会得到大家的赞同，因此可以推广出去，促使更多的人这么去想、这么去做。现在的社会上缺乏的就是这样一种做人的风气。年轻的一代人好像找不到自己，自己不知道应当怎么去做。

要想找到自己，办法是要知道自己。不能知己，就无从"推己"。不能推己，如何"及人"？儒家不光讲"推己及人"，而且讲"一以贯之"，潘先生是做到了的。我想，潘先生这一代知识分子在这个方面达到的境界，提出的问题，很值得我们深思。现在，怎么做人的问题，学校里不讲，家里也不讲。我们今天纪念潘先生因此很有意义。怎么做人，他实际做了出来。我作为学生，受潘先生的影响很深。我的政治生命、学术生命，可以说和潘先生是分不开的。我是跟着他走的。可是，我没有跟到关键上。直到现在，我才更清楚地体会到我和他的差距。在思考这个差距的过程中，我抓住了一个做人的问题，作为差距的关键。我同上一代人的差距有多大，我正在想。下一代人同我的差距有多大，也可以对照一下。通过比较，就可以明白上一代人里边为什么有那么多大家公认的好人。

潘先生这一代人不为名、不为利，觉得一心为社会做事情才对得起自己。他们有名气，是人家给他们的，不是自己争取的。他们写文章也不是为了面子，不是做给人家看的，而是要解决实际问题。这是他们自己的"己"之所需。我们可以从他们身上受些启发，多用点脑筋，多懂得一点"己"字，也许就可以多懂得一点中国文化。中国文化有一种超越自己的力量。有些文章说潘先生"含冤而死"，可是事实上他没有觉得冤。这一点很了不起。他看得很透，懂得这是历史的必然。他没有怪毛泽东。他觉得"文化大革命"搞到那个地步不是毛泽东的意思。为什么呢？他推己及人，想想假定自己做毛泽东会是什么样的做法，那根本不会是这个做法。因此不应该怪他。这就是从"己"字上出来的超越一己荣辱的境界。这使潘先生对毛泽东一直是尊重的，是尊重到底的。他没有觉得自己冤，而是觉得毛泽东有很多苦衷没法子讲出来，也控制不住，最后演变成一场大的灾难。潘先生经历了灾难，可是他不认为应该埋怨哪一个人，这是一段历史的过程。潘先生是死在我身上的，他确实没有抱怨，没有感到冤，这一点我体会得到。他的人格不是一般的高。我们很难学到。造成他的人格和境界的根本，我认为就是儒家思想。儒家思想的核心，就是推己及人。

1999 年 9 月 15 日

第四辑

人生的况味

日译《生育制度》序

　　一本早年的著作，经过了大约四十年，按原样重版，又翻译成日文出版，这对作者本人来说不免又喜又愧。喜的是连自己都没有预料到，经过这样长久又这样坎坷的岁月，作者竟能及身见到还有海外的读者愿意阅读这本书。可是也必须说，在这漫长的时间里，作者本人的思想多少已有了些改变。有些方面可能是比较成熟了些，有些方面却没有赶上时代，显得落后了。而且年事已高，锐气未免消失不少，今不如昔。青年人的可爱，也许就在"初生之犊不畏虎"。想当年我开始写这本书时还只有三十多岁，满怀抱负，要一探社会的究竟，还立志要写"三部曲"，一是讲人们怎么和怎样在社会体系里共同生活？一是人们怎样通过新陈代谢使社会体系能维持和延续？一是社会体系本身又怎样通过人们的创新而不断变化？这本《生育制度》其实就是我第二部曲的试笔。早年给自己树下的愿望到现在这年纪可以断言是落空了。这倒不能全怪过去的处境坎坷，主要还是阅历多了，明白了天高地厚，个人那么渺小，哪敢再做这样的妄想。近年来重读早年的作品，还常觉赧颜不止。看到要害处，却每见自己逡巡却步，穿不透、突不破，火候未到家也。现在要把这些初出茅庐的作品送到日本学者面前去请教，怎能不发生一种自惭之感呢？

　　我敢于把旧著重刊，还要翻成外文出版，自有另一种想法。我想，世上一切事物都是历史在一定时空的产物，同时也成了当时当地历史的一部分。既是历史的一部分，当然也会在更大的地域和更长的时间里起着影响其他事物的作用。历史者就是古人每一念及就会怆然而流涕的"天地之悠悠"。著书自非例外。在有文字的时代里，人们总是会用它来反映当时当地一部分人的一些观点。本身是历史产物的观点通过文字发生社会作用，同时也留下历史的脚迹。至于通过哪些人的头脑和手笔进行反映，那是无关宏旨的。文章一离手，实已不属于作者个人。真是一言既出，驷马难追，因为它已成为历史长河、社会巨海中的一浪。如此看来，我还有什么权利把反映四十年前发生在中国年轻人中一些观点的记录，由于曾出于我的手笔而把它掩饰起来呢？

作为一个旧著的作者应当比其他的读者对写成这本旧著时的历史背景和主观条件更为了解，特别是经过了四十年的岁月，应当可以站得远一些，甚至高一些来回溯当年情境。老眼看春水，别有一番滋味。如果有条件和兴致能写成文字，对旧著的其他读者，在体会该书的内容时，或者也可有所裨益。这是为什么我答应旧著重刊、翻译外文、并且写序的缘故。

让我先说一说此书写作的经过。话得从稍稍远一些说起。

1938 年暑天，欧战爆发前夕，我校对过 *Peasant Life in China* 一书的清样，告别伦敦，取道马赛，乘轮返国。那时，亚洲大陆，烽火弥天，故乡陷落，遣送我出国留学的清华大学已迁到昆明，并和北京大学、南开大学联合成为西南联合大学。我在国事危急之际，从西贡上岸，直奔昆明。在昆明遇到我母校燕京大学的老师吴文藻教授。他事先已为我申请到中英文化基金的研究费，使我在返国不到半个月就能下乡在昆明附近的禄丰县的农村里开始社会调查。在这基础上，取得燕京大学的资助，在云南大学成立了一个小规模的社会学研究室。1943 年我应邀去美国讲学，利用这一年时间，把研究室同仁们的调查成果翻译成 *Earthbound China*（芝加哥大学出版社，1944），*China Enters the Machine Age*（哈佛大学出版社，1944）两书。1944 年返国后我开始在云南大学及西南联大担任教课。我开了两门课程：一是家庭问题，一是农村社会。战时后方的生活是十分艰苦的。一个教授的工资养不活结了婚又生了孩子的小家庭。我不得不以写稿补给。我在大学的教室里讲完一堂课，回来就把讲稿整理成文，卖给报馆和杂志社去发表。这种处境养成了我喜写短文的习惯，也在当时赢得了多产作家的名声。

1946年暑季，西南联大决定分别迁回原址，清华将回北平，即今北京。我贪恋四季如春的昆明气候，打算用这假期，在北上前把这几年在报纸、杂志上发表过的文章，分题整理成几本文集：有关农村社会的讲稿编成《乡土中国》，有关家庭问题的编成《生育制度》。

没有料到，这本《生育制度》却遭到难产。该书刚编成一半，当时已统治了昆明的国民党反动派，对我们这些被称为"民主教授"的人物，加强了横暴的迫害。闻一多先生首当其冲，光天化日之下被特务枪杀于大学宿舍的街头。经过了一个多月的恐怖日子，我终于带妻携女逃出昆明。这消息传到了伦敦的朋友，他们多方设法邀请我去英国"换换空气"。我回到故乡，住在江苏省浒墅关我姊姊为我借得的一所房子里，等待朋友们为我张罗出国手续。就在这段时间里，我完成了这本《生育制度》的编写工作。

也许可以在这里提一笔，我原本打算在这书后部关于亲属制度还要多写几章，但由于手里无书，难于下笔，所以不得不草草结束，实属憾事。还想附笔一提，我于1982年重访浒墅关最后写成此书的旧居。我当时借住的那间房屋还在，但因主人外出双门被锁，未能入户。我只能以此屋为背景摄了一影，以留纪念。今既出日文版，不妨附印扉页，以飨读者。唯当年住在此屋里写作的还是个风华正茂的壮年学者，现在如相片上所示的，已霜雪满头了。

这本书不仅难产而且境遇也是够寒峭的。1946年秋季我把稿子交给了商务印书馆之后，就上飞机去伦敦了。像个弃儿一般，我已无法照顾它了，既未校阅清样，最后润色，又逢战事不息，素以印书质量著名的这个书店，在烽火乱局中的出品竟致纰缪屡见。我收到这书初版样本后不久，全国解放了。这书流传为数极为有限。社会学这门学科在大学里从 1952 年起就中断了，到 1979 年才得到恢复。这本书淹没无闻者三十年，有些图书馆甚至因为作者的关系 1957 年后把该书打入了冷宫。社会学得到恢复后，我才从墙角的书堆里捡出这本久已被遗忘的旧著。天津人民出版社出版《社会学丛书》向我约稿，我就以此旧著搪塞。承蒙他们不弃，1981 年重刊出版，1983 年又二次印刷。此书的运命似乎已有转机。

1982 年我应日本国际文化会馆之邀去东京访问，以文会友，我宣读了"论中国家庭结构的变动"。访日期间我又见到当时东京大学东洋文化研究所所长中根千枝教授。她和我本是同门弟子，都在英国伦敦经济学院师从过 Raymond Firth 教授（现已因其在学术上的贡献取得爵士荣誉）。这位老师现尚健在。我们这两个同门弟子相差二十年，我是在三十年代听过他的课，她是五十年代跟他学习的。1975 年中日开始友好往来时，她就代表日本文化教育界来华访问。我们初见，一如故交。记得她当天就赠送我一叠著作，其中有一本是用英文写的《日本社会》（企鹅普及本，1973）。我当夜读完，翌日就交换意见，她十分惬意。事后我邀请许真同志把这本书译成中文，中根教授写了中译本序，我亲自翻译。这次访日，我又见到她，她在繁忙的工作中抽出几天宝贵的时间，伴同我去仙台参观日本农村，盛情可感。我在这次访问中赠送她一本已重刊的《生育制度》。投桃报李，礼尚往来，她建议请人把我这本旧著译成日文在日本出版。我当即首肯，她又选择了她的得意门生横山广子作为这书的译者。横山女士 1983 年来中央民族学院留学，携带该书译文稿本，其中所有疑难之处，一一由我亲口解释。她还为我找出了一些排印上的错字。她那种阅读细致、翻译认真的为学精神，使我敬服。

1984 年 6 月，中根千枝教授又来访华，带来了该书的清样。她已亲自校阅过，她要我对书中一些我本人创制的专门名词，如"社会继替""世代参差"等，作进一步的口头说明。这些名词固然对日本学者会感到生疏，但好在日文中有汉字，日语又有吸收外文的习惯，所以我不想割爱，请她保存原相。如果这些名词引起读者的困难，其责任当然是属于我的。

我也乐意接受东京大学出版社的建议，为日文译文本写一序言；并且同意在四十年前写成的旧著后面，附入这几年里我关于中国家庭结构所写的两篇文章：一是 1982 年在东京的讲话，上面已经提到，一是 1983 年在香港中文大学召开的"中国文化和现代化"讨研会上的讲话"家庭结构变动中的老年赡养问题"。这两篇文章可说是我对生育制度一些观点最近的看法，也是我应用这些观点来研究中国实际的尝试。

贯穿我这本《生育制度》的一个观点，就是人类社会必须有一套办法来解决个人有生死、社会须持续的矛盾，也就是生物的个人和社会的集体之间的矛盾。这个矛盾是通过个体的新陈代谢来取得集体的常存而统一起来的。社会体系中个体的新陈代谢包含着社会成员再生产的过程，这个过程不能单纯依靠生物机能来完成，而还必须有社会性的抚育工作。任何集体必须有一整套由历史积累下来的由社会来完成这过程的办法，就是我所说的生育制度。我是在分析这个过程中看到家庭这个社会细胞的。只有通过分析这个基本矛盾，才能理解家庭这一类社会细胞的作用。

我从本质上分析这个过程，不能不触及自然发展中从生物到社会的飞跃，从而把只从现象发生前后所看到的"性爱——结婚——成家——生育"的程序颠倒过来。为了集体需要的新陈代谢，社会必须再生产新的成员，社会新成员的再生产必须经过生物性的生殖和社会性的抚育，新成员能否出生必须得社会的批准，社会成员的培养更需要社会的抚育，于是出现"家"，要使男女成家，必须经过社会规定的结婚手续，并服从社会规定的两性关系。我在这本书里提出的观点，正是传统认识的倒叙。

上面所说的传统认识很可能产生于西方社会，那是因为在现代的西方社会里个人间的契约常被认为是社会的基础。本书中提出"婚姻不是件私事"，显然不易为现代的西方人士所接受。实际上从来没有把婚姻真正认为是男女个人之间的契约关系的东方人士，至少我们中间的汉族，却也会从现象发生的次序而把我所提出的本质上的程序看成是奇谈怪论，至少也会感到有点标新立异。好意的评论者也注意到这个次序而为我辩解。其实，究竟谁是倒叙，牵涉到的不是这些细节，而是根本性的差异，不同文化的不同社会观。

由于我是从中国文化中长成的，尽管受到过相当多的现代西方文化的影响，根本上却并没有离开中国文化的社会观，个人不过是世代之间的一个链环，俗语说"传宗接代"就是不把个人摆在社会之前，不把个人和社会对立的观点。用哲学的术语来说，人和社会间存在着辩证的关系。社会是由许多个人组成的，没有人当然没有社会；社会是为组成它的众多个人服务的，社会如果不能使人们生活下去，它也就丧失了它存在的依据。但是众多的个人一旦形成共同生活的集体，就产生了一个凌驾于个人，控制着个人的实体，这就是社会。社会是人创造的，但它又反过来塑造了一个一个人的生活方式，要得到生活的人也就离不开它。所以自从人既是动物而又不是动物时起，也就是大自然从生物界飞跃而发展出社会界时，社会已是生于斯、死于斯的不断新陈代谢的久长和稳固的实体。这不可能出于集体中众多个人之间的契约结合。

必须承认，在西方学者特别是欧洲大陆的学者中，也有采取这种社会观的，因之，也有些西方的朋友用西方的学术派别来分析我的思想。无疑，很多是极中肯的，也符合我的学习经历。但是我反复自我解剖，却倾向于认为我这套根本的社会观，与其说得之于西方学者，倒不如说是来自早年滋养我成长的中国泥土，我的思想之根深深地埋在中国的文化里。

我这种社会观并不是我的创造，它存在于亿万中国人的心头，他们不一定能用语言来说，但是他们却用行动在实践。凡是碰到不符合这种社会观的事，他们就会感到别扭，感情上过不去。我在香港讲的那篇《老年赡养问题》里，就用"前有祖宗、后有子孙"的社会观来指出中国家庭结构的特点，也就是中国文化和西洋文化的区别所在。

中国人很少会欣赏困守空巢的老人。只要具体条件允许，绝大多数的子女总是会和年老的父母同居在一起，甘心承担赡养父母的责任。这是社会舆论所支持的美德。值得我们注意的，不论在农村或是城市，目前的趋势不仅所谓核心家庭的比例在增加，而同时已婚而且已有了孩子的子女和父母同居的三代同堂的家庭的比例也在增加。如果我们进一步了解核心家庭的情况，不是父母已故，就是两地分隔，或是父母已与其他子女同居。空巢型的老年夫妇，除了由于已无子女可靠者外，是很个别的，不常见的。

这里我不想再追问中国人的这种社会观的根源，只想说我这个人就是在具有这种社会观的中国文化中长成的。我并不想预言这种社会观什么时候才会改变，或者估计现在的中国人中有多少已经改变，反正文化是不会固定不变的。值得指出的是，我这本书其实就是这段时期中国历史条件下包括我在内的这一部分人所有观点的反映。旁观者清，从另一个文化中成长的人，也许会从另一个角度来看我这本书而得出其他的体会，甚至更正确地认识到我要在这本书里反映的实际。这也是我愿这本书能译成日文并得以向日本读者请教的原因。

1984 年 7 月 12 日

两篇文章

我一生有两篇文章都是三十年代写起，至今还没有写完。我 1935 年从清华研究院毕业后，才二十五岁，年华正茂，一股劲想搞社会调查。调查社会不那么容易，我想先从一个比较简单的社区开始，所以到广西大瑶山去调查。进行到一半出了事，这第一篇《少数民族的社会调查》文章没有做完。

1936 年我回到家乡休养，家乡有个女子蚕业学校，校长很有远见。他从二十年代就搞科技下乡，把现代养蚕缫丝的科学技术送到乡下给农民。学生们到一家家农户去推广怎么改良养蚕，把中国的土法缫丝改成机器制丝。不但这样，他们又看到，把生产技术提高了，农民并没有得到多少好处，好处全被中间剥削搞走了。他们想到科学技术的提高应当使千家万户都富起来。这思想是很好的。为了消除中间剥削，他们教农民自己制丝。学校送了农民一台机器，办了一个小型丝厂。农民自己当老板，是个合作社，大概是在 1933 年成立的。从种桑树、养蚕、制丝到出售，成为"一条龙"。我的姊姊费达生就在吴江县开弦弓村做这件事。我去探望她，在村里住了一个月。我对周围发生的事觉得很有意义，问东问西，把材料记了下来。秋天我到英国去留学，就写了一本关于中国农民生活的书。这是第二篇文章的开始。

我从英国回来抗战已开始了。我到了昆明，后来闻一多先生遇难的事件发生了，我才离去。我在云南期间调查了几个农村，写了一本《禄村农田》。解放后，土地改革，合作社成立之后，1957 年我才又到开弦弓村去了一次。

三十年代我提出八个字"人多地少，工农相辅"。这是说在我们家乡这个地区的农民，单靠农业富不起来，必须搞副业和工业，农工要相辅。男耕女织是传统的农村经济模式。我们家乡农业加上了蚕丝副业，农民生活比其他地方好，所谓"上有天堂，下有苏杭"。但是在"三座大山"高压下，天堂保不住了。尽管有远见之士想通过科技下乡使千家万户富起来，搞合作性质的集体工业，但杯水舆薪，无济于事，在抗战中这一点乌托邦式的小试点也被摧毁了。解放后，我们有条件做这些事了，可是没有做，而开始向单一经济发展，要农民单纯搞粮食，忽视了"工农相辅"的原则，把当时的副业几乎都搞掉了。因此我在1957年下去的时候看到农业发展了，农民没有富起来，手里没钱，人这么多，机械化进不去，农村经济问题长期不得解决。《重访江村》没有发表完，我被划成了右派。这第二篇《中国农村经济的发展》文章没有写完。

1980年我得到改正时，在统战部召开的一次座谈会上，我许下了一个心愿：把这两篇没有写完的文章写下去。可是人生几何，来日苦短。心里盘算一下，当时年已七十，我假定自己的脑筋能工作到八十岁，我在座谈会上说，我身边只有十块钱了，这十块钱怎么花？应该多想一想：是集中使用呢还是随意零花？这一想，我就决心把这十块钱用来接着写上面所说的两篇未完成的文章。这句话，言犹在耳，一转眼十块钱已花去了一半。前几天刚刚过了七十五岁生日，离八十岁只有五年了。我手上只有五块钱了，这五块钱打算怎么花？

先说第一篇文章，少数民族地区的开发。解放前我在广西大瑶山的调查，半途而废，所取得的人体测量材料保存到昆明，在一多事件后，我匆匆离滇时丢失了，很可惜。当时我在山区搞调查连路都没有，马都不能骑，就靠自己天天爬山，从一个山头爬到另一个山头。1980年后，我带了几个学生又去大瑶山，一则老了，二则胖了，跑不动了。换句话说，我要去上山调查的条件实际上已经不存在了。我们搞调查

170

不像当官的人去视察，只听别人汇报，而要亲自去观察人们的生活，那就要爬山涉水，我现在是做不到了，因此我很失望。这一篇文章怎么写下去呢？虽然已经有几个学生去大瑶山继续我的调查，但总不如我自己动手痛快。这篇文章怎样写下去，还得另想办法。

第二篇文章呢，到家乡去串门访友，比较容易些。1980年我三访江村，正是三中全会以后。下去一看，这地方虽则还没有开始实行联产责任制，可是"社队工业"篷勃发展，变化很大，问题也很多。最大的一个问题是：我们的孩子都长大了，都有孙子了，一个人变成二个，二个变四个了，加倍了。家家户户人丁都增加了，全国就增加了一倍。这些人都生活在原来的这一片土地上，三十年代我就讲过"人多地少"，八十年代呢，人更多，地却更少。造房子，开公路，总的耕地面积减少了，而要吃饭的人更多了。住在农村里的人又不许出来，一个农村户口要变成城市户口吃商品粮，比上天还难。在这种情况下，我们的人口问题怎么办？有人说假如当时听了马寅初老先生的话，人口可以少四亿，现在我们就轻松多了。可人已经生出来了，不能不养起来，不但养起来，他们还要生孩子。一家只生一个，很不容易做到。结果是人口"长""挤"，城乡又不通，成了一盘"僵"局。

我们不能不承认，我国人口这盘棋没有做活。要做活，必须有二个"棋眼"。哪二个"棋眼"？我说：农民必须从土地上解放出来，可以离土不离乡。不要都从事农业，要农工相辅。除了传统的一家一户的手工业外，更重要的是要发展一村或几个村子联合起来搞的集体性质的现代工业。这个出路实际上并不是我想出来的，而是农民在没办法的时候自己想出来的。七十年代，在江苏一带正在搞"文化大革命"，城里停产闹革命，打派仗，很多工厂停工。但是人民还是要"吃、穿、用"，东西从哪儿来呢？农民办起工厂来了，你不做我做，城市里一些工人不愿打派仗，回到了家乡，加上一些干部下放农村，帮着农民搞起了小工业。

1980 年我们到小城镇一看，过去冷冷清清，现在热闹起来了。我是小镇上生长大的，早年镇上有茶馆，有小吃店，有五金、百货、布匹、买卖粮食的、加工的，热闹得很。可是自从五十年代统购统销，后来反对贩运，流通渠道单一化。民办变官办，割资本主义尾巴，这样一搞，搞的镇上冷冷清清。胡耀邦同志 1989 年初到云南保山一看，他就发言了。这样不成，小城镇要恢复。小城镇不恢复农村就没有一个中心，也发展不起来，知识分子就留不住。

的确，小城镇人口一般都下降了。三十年来从全国讲，人口加了倍，小城镇上的人口却比解放前还要少。所以，假定能恢复、发展小城镇，农村的人口压力就可以减少，农村里多余的人口就有了出路。所以我说这是一个"棋眼"。在小镇上工作的人不用离开家，住在农村，到镇上去做工作，这些工厂不用办食堂，也不用办宿舍，成本低，便于竞争。我们如果能发展乡镇工业，农民进厂不进城、离土不离乡，这样一搞，我们的人口这盘棋就活了一半。

去年我们在吴江县调查了七个小城镇，提出："发展小城镇是可以解决我们人口问题的一条出路。"经过各级领导部门进行研究，今年四号文件完全肯定了这一条。多办乡镇企业成了我们社会主义工业化的一条道路。当然对乡镇工业不可避免地存在不同看法，新事物必然带上不少不太好看的面貌出现。过去上面不许它抛头露面，它只能偷偷摸摸地去做，阴暗处就不免有些歪风邪气。今年在北京开了一个江苏省乡镇企业工业展览会。我去参观，讲解员对我讲：过去我们不敢见人，现在光明正大，大摇大摆进京城。这个变化很大，这样一来，江苏乡镇企业生产总值很快发展起来了，去年乡镇工业占全省工业产值的四分之一，今年占三分之一，增长速度从 30％上升到 40％。乡镇企业不仅提高了生产力，更有意思的是我们这样搞法，避免了走西方工业化的道路。西方工业革命初期是以牺牲农民为代价的，我们不同，我们工业的发展是在农村繁荣的基础上发展起来的。我们的工业不仅不去破坏农村经济而且正在帮助农村经济的发展。三十年代讲的"人多地少，工农相辅"的原则提高到一个新的水平上并以新的形式出现了。这是只有在社会主义条件下才能实现的大事。它是具有中国特色的工业化的道路。小城镇工业能吸收多少人呢？从全国来算，到2000年时，十二亿人口中可有40％放在农村，40％放在小城镇，20％放在大中城市和工矿大企业里。

　　农村经济结构的变化是中国农村工业化的标志。我在江苏调查到，在苏北，从工农业生产总值上说，北边徐州是工三、农七，工业少于农业。到扬州北部才工农各半。苏南一般是工业超过农业，以中等地区的吴江县来说已是工七农三。到了上海附近的几个县是工八农二，到沙洲有几个乡已是工业占了九成，这样的农村可以说已经工业化了。苏南经济发达的农村里，农民的生活比我们这些教书匠好得多。有些事简直听了不敢相信。我到农民家去参观，上楼时，他看看我的鞋，鞋太脏，要脱了鞋，穿上拖鞋上楼去，楼上是油漆地板，我自己家里也没有这样干净。我过去也不知道什么叫"立体声"，我想音乐还有什么立体？"立体声"我是在农民家里初次听到的。现在江苏农村里的房屋可以分三代，第一代茅草房，第二代砖房，第三代是楼房化，别墅式。苏北正在由第一代变为第二代，苏南是正在由第二代变为第三代。穿的就更不用提了，苏南农村里看不到打补丁的衣服。现在小姑娘的头发全都曲了，曲头发不简单，这不光是形式的变化，而表示她自己有了独立使用钱的权利了，过去是不成的，小姑娘出去做工，钱都要交给父母。现在还是交，但奖金都不交了。奖金拿去烫头发，作零用花。这是因为乡镇企业发展了，女孩子当了工人，在家里取得了部分的经济自主权。这是一个大变化，很深入的，从经济结构的变化到了家庭结构的变化，到了人们思想意识的变化，到了价值观念的变化。这几年来，一年一个样子，我尽管一年下去几趟还是感到赶不上形势的发展。

　　我这篇文章越写越有劲了，现在已写到小城镇。这篇文章已不是我单枪匹马地写了。我们和江苏省的研究机关、大学，特别是发动了基层干部，协力同心地一起搞。没有大家热情的帮助，这篇文章我是不可能以这样快的速度写下去的。这个办法我认为也在社会科学研究的领域里闯出了一条新路子。我们的研究成果，不是研究人员关着门在书本里翻出来的，而是同群众一起，同各级干部一起，到基层去直接观察中总结出来的。

这是第二篇文章，写到昨天，关于小城镇部分已有四篇：《大问题》《再探索》《苏北篇》和《新开拓》。昨天离开南京时，把《新开拓》初稿交了出去，工作相当紧张，但味道很浓，吸引力很大。

这篇文章怎样写下去？我同江苏省委研究了一下，开始要"卷地毯"，就是制定志标，设计问卷，在一定范围里进行普查，然后利用电子计算机进行数量分析。我过去的调查是微型定性调查，就是所谓"解剖麻雀"。可是究竟多少小城镇能成为我解剖的麻雀呢？我说不出来，所以要采取计量的分析，像地毯一样把整个领域卷一卷。这样会卷出什么结果来呢？我想至少可以卷出一幅江苏社会经济区域的划分和各区的面貌来。

过去这篇文章写得太急，只抓了些容易观察到的现象，比如工农业产值等，对人们头脑中打的什么主意却讲得不多，只在最后一篇《新开拓》里把人讲出来了，也只讲到哪些人在办哪些工业，也没有深入到他们头脑里去。也就是还没有钻进意识形态、思想领域。我希望明年春天能得到领导上的支持，照顾，给我一个月的时间住到过去调查过的农村里去，写一篇《江村五十年》。因为我1936年开始去调查，1957年又去调查，到1986年，刚是五十年，写篇文章作个纪念，回个心愿。这是第二篇文章的构思。

第一篇文章呢？瑶山我爬不动了，写不下去了。可是我还可以跑点平原地区，所以从去年开始开展了"边区开发"这项课题。黑龙江、内蒙、甘肃我都去了，重点放在内蒙。现在搞现代化中存在二个差距问题：第一个差距，是我国同先进国家之间经济科技等方面的差距，还有一个是国内的边区同沿海地区的差距。国内东西差距的问题怎么办？这里还有民族问题，比较复杂。这次到甘肃定西，我写了一个报告给政协，提出十六个字："以东支西"，东部以三个力量：智力、财力、人力去支援西部地区。"以西资东"，因为我国主要的自然资源都在西部，沿海地区很少，西部就可以用得天独厚的资源支持东部的工业。东西双方的交流必须"互利互惠"，做到双方都有好处，不能把我们自己国内的少数民族地区单纯作为"原料基地"来看，只要它原料，不给它发展。东部必须支援西部发展本地的工业，使西部也走上工业化的道路，达到"共同繁荣"。这十六字的方针，实际上现在正在做。定西地区很苦，但是他们有黄豆，他们同江苏一个县合作，用黄豆换了一条豆品加工生产线，以黄豆换技术。"互利互惠"的结果是"共同繁荣"。这是第二篇文章，今年刚刚开始下笔。

我把广西瑶山的这篇文章扩大了，不在瑶山做了，做到大边区去了。但是再一想我已来日不长，1980年所说的身边的十块钱，只剩五块钱了。我希望在今后五年里，这二篇文章要结合上培养一批研究生，使五块钱变成几十、几百块钱。这还得看领导上能否给我招收几个博士研究生，培养出几个中国的博士来，同外国比比。哥伦比亚大学要派一个博士生来请我培养，我说可以，但是要中国人。我们国内的大学也可以给我人，委托我培养，可是要听我话，不三不四的我不要。不好就可以出示"黄牌""红牌"，导师要有这个权。这就算是我今后的打算吧。

最后，我有一副对联。我到梅兰芳故乡泰州参观时，一位陪同我去的同乡，出了一个上联给我对："早春前后，大江南北，一例前生事。"我花了一个晚上才对出来，下联是："千秋功罪，文章高下，尽付后人论。"平仄不太妥，但表达了我的心怀。

1984 年 11 月 8 日整理

《费孝通社会学文集》自记

　　这本《社会学文集》是我从 1978 年到 1984 年所写自认为带一点学术性的文章的汇编。用《社会学文集》这个书名，严格说也许不够确切的，除非从比较宽广的观点来理解社会学，把它看成是一门研究人际关系的学科。这本文集实际包括了已经出版的四本小册子：《民族与社会》（1981）、《从事社会学五十年》（1983）、《社会学的探索》（1984）、《论小城镇及其他》（1985）。这四本小册子书名虽异，性质相同，都是短篇文章的汇编。我从 1981 年起，每过一年或较长的时间，就把这段时间里所发表的文章编成小册子出版。大体上分成两类：一类是我所谓带一点学术性的文章，一类是杂写。上述四册是前一类，杂写也出了甲、乙、丙三集。

　　我从小喜欢写作。自从 1924 年在《少年》杂志上发表了我的第一篇习作后，到 1957 年实际上并没有间断过。特别是从四十年代开始，我在抗战后方执教时，为了维持艰苦的生活，不得不卖文来补充收入，经常投稿各种刊物和报纸，真有点饥不择食。抗战结束后，我曾把那一时期的文章归类集成若干小册出版。这无非是当时的穷书生多得一些稿费的办法，同时却养成了我勤于笔耕和喜欢发表的习惯。

　　我这种随写随发表的习惯，严格说来并非著作的正道，但也有一个好处，那就是比较率直地暴露作者的思想。在这个变革迅速的社会里，这些作品倒为历史过程留下一些真实的痕迹，反映这个时代知识分子的思想。把这些文章里所表达的思想作为一个时代的社会意识形态来看待，它们是有其存在的价值的。尤其是把历年的文章联串起来，就容易看得清楚当时一些思想观念的来龙去脉。我希望读者也不妨采取这种态度去阅读我这本文集。如果能多想一想：这个时代怎么会有这样的人？这样的人又怎么会有这些思想？会说这些话？那就很有味道了。至于这些文章对作者本人会引起什么毁誉，那是不足挂齿的。

也许还应当提到的是 1957 年到 1979 年之间这段时间，除了一些翻译之外，我没有发表过什么表达本人思想的文章。原因是众所周知的。1979 年以后我的旧习惯又有复萌的条件了，这对我是件快事。像我这样一个人又能仰首伸眉，论长说短，这件事从时代的变化来说也不能说是件小事。这本《文集》能够出版问世，自有其值得深思的意义。

这本文集挂上社会学的牌子固然是不完全恰当，但我这段时期里主要的工作是在重建社会学这门学科。我的命运和社会学的命运多少是联结得比较密切的。1957 年我发表了"为社会学说几句话"之后不久，社会学进一步被贬入了冷宫。我在 1978 年能发表"为社会学再说几句话"正因为社会学的合法地位重被肯定了。到 1980 年我在答《中国青年报》问时，已有机会向青年读者讲一讲我从事社会学五十年的经过。到 1982 年，社会学重建已有眉目，使我能发表《建立我国社会学的一些意见》。这些对我是一种安慰。把这经过列入文集的内容也为历史留下这一值得回忆的记录。

社会学的重建也带来了我一生的第二次的学术生命。这段生命开始，我的年龄却已经过了七十。1981 年我"三访江村"，重又接上了中断了二十八年的农村调查。我初访江村是 1936 年，重访江村是 1957 年。学术工作脱离了实际也就会丧失活力。一旦我又有机会重返农村里去调查，我的思想也就像草木把根插入了土中，从此又得到了滋养。就是在江村的调查中我看到了研究作为农村经济、政治、文化中心的小城镇的重要性，1982 年我正式提出开展这项研究工作的倡议。

1983～1984 年我也就有条件发表四篇论小城镇的文章。这一条发展的线索在这本文集里表现得很具体。

如果可以说社会学是这本文集的主干，那么民族问题和知识分子问题就是两个同本的旁枝。自从五十年代开始，我曾有机会参与民族工作，做过民族调查，直到 1957 年才告中断。但是这一段时间里和少数民族同胞的亲密接触，使我和他们结下了深切的感情。我第二次学术生命恢复之初，如这本文集一开始所表白的，还是从民族学起步的。接着几年由于时间和精力的限制，重点转移到了社会学的重建和农村及小城镇的调查，民族研究成了旁枝。但是 1983 年我发表了"做活人口这块棋"，把小城镇联上了边区开发，重又拾起了民族研究的线索。1985 年我自己提出了研究工作的重点转移。从东南转到西北，从农村、小城镇转到边区少数民族地区。以后的文章已越出这本文集的时限了。

另外一个旁枝是知识分子问题的研究。这里包含着我的一段辛酸回忆。如果不是我的误解，1957 年我被错划为右派，直接的导火线是我那篇《知识分子的早春天气》。事过境迁，到了八十年代，为了振兴中华，重视知识和重视人才已成必要的社会态度。知识分子问题也进入了另一深度，而提出了智力开发这一项当前急务。这本是我的老课题，又因为我在中国民主同盟工作，它是一个知识分子的民主党派，我对这方面的问题也就缄不了，在这本文集里占了一定的分量。

一个人活着一天总得工作一天。我除了能写写文章以外，一无所长，看来也将以此终生。如果天假以年，当然希望能为这本文集出版补编，以飨读者。

1985 年 7 月 7 日记

谈写作答客问 [1]

问：您的许多著作将参加 1985 年底在香港举行的"中国书展"。就此机会，您能否把您过去的著作，向海内外读者作一个"自我介绍"？

答：我写的书，主要是两个时期的产物，一个时期是解放前，另一个时期是解放后（主要是最近几年）。解放前，我主要从事社会学方面的调查。1936 年，我在家乡江苏省吴江县的一个乡村进行调查。根据这些调查材料，在英国完成了一本英文书 *Peasant Life in China*（《江村经济》）。这本书最近又出了第五版，当时我没想到这样一本学术著作，五十年代后的今天还有人读，还有销路。后来我又在美国写了一本 *Earthbound China*（《乡土中国》），由芝加哥大学出版，也重印了好几次。回国后，由于内战，时局动荡，我无法进行正常的学术工作，于是就给《观察》杂志、《大公报》写一些短文，一部分后来翻译成英文出了本集子，*China's Gentry*（《中国士绅》），曾被美国、印度等国的一些大学当作大学课本采用。这些就是我在国外出的书，其中后两本是由中文翻译成英文的，而 *Peasant Life in China* 则是直接用英文写成，它的中文译本《江村经济》今年才出。

解放后，我主要做具体工作，写的文章不多，1957 年以后就不能

---

[1] 1985 年在香港举行"中国书展"，筹备委员会薛诵同志前来访问。后来编成"留下历史的足迹"，编入《书人书事新话》。

写文章了，只好译一些书。三中全会以后，我才又开始写文章，所涉及的主要是恢复社会学的问题，因为中国的社会学1952年就被迫停止了，很多搞社会学的人都错划成了右派，现在要重新开始。为此，我还帮助大家编了一本《社会学概论》。1979年，我又开始下去调查，1981年旧地重游，写了《三访江村》，作为英国皇家人类学会1981年赫胥黎纪念演讲的讲话稿。这里的"江村"，就是我1936年去调查的江苏那个村子的"学名"。我恢复调查工作后从调查乡村上升一层调查乡镇，研究小城镇的问题，这一部分课程，去年才告一段落。这几年所写的文章编成了一本社会学文集也要拿到香港去参展。第二步，我又开始搞边区调查，近两年主要集中在内蒙、甘肃一带。写了些文章，不过还未整理成集子。最近我又了一趟"江村"，写了《九访江村》，明年还准备写一本《江村五十年》的书。

另外，我还有一些散文，像《杂写甲集》《杂写乙集》，现在丙集也快出来了。

至于香港方面，他们把我解放前的一些书翻印出版了，但事先我不知道，台湾也印我的书，不过改了名字。解放后的著作，恐怕港澳的读者不很熟悉，可以在这次书展中看到。

问：您对您的这些书，有什么评价？

答：我只是自己尽力去写。这里要说明的一点是我们的条件比较艰苦，和外国学者无法相比。我解放前的一些书是抗战期间写成的。解放后，经过了"文化大革命"，什么东西都丢了，现在是地地道道的白手起家。然而在这样的状况下，我没有停，能做的事情都尽力去做，而且"产量"比较高。近年来，我每年要出两三本书，其中有的是论文集，有的是短篇文章，即"杂写"。现在，我有六本书正在排印之中。

至于文章写得如何，得人家去说，我自己不好讲。不过大家喜欢看我的文章，这我是能够感受到的。

问：那么您自己最喜欢您的哪些书呢？

答：这很难说，因为种类各不相同。有理论性的，如《生育制度》《乡土中国》，有调查性的，如《江村经济》《禄村农田》，以及我最近搞的小城镇研究。当然，我自己最喜欢写的，是那些短篇文章。可以写得很灵活，不受拘束。

问：记得您在谈到您为什么把旧著重刊时说过，您的著作本身就是历史的产物，同时也对社会发生了作用，留下了历史的足迹。文章一离手，已不属于作者个人。因此，您没有权利把曾经出自您手的一些历史的记录掩饰起来。那么，如果我们现在回过头来研究这段历史，而且研究者不是别人，正是您自己的话，您将怎样估价这些出自您之手的"历史产物"呢？

答：人总要谦虚一点为好。自己的传记最好让别人去写，好话让别人去说。如果一定要我本人讲，那么我坚信，在研究中国社会方面，我提出了一个新的方向。这是从五十年前开始的，尽管中间经过了很大的波折，我对一些具体问题的看法也有了很大的变化，但这个方向是我一直坚持的。

具体地说，我的第一本书《江村经济》，提出了一个研究农村的新方法，是第一本把中国农村的一些状况用科学方法总结出来的著作。我的老师说我在国际人类学界带出了一个新的风气。因为过去的人类学，总是研究落后民族、小民族，是白种人研究非白种人，殖民者研究殖民地人民，不讲现实问题，也不涉及现实的改造问题；我则研究一个有文化的农村，研究本国的问题，这是以前没有人做过的。后来我写的 *Earthbound China*，在学术上又有所深入。总之，我坚持学术联系实际、理论联系实际。最近关于小城镇的研究，也是这方面的进一步深入，直接为四化服务。中国的实际建设不是空的，是很具体的，要下去调查研究，不论是在学者中还是在实际工作人员中，都应该提倡这种风气。

问：最近，美国学者阿古什（R.David Arkush）写的《费孝通传》在国内翻译出版了，您对这本书有什么看法？

答：别人怎么看我，那是别人的事，我不愿发表太多的意见。为这本书，他花了很大的力量，很不容易。不过我觉得最大的缺点，是他把我的思想作为一种受了西方影响的思想来分析，从西方的学术发展来评价我。他不了解我东方的"底子"，没有把我当成一个中国学者。我是中国人，我的基本看法，也是中国人的看法。

问：那么您对中国社会学今后的发展有什么展望？

答：中国社会学在近二十年内青黄不接，我们第一步工作是建立机构，培养大学师资。一个学问，要搞掉它很容易，要成长起来，总要二三十年，要经过两三代人的奋斗。

问：目前国内社会学界和港澳学者的交流是否很多？

答：港澳学者们在帮我们的忙。不过他们的社会学是西方社会学，我们需要的是在中国生长，在中国生根的中国社会学。社会学应该是有地域性的，不同的社会制度、历史条件，就决定了其内容和方法的不同。这一点有些同行不同意，但我坚持。我们很需要借鉴西方的社会学，但是必须培养自己的社会学家。中国的社会学，必须从自己的土壤之中生长出来。

《社会学文选》自序

　　天津人民出版社要出版我的《社会学文选》，并建议由我自选。趁我头脑尚清醒时，让我自己看看过去所发表的文章里有哪些值得重印，并留给后人阅读。这是说，在旁人看来，我的学术生涯已接近尾声了。

　　说实话，我过去没有想到会活到这年纪的。三十年代我应该死而没有死，四十年代人要我死而没有死，六十年代我想死而没有死。每次没有死都是出于偶然的机遇。多次出死入生，对自己个人的荣辱看得不那么认真了，但是想到身后的事却还不能无动于衷。

　　文章千古事，并非虚语。一个人的思想一旦写下，通过文字的媒介，送入了别人的头脑，也就成了社会事实，发生社会影响，因而有功罪可论。自编文选，总是希望给后人留下一些美好的印象。这就带出了自我评估之意，真难为了我。

　　我对自己的作品估价是不高的。1982年答复为我写传的阿古什先生的信里曾说："长得不那么好看的人，不大愿意常常照镜子。"对他给我勾画的形象作了如下的自宥："我这一生所处的时代是个伟大的时代，对每个人提出了很高的要求，而又给人很苛刻的条件，像一个严格的老师在考验一个学生。我到目前为止，取得的分数是不高的。当然我还有不太多的时间，可以争取再增加几分。"说了这话又是五年，究竟增加了几分也很难说。真是"笑我此生多短促，白发垂年犹栖栖"。

　　说这是个伟大的时代是不错的。我们这个国家从来没有经历过像这几十年那样激烈的变动。重大的社会改革理应在思想领域里引起相应的激荡，孕育一代文章。"一介书生逢盛世"，我多少自觉到不应辜负这个时代。但是主观努力总是抵不过严峻的客观条件，以致到这时候还是不得不自己承认，"分数不高"。

论我得之于社会的投入，应当说是优裕的。像我一样"受过当时正规教育全部过程"的人，在我同辈的青年中屈指可数，比我年轻的几代人更不用说了。我依靠家庭的支持完成了大学的教育，这笔费用全部是由我母亲从我父亲为数不多的工资里节约出来的。我出国留学是国家公费，实际上是取之于退回的庚子赔款，是人民的血汗。这样的投入跟我其后交给社会的产出看来很不相称。我总是有一种自责的心情，"应当做得更好一些"。

为自己作估价不可能很客观。我从别人对我的评论中常体会到他们总带着一些原谅我的口气：在这样的条件下能做到这个程度是不太容易的。那不是对作品实有价值作出的评语，其实只是说这个人应当可以写出更好的作品来，但是并没有，原因则推给了客观条件。我固然可以用以安慰自己，但是天下哪有一个杰出的作家不是从重重困难的条件里挣扎出来的？"文章憎命达"，说出了历史的真实。我不够格。

伟大的时代必然会出现伟大的作品，也许正是因为激烈的社会变革为生长在其时的人，提供了平时难于发生的形形色色、丰富多彩的生活实际，成了一切思想领域里的杰出作品的宝贵泉源。激烈的社会变革同时也一定会给所有的人带来坎坷不平的实际生活。像在急湍中游泳，一路淘汰着顶不住漩涡的人。如果对这些人说，只要水流里没有漩涡，你是能游到终点的，那有什么意思呢！

在自编文选的过程中，除了"愧赧对旧作"之外，也有聊以自慰的一面。我想不到还能在临近终点时有几年的时间在学术跑道上作出最后的冲刺。我猜不透老天的用意，但必须老实说，这机会是得之意外的。

社会学在中国是1952年中断的，到1979年才重建。我是在1957年被打入另册，到1980年才正式"改正"，重被别人作为正常的人对

184

待。在这样长的一段时间里，我在时代的急流里抬不起头来。更可怕的是失去了精神支柱，对自己矢志要在这一生中追求的目标从模糊直到幻灭。"士不可以夺志"，而我的志被夺走了。从四面八方来的，年复一年对我过去所写的文章的批判，使我丧失了对自己的信心。起初不得不"向人民伏罪"，随后也确是觉得"毒草害人，罪该万死"，甚至也学会了用别人批判我的词汇和逻辑去批判别人。哀莫大于心死。这场"触及灵魂的革命"真的挫伤了一个个人的心。似梦如魔地过了不明不白的二十年，如果不是在历史上发生了"拨乱反正"这一大转折，我一定会像我许多老师和朋友一样在莫明其妙或全盘否定了自己的心情中离开这个世界。我怎么会活着过来的呢？自己也说不明白。我厌恶我自己这二十多年的生活和言行，除了在梦里，还常常来干扰我，我再也不愿回想这段情节了。我想把这一切推出记忆的领域之外。说我懦怯无能也好，说我宽容大量也好，事实上我连电视屏幕上的悲剧都看不下去。看来是创伤难愈，余悸犹存。

　　无论如何，二十多年的阴影我是把它埋在心底里了。在这本文选里，读者可以看到我最后几年冲刺的面貌。人的心理原本是复杂的，多面的，矛盾。在这段时间里有一点看来占了上风，那就是我下定决心，要用最后的十年追回失去的二十年。日子是过得有点紧张，但我不能再辜负生命的最后一段了。人称晚节，我叫它最后的机会，是表白自己究竟是怎样一个人的最后机会，是回偿一生得之于亲人，得之于社会的最后机会。我的确自觉地深深爱惜这得之匪易的机会，难是难在挥之即去的学术工作却不能呼之即来。我心里希望还能在这几年里多得几分，事实上怎样就很难说了。在人家眼里我是已快活到尽头的人了，是自编文选的时候了。"芳草茵茵年年绿，往事重重阵阵烟。皓首低徊有所思，纸尽才疏诗半篇。"

　　我一生的学历已附入这本选集，毋须在这里多说。但是便于读者理解我个人学术上发展的经过，不妨让我自己勾画出一个轮廓：我的行文格调二十年代末已经形成，为学方法三十年代中期已经奠定，基本概念三十年代后期到四十年代前期大体建立。四十年代后期是写作上第一个丰收期，对当时中国的知识界有一定影响。五十年代早期是"学习适应新社会"的时期，看来没有学好，从后期起到七十年代末只能说是个可悲的空白。八十年代重新投入学术工作，写作上出现了第二个丰收期，在行文格调、为学方法、基本概念上则只能说是得到了继续和展开，并没有什么新的突破。但是通过这几年的工作，由于坚持理论不脱离实际，有些论点在历史的实践中得到了证实，有些论点也推动了社会经济的发展。总的说来，可以说是进入了实用阶段，因而它的价值也容易得到由实践检验的机会，为社会所接受，使自己有所自慰。如果天假以年，我还能活到九十年代，有一段写"余笔"的时间，通过多读些别人的著作，细嚼此生的经历，是否还能突破早年的格局，那就得由后人去评论了。

要理解一个人思想的来龙去脉，必须有个全局观点，要在这个人的全部著作中去寻找。而我这本《社会学文选》却不仅只是从过去已发表的文章中挑出来的一部分，而且人为地加上了一个《社会学》的框框。在天津人民出版社约定出版这本《文选》之前，民族出版社已先人一步，编定了一本我的《民族研究文集》。我所进行的民族研究和在边区开发这个课题下所写的文章，按我的学科分类也应当属于社会学的范围。这一部分有关中国少数民族的社会学的文章既然抽了出去，就不能再在这本《文选》里占用篇幅了。这是应当在这里声明的。

我一向不主张用学科的框架来限制自己向实际的探索。我认定我这一生的目标是了解中国的社会。这个目标固然具体，但中国之大，历史之久，如何下手呢？我相信科学研究必须有可靠的资料为根据，最可靠的资料是出自自己的观察，所以一开始就着重实地调查。研究社会，就得观察人的生活。到哪里去观察呢？我认为应当从基层入手。在中国就是到由许多家庭组成的农村里去全面观察农民的生活，要正确地认识中国，必须首先认识占人口80％的农民。这种看法奠定了我以农民为基本对象和以社会调查为基本方法的研究方向。当然，只看到农民，还是不能全面了解中国社会的，但认识全局只有从局部开始。我在前期只调查了农村，到八十年代上升到小城镇，还没有跨出农民的大范围，所以离开了解中国社会的全貌还远。一代不成则继以二代、三代，这样去做研究工作看来比较扎实些。

这本《文选》内容的排列没有完全按文章发表的前后，而是分题处理。先交代清楚我对社会学这门学科的看法和这门学科在中国的遭遇，其次是提出我在四十年代前期对于农村为基础的中国传统社会的基本认识，然后进入我以江村为主的农村调查，接着从农村调查基础上伸引出小城镇调查。我另一个超出农村调查范围的研究课题是知识分子问题。以上三部分都用1984年我在中国民主同盟开办的暑期多学科讲座所讲的《社会调查自白》中有关章节作为引导。最后一部分是我在几次国际学术会议上有关家庭问题的讲话。

我历来发表在各种报纸和刊物的作品包括不进学术文章范围的还有不少。我从十四岁起就喜好写作，第一篇得到发表机会的是《少年》杂志1924年第一期《少年文艺》栏里的《秀才先生的恶作剧》。从此我的写作并没有长期间断过，就是在那可憎的二十年里，我还是经常要写"交代"，写"思想汇报"，写批判别人的大字报。实在不能写作时，我就翻译，没有搁过笔。用传统的话来说是作了一生的孽。作孽是欠债，今生偿不了，来生还要清算。这次自编选集，我把旧账翻阅了一遍。编完了之后，似乎卸下了一些包袱，有一种轻松之感。让我引用《江村经济》自题诗里的一联"毁誉在人口，沉浮意自扬"，作为这篇文章的结束。

1987年6月24日

《山水、人物》自序

这本小册子是我自己向江苏人民出版社建议印行出版的，算是我对一位老朋友的纪念。他就是解放前创办《观察》周刊的储安平先生。1948 年春天，我已结束昆明的七年抗战生活回到了北京，执教于清华。我当时想清理一下过去所写的一些旅行的游记和怀人的杂文，把它们合编成一册，题作《山水、人物》。编就，还自己抄写清楚，订成一小薄本，寄给安平，想让他编入《观察丛书》。

1948 年正是个战火连天、风云变幻的年头。当安平收到我的稿本时，他已经受到国民党反动派的监视。他在夹缝里支撑着《观察》的继续发行。这是个当时蒋管区广大知识分子赖以了解国内外形势的定期刊物，风行一时，因而成了反动派的眼中钉。不久，他带了我这本稿子匆匆地到清华胜因院来找我。他已无法在上海勾留，不得不避居到我的家里。他是个极端负责的编辑，即在这样紧张的日子里，还是要把无法出版的稿子，亲自送回作者。

这本稿子从此一直压在书架底下，被人遗忘了。尽管曾经被移动过不少次，总是无人顾问，它沉睡了快四十年。在这近四十年里，我先是"改造思想"，旧作当然不敢见人；接着是被打成右派，已出版的书都封存在图书馆的书库里，哪里还顾得到没有出版的稿子？文化大革命一声炮响，我是首当其冲，家里的书籍文稿，一抄再抄，荡然无存。我已死了心，认为此生不可能再见天日。旧稿的存亡，与我何关？

"文革"前，我在作为摘帽右派时，被派在中央民族学院二号楼二层的一间工作室时坐落。我的桌子靠门最近，旁边有个书架。书桌里放不下的东西，就按在书架上，堆满了几层。文革来得突然。我的行动一声勒令就失去自由。我也无须上班，被管制了。回想起来，自从1966年9月1日起，我就没有再去坐班的机会了。直到1972年春天，我从湖北沙洋干校回京，才重新坐到六年前的老位置上。出乎我意料的是这间房里的书桌和书架和我离开时一模一样，除了厚厚地积上了一层尘灰。六年中怎能保持原状，至今对我是个谜。我也毋需追问，反正这把邪火没有燃着这个书架。

回京之后，我被安排作翻译工作。翻译工作只要有一本字典和一部百科全书就够了。我没有必要去清理书架，腾出地方来安放新书。这样又过了六个年头。1978年我调动了工作，在民院的坐位得撤走了。这时，我不得不把书桌里的乱纸，书架上的书稿搬回十分拥挤的宿舍里。为了减少容积，又不得不把这堆东西清理一下，不要的由自己付之一炬。我已记不清是哪一天，竟在这堆书稿里发现了安平回给我的《山水、人物》，和我与王同慧 [1] 在三十年代同译的《土族的婚姻》，这两本存稿。我已说不清当时是惊是喜。历劫犹存，相对无言。我把这两本底稿安放在书柜里。

又过了九年，1987年的春天，江苏人民出版社的朋友们为了《江村经济》的出版发布会来到北京，叩门相访。他们热情地表示愿意继续出版我的著作，我苦无以应。他们说没有新写的，旧稿也要。这句话使我想起了那两本多年沉睡的稿子来了。在它们的沉睡中，我已是白发苍苍了。

我感谢江苏人民出版社的朋友们接受我出版这两本稿子的建议。它们还能与世人相见是谁也预想不到的。它们能默默地渡过劫难，也

---

[1]　王同惠（1910～1935年）：费孝通先生的第一任妻子。

是谁也难于相信的。历史上有多少类似这样的机缘，那就难说了。我又何尝预料到今天会写这篇序言的呢？

江苏人民出版社的朋友们一时兴起，在我书柜里搜出来的还不只是这本已装订成册的《山水、人物》，除了那一叠已发黄脆裂的《土族的婚姻》稿纸外，还有不少散乱的存稿。其中有一叠是复制件。前年中央民院有两位同事在日本东京大学进修，他们在该校图书馆里看到了一本东吴大学附属一中在1928年出版的刊物，名叫《水荇》。这是我在中学毕业时编印的纪念刊。他们发现其中有我的文章，特地复制了寄我。还有一叠是复旦大学的一位朋友寄我的。他听说我早年在《少年》杂志上发表过文章，不辞麻烦地找到了九篇，也给我复制了。这些散装复制件一并给江苏人民出版社的朋友搜了出来。

当他们表示愿意出版这本《山水、人物》时，我又建议把曾因反右斗争而打入冷宫的两本游记也收入集内。它们是《兄弟民族在贵州》和《话说呼伦贝尔》。他们同意了。并且说要附入我少年时的一些作品作为《少作篇》，我也同意了。以上是这本小册子诞生的经过。

1987年7月我收到了这本书的清样。这时正因中国民主同盟在北戴河开办"地区发展战略规划研讨班"，要我去讲一课，我带了这份清样到了这避暑胜地。花了我两天时间，校阅了一遍。说实话，这是我最初编成这小集之后，第一次从头到尾自己阅读了一遍，其间已相隔近四十年了。心头自会另有一种滋味。

别的我不想说了。这些都是我在解放前写下的东西，表达了抗战和内战时期，西南大后方一部分知识分子的心情。凡是有同样经历的读者，借此可以重温一遍，甘苦自知。凡是没有经历过这段历史的，不妨作为历史资料来对待。我这一生，总是心里怎样想，笔下就怎样写。

至于所附的"少作篇"，我自己读时却不大相信是出自己的手笔。我怎么会在走出少年时代时留下这样灰色的脚迹的呢？再一想，那是可以理解的。我在中学毕业的那一年正是 1938 年。1937 年白色恐怖笼罩江南。许多和我一起兴高采烈地欢迎北伐军进苏州城的青年朋友，就在这一年里，失踪的失踪，被捕的被捕，死亡的死亡。逆风猛烈地震撼刚刚踏进青年时代的心灵，这里流出了一片片灰溜溜的"水荇"。是泪还是血，很难说。我这一代许多人就是这样开始的。

江苏人民出版社的朋友从我在《少年》杂志发表的作品里选出了《一根红缎带》作为少作篇的开始。我已记不清这是哪年写的。我最早向《少年》投稿是鼠年。因为我记得开始登载我文章的那本封面上画着几只老鼠，推算起来应是甲子年，即 1924 年。我并不想附会说这是我这一代知识分子运命的预兆：空留缎带在人间。我不明白一个十四岁的孩子怎么会有这种感觉，又何其适合于用来纪念我死得不明不白的亡友储安平呢？

过去的总是要过去的，我们还有下一代。

1987 年 7 月 27 日

《云南三村》序

日子似乎越过越快，应当做的事总是不能及时完成，堆积成山，压得使人难受。这可能是人到老年难免的苦处。以这本《云南三村》来说，我早就该编定交去出版，不料一拖已有两年，昨晚才算全部看完一遍，了却了这桩心事。

能有几天不受干扰地集中时间校阅这部稿子，可以说也是得之偶然的机遇。今年国庆节前夕，突然接到澳门东亚大学的邀请，匆匆就道，4月4日到达。东亚大学要我做的事并不多，参加一次仪式和讲一次话。但两个节目，由于中秋放假加上周末休息，拉开了好几天。由此我无意中得到了一段可以自由支配的时间。我带上这部稿子，利用这段空隙，从头阅读了一遍。

和天津人民出版社约定出版这本书已是二年多前的事了。这本书包括我和同事张之毅同志于抗战初期（1938～1942年）在云南内地农村调查的三本报告：《禄村农田》《易村手工业》和《玉村农业和商业》。其中前两本报告分别在1943年由重庆商务印书馆出版，用的还是抗战时后方的土纸。第三本报告一直没有出版过。1943年我访问美国时，曾以英文把这三本报告写成 *Earthbound China* 一书，1945年由芝加哥大学出版社出版，后来收入英国 Kegan Paul 书局的国际社会学丛书里。

从云南内地农村调查开始时的1938年11月15日算起，到今天已接近五十年，只差一个月又三天，快整整半个世纪了。这半个世纪里，从世界到个人都发生了史无前例的变化。自从 1979 年社会学在中国重新取得合法地位后，我一直有意想把我国早期社会学调查成果整理出来，重印出版，使后人能了解这门学问是怎样发展过来的，但这几年我总觉得应当做的本实在太多，大概是由于有了点年纪，精力已日见衰退，望着案头待理的一叠叠稿纸，已感到力不从心，无可奈何。此项打算未能如愿实现。

我的《江村经济》还是靠了朋支们的帮助翻译，今年方与读者见面。当时我就想到已经约定出版的《云南三村》应当接着付印。我把这意思告诉了张之毅同志时，知道他那时已在埋头校阅《玉村农业和商业》这本旧稿。他是个认真做学问的人，对自己的要求十分严格，文如其人，读者在本书里就体会得到这位作者的性格。说是校阅，实是重写。这几天我阅读这本稿本，发现他从旧稿中剪下来贴在稿子上的占不到全稿的三分之一。我耐心地等待他把定稿送来，谁知道送来的却是他老病复发的信息。我去医院看他时，他已昏迷，话也没有能接上口。今年 6 月 8 日他逝世了。丧事过后，他的家属在案头找出了这一本他亲自剪贴改写的稿本，送到了我的手上。我心上一直挂着这件事，但腾不出手校阅，十分难受。

真是想不到，将近五十年前，为了油印他那本《易村手工业》，我曾一字一句地亲手刻写蜡板，过了这么半个世纪，最后还是轮到我，为了出版这本《玉村农业和商业》，又一字一句地亲自校阅他的修正稿。这段学术因缘，岂是天定？但是今昔还是有别。当年我凡是有看不清楚或不太同意的地方，总是能拉住他反复讨论、查究。而现在凡是遇到模糊的字迹，不大明白的句子时，只能独自猜度了。此情此景，在异乡明月下，令人惨然。

关于云南三村的调查经过，本书中都有交代，在这里不必多说。这一段时间的生活，在我这一生里是值得留恋的。时隔愈久，愈觉得可贵的是当时和几位年轻的朋友在一起工作时，不计困苦，追求理想的那一片真情。以客观形势来说，那正是强敌压境，家乡沦陷之时，战时内地知识分子的生活条件是够严酷的了。但是谁也没有叫过苦，叫过穷，总觉得自己在做着有意义的事，吃得了苦，耐得了穷，才值得骄傲和自负。我们对自己的国家有信心，对自己的事业有抱负。那种一往情深，何等可爱。这段生活在我心中一直是鲜红的，不会忘记的。

现在很可能有人会不大明白，为什么一个所谓"学成归乡的留学生"会一头的钻入农村里去做当时社会上没有人会叫好的社会调查。《禄村农田》却的确就是这样开始的。我初次去禄村的日子离我从伦敦到达昆明时只相隔两个星期。为什么这样急不可待？《江村经济》最后一段话答复了这个问题。我当时觉得中国在抗战胜利之后还有一个更严重的问题要解决，那就是我们将建设成怎样一个国家。在抗日的战场上，我能出的力不多，但是为了解决那个更严重的问题，我有责任用我所学到的知识多做一些准备工作，那就是科学地去认识中国社会。

我一向认为要解决具体问题必须从认清具体事实出发。对中国社会的正确认识应是解决怎样建设中国这个问题的必要前提，科学的知识来自实际的观察和系统的分析，也就是现在常说的"实事求是"。因此，实地调查具体社区里的人们生活是认识社会的入门之道。我从自己的实践中坚定了这种看法。1935 至 1936 年的广西大瑶山调查和江苏大湖边上的江村调查是我的初步尝试。经过了在伦敦的两年学习，我一回到国土上，立刻就投入了云南内地农村的调查。这里有一股劲，一股追求知识的劲。这股劲是极可宝贵的。

广西大瑶山的调查只有我和前妻王同惠两人，江村调查只有我单枪匹马。但是到了云南却能聚合一些志同道合的青年一起来进行这项工作了。出于老师吴文藻先生的擘划，不但 1938 年在云南大学成立了一个社会学系，而且 1939 年和燕京大学合作成立了一个社会学研究室。我接受了管理中英庚款董事会科学工作人员的微薄津贴（1939～1941 年），以云大教授的名义，主持研究室的工作，开展社会学调查。1940 年昆明遭到日机大轰炸，社会学研究室不得不疏散到昆明附近呈贡县的农村里去。我们租得一个三层楼的魁星阁，成为我们的工作基地，因此这个研究室也就从此被称为"魁阁"。到 1945 年日本投降后才回到昆明，前后有六年。

1939 年春季我在西南联大兼课，张之毅同志在我班上听课。他从清华大学社会学系毕业后，首先报名自愿参加我主持的社会学研究室。由他带头陆续有史国衡、田汝康、谷苞、张宗颖、胡庆均等同志参加，加上云大的教授许烺光先生和燕京大学硕士研究生李有义同志，形成了一个研究队伍。魁阁的学风是从伦敦政治经济学院人类学系传来的，采取理论和实际密切结合的原则，每个研究人员都有自己的专题，到选定的社区里去进行实地调查，然后在"席明纳"[1] 里进行集体讨论，个人负责编写论文。这种做研究工作的办法确能发挥个人的创造性和得到集体讨论的启发，效果是显然的。像《易村手工业》这样的论文是出于大学毕业后只有一年的青年人之手，我相信是经得起后来人的考核的。

张之毅同志参加研究室的第一课是跟我一起下乡，去禄村协同我进行调查。学术是细致的脑力劳动，有如高级的手艺，只是观摩艺术成品是不容易把手艺学会的。所以我采取"亲自带着走，亲自带着看"的方法来培养新手。从 1939 年 8 月到 10 月中，张之毅同志和我一起在禄村生活和工作。随时随地提问题，进行讨论。所以他摸出了我从江村到禄村比较研究的线索，并共同构思出今后研究的方向。我们又在该年 10 月 18 日一同去寻找一个内地手工业发达的农村来为以农田

---

[1]　席明纳：是费孝通先生对"Seminar"的音译，将其概括为"席学、明辨、纳新"。

195

为主的禄村作比较研究，走了六天才找到易村。拟定调查计划后，11月17日，他便单独去易村进行工作，这时他已经有了调查的初步经验，而且对要了解的问题已心中有数。从这基础上，他克服种种困难，在27天里取得了丰富的数据，而且提高了认识，提出了新的问题，为下一个玉村调查打下了基础。

玉村调查是在1940年和1941年中进行的。由于玉村离呈贡的魁阁较近，而且交通方便，所以他能和我的禄村调查一样，在整理出初步报告后，再去深入复查，步步提高。由于他所遗下的稿本里缺了叙述调查经过的一章，我已记不住他进行工作的具体日期。但是由于这本稿子曾经反复在魁阁的"席明纳"里讨论过，又在我改写英文时细嚼过，所以我对玉村调查的主题印象相当深刻。实际上，它已为我在八十年代的小城镇研究开辟了道路。玉村是一个靠近玉溪县镇的农村。玉溪县镇是云南中部的一个传统商业中心。它在土地制度上是从禄村到江村的过渡形式，在农业经营上具有靠近城镇的菜园经济的特点，在发展上正处在传统经济开始被现代经济侵入的初期阶段。无怪这样一个富具特点的研究对象能吸引住张之毅同志的研究兴趣，直到他生命的最后一刻。

从《江村经济》到《云南三村》，还可以加上一直到八十年代城乡关系和边区开发的研究，中间贯穿着一条理论的线索。《云南三村》是处在这条线索的重要环节上，而且在应用类型比较的方法上也表现得最为清楚。因之，要理解魁阁所进行的这些社会学研究，最好看一看这本《云南三村》。

《云南三村》是从《江村经济》基础上发展出来的。《江村经济》是对一个农村社区的社会结构和其运作的素描，勾画出一个由各相关要素有系统地配合起来的整体。在解剖这一只"麻雀"的过程中提出了一系列有概括性的理论问题，看到了在当时农村手工业的崩溃、土地权的外流、农民生活的贫困化等，因而提出了用传统手工业的崩溃和现代工商业势力的浸入来解释以离地地主为主的土地制度的见解。但是当时我就觉得"这种见解可否成立，单靠江村的材料是不足证实的"。于是提出了类型比较的研究方法，就是想看一看："一个受现代工商业影响较浅的农村中，它的土地制度是什么样的？在大部分还是自给自足的农村里，它是否也会以土地权来吸收大量的市镇资金？农村土地权会不会集中到市镇而造成离地的大地主？"《禄村农田》就是带了这一系列从《江村经济》中产生的问题而入手去研究的。从江村到禄村，从禄村到易村，再从易村到玉村，都是有的放矢地去找研究对象，进行观察、分析和比较，用来解决一些已提出的问题，又发生一些新的问题。换一句话，这就是理论和实际相结合的研究方法。

当我发表《江村经济》之初确有人认为解剖这么一个小小的农村，怎样带得上《中国农民生活》这项大帽子。当时这样批评是可以的，因为显而易见的，中国有千千万万个农村，哪一个够得上能代表中国农村的典型资格呢？可是人对事物的认识，总是从具体、个别、局部开始的。如果我停留在《江村经济》不再前进一步到《云南三村》，那么只能接受上述的批评了。

当然也有人为我辩护说，《江村经济》这一类的研究目的不是在提供一个"中国农村"的典型或缩形，而是在表达人类社会结构内部的系统性和它本身的完整性。这本书为功能分析或是系统结构分析作出了一个标本。

我本人并不满足于这种辩护，因为我的目的确是要了解中国社会，并不限于这个小小江村。江村只是我认识中国社会的一个起点。但是从这个起点又怎样才能去全面了解中国农村，又怎样从中国农村去全面了解中国社会呢？这就是怎样从点到面，从个别到一般的问题。

我并不想从哲理上去解决这个问题，我只想从实际研究工作中探索出一个从个别逐步进入一般的具体方法。我明白中国有千千万万的农村，而且都在变革之中，我没有千手万眼去全面加以观察，要全面调查我是做不到的。同时我也看到这千千万万个农村，固然不是千篇一律，但也不是千变万化各具一格。于是我产生了是否可以分门别类地抓出若干种"类型"或"模式"来的想法。我又看到农村的社会结构并不是个万花筒，随机变化出各种模样，而是在相同的条件下会发生相同的结构，不同的条件下会发生不同的结构。条件是可以比较的，结构因之也可以比较。如果我们能对一个具体的社区，解剖清楚它社会结构里各方面的内部联系，再查清楚产生这个结构的条件，可以说有如了解了一只"麻雀"的五脏六腑和生理运作，有了一个具体的标本。然后再去观察条件相同的和条件不同的其他社区，和已有这个标本作比较，把相同和相近的归在一起，把它们和不同的和相远的区别开来，这样就出现了不同的类型或模式了，这也可以称之为类型比较法。

应用类型比较法，我们可以逐步地扩大实地观察的范围，按着已有类型，去寻找条件不同的具体社区，进行比较分析，逐步识别出中国农村的各种类型，也就由一点到多点，由多点到更大的面，由局部接近全体。类型本身也可以由粗到细，有纲有目，分出层次。这样积以时日，即使我们不可能一下认识清楚千千万万个中国农村，但是可逐步增加我们对不同类型的农村的知识，步步综合，接近认识中国农村的基本面貌。这种研究方法看来有点迂阔，但比较现实，做一点，多一点，深一点。我不敢说这是科学研究社会的最好的办法，只能说是我在半个世纪里通过实践找出来的一个可行的办法。

社会科学实际上还是在探索阶段。目的是清楚的，我认为就是人们要把自身的社会生活作为客观存在的事物加以科学的观察和分析，以取得对它正确如实的认识，然后根据这种认识来推动社会的发展。作为一个中国人，首先要认识中国社会。《云南三村》是抱有这个目的的一些青年人经过几年的探索所取得的一些成果。我相信这些记录是值得留下来给后人阅读的。

《云南三村》是"魁阁"的成果。我在1946年李闻事件发生后仓促离滇，这个研究阵地就由张之毅同志留守。他在云大坚持了两年，1948年离滇去闽。其后我和他长期不在一起工作，但是他始终没有离开农村社会经济的研究道路。尽管他的工作岗位曾有多次变动。解放后，他在中国科学院经济研究所工作期间，写出了《无锡、保定两地调查报告》和《冀西小西区考察报告》，均未出版。1981年我们在中国社会科学院社会学研究所里重又聚在一起，但是，1985年由于我不能不离开社科院而又分手了。坎坷多事的人生道路，聚散匆匆，人情难测，但是张之毅同志始终如一的和我一条心。急风暴雨冲不散，也冲不动我们五十年的友谊。却不期幼于我者竟先我而逝，他的遗稿还需要我来整理，尚有何言？如果我们共同走过的这一条研究中国社会的道路今后会后继有人，发扬光大，愿他的名字永远留在这块奠基的碑石上。

1987 年 10 月 13 日于澳门凯悦饭店

八十自语

我的生命已经跨入八十岁的界限。孔子说到七十就停住了,因为他没有跨过八十的界限。八十之后应当怎样,现代的人才有资格说。我国平均年龄已达到七十以上。进入八十岁的人越来越多了。超过八十岁,以多寿为祝的传统中应当说是件好事。事实上是不是件好事,是有条件的,条件就是社会生产力是否能养得起体力衰弱的老年人。在中国使多寿成为好事还有待我们的努力。

人寿又似乎属于不受主观意志所转移的范围。我早年确实没有料想到从小就以羸弱为父母所愁的幼子会活得这样长,超过了全国的平均年龄。既来之,则安之。这是我跨过这条年龄线的第一念头。安之看来还是不够的,不仅自己要安,还得使人家也安,那就是不能成为社会包袱。我自己明白,过去的八十年,受之于社会的远过于我对社会作出的贡献。食之者众,生之者寡,必然使社会萎缩、软弱。我跨过了被视为老年的界线,还能为社会做些什么呢?这是我第二个念头。

第三个念头是,我是不是还有些本想做而没有做完的呢?跨入老年,自己应该明白,等于是说来日不多了。如果手上还有些没有做完的事,那就得抓紧做了。有没有做完的事,就看自己有没有要做的事。这是属于"人各有志"的内容。我在跨线之际也试图自己答复自己:"尔志何在?"我的答复也是四个字:"志在富民。"这四个字也许可以贯串地表现在我从三十年代起所写的文章之中。当然这些都是纸上谈兵,但还不能不说是有志于此。富民作为目标,从八十年代开始已看到了端倪。划在贫困线以下的不到全国人口的十分之一了。我有希望在这一生中能看到消灭在贫困线下的数字。

"志在富民"是不够的，还有一个"富了怎么办"的问题。我是看到这个问题的，但是究竟已跨过了老年界线，留着这问题给后来者去多考虑考虑，做出较好的答案吧。

1989 年 11 月 2 日

忆小学乡土教育

家乡来信要我为他们正在编写的乡土教材写几句话。编写乡土教材的目的是在使本乡人熟悉本乡事，培养热爱家乡的感情，立志为家乡建设出力。这是一项很有意义的工作，我愿意支持和参与。其实我几十年来在家乡做社会调查就是在编写乡土教材。现在将有更多的同志从不同角度来介绍家乡不同方面的情况，乡土教材一定会更丰富更充实，我感到十分高兴。

提到乡土教材，我不能不联想起我在小学里沈校长给我们讲的"乡土志"。我1910年出生在松陵镇，当时只说是吴江县城。1916～1920年在吴江初等小学里念书，因为校址是原来供奉雷神的雷震殿，所以一般就叫作雷震殿小学。几年前我还去看过，庙已没有，学校还在，旧校舍改建成了大楼，面貌已更新。

大概在小学四年级的时候，有一门课叫"乡土志"。当时我不大明白这三个字的意义，衍声附会，讹成了"香兔子"。这个荒唐的误会，留下的印象却很深，至今我还喜欢把它作为笑话来讲。我幼年在动物中最喜欢的是兔子，在小学课程里最喜欢的是乡土志。这也许是把二者联系在一起的心理原因。

讲这门课程的老师是这个小学的校长。我记得他是姓沈，名天民。我很敬重他，不怕他。他不像有些老师那样老是背着脸流露着讨厌我们这些孩子似的神情。他会拍拍我的小脑袋，微微带着笑容问我这一阵身体可好些了？原因是我这些年常常生病请假，大概在他的眼中我一直是个怪可怜的病娃娃。他对我的关心抚慰使我感到亲切温存，每一想起还是音容宛在。

我敬爱沈校长，也喜欢听他讲的乡土志。他在课堂上讲给我们听的，都是些有关我们熟悉的地方，想知道的知识。他讲到许多有关我们常去玩耍的垂虹桥和鲈香亭的故事。至今我每每想起"松江鲈鱼肥"这句诗时，这些桥亭的画面仍悠然在目，使我心旷神怡；同时浮现着沈校长那种摇头吟诵的神态，更引人乡思难收。

我还记得当时课堂上贴近着我坐的那位同学，他名叫沈同，是沈校长的儿子。跟我相好，玩耍说笑在一起，课堂上还会忘乎所以地在下面搞起小动作来。小学毕业后，我们就分手了，没有料到1933年在清华园里我们又聚在一起，我是研究生，他是助教，两人不但口音都没有变，性情脾气也都未脱童年本色。从此几次同事，直到老年。从他口上，我听说他父亲在我1920年离开吴江后不久就去世了。家道清寒，但从不言苦。他一生的精力全都花在家乡儿童的身上。他播下的种子是有收获的，在我前后几班的同学里后来至少就有五个学有所成，包括他自己的儿子，在大学里教书。我写下的各地社会调查也应当归功于他的启发，这是我不敢忘记的。

当然，我也不敢忘记自己的父亲给我做出的榜样。我在吴江小学里读书时，我的父亲是江苏省的视学，视学是教育督导员。他一年中大部分时间在江苏省境内巡回视察各地的学校，回家期间忙于写视察报告，我常见他书桌上堆满了各地收集来的材料和笔记。有时为了好奇，趁他不在时，我偷偷地去翻阅这些材料。我虽则很多看不懂，现在还记得的是他随班听课的记录，还有评语，某某教师讲解扼要明白等。他的视察实在就是在做有关当时教育的实地调查。他并没有料到在他的儿子中后来会有人继承了他的调查工作。他并没有在我面前讲过要了解社会必须亲自去看去问的道理，但是他做出了身教，身教显然比言教更起作用。

我父亲写完了视察报告就请本乡的一位书法很端正的先生抄写，我的两位哥哥的任务是作校对，一人念原文，一人对抄本。我因为年纪小，只配在旁陪坐。这也许是我父亲有意教我们这几个孩子怎样认真写作的方法。校对过后他自己还要阅读一遍，如果有没有校对出来的错字，就要责备我两位哥哥，说他们校对得不够认真。看来我哥哥后来自己写文章时，字迹清楚，反复审读的习惯是这样训练出来的。而我这个陪坐的孩子却没有学到这一手，直到现在甚至已经印成书的文章里，还是错字常见。在旁边听他们校对，对我也有教育，我后来喜欢写文章，写调查报告，不能说与此没有关系。

　　对我影响更大的也许是父亲每次出差回家总要带回的几部新的地方志。地方志就是记载各地方地理、历史、名胜、人物和风俗的书，其实也就是沈校长所讲的乡土志和现在正在编写的乡土教材。我父亲在视察过程里收集到江苏各县的地方志，装满了一书架。我也常翻着看，其中如人物传记、风俗节令等也还可以看得懂一些，至少对这类书已不生疏。我在大学毕业时做的论文就是用全国各地方志里所记载有关婚姻风俗的记载作材料写成的。

　　我从1935年清华研究院毕业后就开始做社会调查。1936年回家乡在庙港的开弦弓村养病，天天同乡亲们谈家常，了解他们的劳动和生活，以及有关生老病死的风俗习惯，后来去英国留学，用这次调查的记录写成了一篇论文，出版时书名《江村经济》，它实际上是一本开弦弓村的乡土志。我最近十多年里每年回家乡了解情况，发表过多篇访问记。今年春天我又到盛泽、北厍去转了一圈，把我在这十年里所看到家乡在经济上的发展作了个初步总结，称作《吴江行》，也可以说是一份乡土教材。

　　下面是这篇文章的结语，写下了我写这篇乡土教材时的心情："我在写这篇《吴江行》时，回溯了故乡十年的变化。这是我们祖国在这不平常的十年中的一个镜头，它给了我安慰，也给了我勇气。我故乡的父老乡亲没有辜负这大好年头，为今后进一步发展打下了基础。这个基础我相信是结实的，因为它的根深深地扎入了千家万户，它会生长，它会结果。再有十年，就进入二十一世纪了。尽管我不一定能再写《吴江行》，我的故乡一定会更美好，更可爱。这不是梦想，应当是故乡人的共同信念。信念会带来力量——创造的力量，前进的力量。"

愿我今后还能为家乡亲友多写一些乡土教材。

1991 年 9 月 16 日

《行行重行行》前言

我同意把过去十年里所发表与乡镇发展研究有关的主要文章集中编成一册，给关心这个问题的读者们作参考。这些文章都是在我实地考察的基础上写成的。走一趟，写一篇，几乎成了我这十年研究工作的习惯。因此我想用"行行重行行"作为这本集子的总题，以"乡镇发展论述"为副题。我对这个问题的认识和思考就是这样一步步得来的，也体现了我一向主张理论和实际相结合的治学方法，不求惊人，但求细水长流，一步一个脚印。

八十年代我学术生涯得到重生。我经常喜欢说这是意外收获，得之偶然。既然我还活着，也就舍不得把日子再白白糟蹋掉，所以从1981年起又重理旧业，到农村里、城镇里去观察，去思考。凡有所得，按我在抗日时期养成的习惯，写成文章，随时发表。日子多了，走的地方多了，发表的文章也多了，积几篇就印成小册子出版，这十年里也有十多本了。现在已是1991年，回顾一下，抓乡镇研究刚好十年。十年算一个段落，应当结结账，编出这本《行行重行行》似乎是个好主意。

我曾经一再表白，我对自己的学术成就评估是不高的。我所看到的是人人可以看到的事，我所体会到的道理是普通人都能明白的家常见识。我写的文章也是平铺直叙，没有什么难懂的名词和句子。而且，又习惯于想到什么就写什么，下笔很快，不多修饰，从小老师就说我这样毛毛草草，成不了大器。现在已到老年，要改也不好改了。

话也得说回来，我自己有时也喜欢反刍看看自己写下的这些文章。反刍有反刍的滋味。尤其是把前后的见闻，串联起来加以思考，有时也会出现些新的体会。如果我不是这样"走一趟，写一篇"，说不定到现在连这十年我国乡镇发展的轮廓都说不上来。经过走了这几万里路，写下了这几十万字，心里似乎觉得对这段发展历史多少有了一点认识。

这十年，中国农民生活上的变化是十分深刻的。说这十年是中国历史上少有的时期，也不能算是夸大。我是个在五十年前对中国农村进行过有意识地观察的人，当时我写出过"中国问题是个饥饿问题"的话。现在再去现场看看，不能不承认绝大多数的中国农民和饥饿已经告别。但从时间上看恐怕还不能说太久，是这十几个年头里的事。现在看来，如果中国人都能争气，彻底在我们国土上送走这个瘟神已属于可以做到的事了。这是个大变化。怎么变的？在反刍这十年留下来的记录里多少可以看出一些答案来。

中国实在大。我这十年尽管至少有一半的时间在跑在写，但所见所闻，所思所记还只似蜻蜓点水而已。挂一漏万、以偏概全在所难免。我自己明白这一生能主动掌握的时间已经不多，但愿还能为后来人多做一些破题开路的前期工作。

我采取的研究方法是从已有的基础上做起，然后由点及面，找典型、立模式，逐步勾画出比较全面的轮廓。具体地说就是从我熟悉的家乡入手。我的家乡是江苏省吴江县，我三十年代调查过的村子是这个县里庙港乡的开弦弓村，我给了它一个学名叫江村。这是我已有的基础。在1981年三访江村时才想到要更上一层楼，进入"小城镇"的调查。而且决定在吴江县开始。结果在1983年发表了本集的第一篇《小城镇　大问题》。这就是我所说的破题工作。然后由吴江这个点，由近及远地开拓出去。先是由苏南四市，随后到江苏全省，写出了"小城镇四记"。

1984年我决定走出江苏省，分两路穿梭进行：一路是走边区，一路是走沿海各省。边区这一路从内蒙古西走宁夏和甘肃，1991年又走进大西南的山区。沿海的一路从浙江、福建、广东到香港，可以说是从江苏向南延伸的。当然，我所到过的地方并不限于本集子里所记下的那些，比如中部地区的河南、湖南和陕西我也曾去做过比较系统的调查，但是文章没有写出来。其中有些留给我指导的研究生去写成了论文，有些我还没有写成，编不进这本集子。好在我目前身体还能走动，头脑还没有糊涂，希望还能有几年时间再走些地方，再写些这一类的文章，这本集子如果有再版的机会可以增补进去。

也许由于我已发生了来日不多的感觉，所以也常常利用参加学术会议的机会或为别人的著作写后记的机会，对自己的思路作些小结。

最后，我必须提到，使我能走一趟，写一篇地继续了十年，主要是由于我所在工作机关的支持：最初是中央民族学院、中国社会科学院，之后是全国政协、全国人大、北京大学。同时如果没有所到各地领导的协助和合作，我是不可能在比较短的时间里对当地的情况有所了解的。我这十年由于种种具体条件的限制已经不可能像早年那样比较长期地住到乡村里去深入和群众接触，只能主要依靠各地干部同志提供的情况，和委托陪同我去考察的助手分别下乡或下厂去进一步了解情况，以及通过在当地进行的各种访问和座谈来取得一些感性知识。从科学性上来说，当然是不如以前了。所以我也不敢轻易用调查两字，只能说是访问和考察，至多不过起些破题和开路的作用罢了。冯唐易老，名位累人，那亦是无可奈何。能够用以自勉的，不过是在不易改变的条件下，尽力而为，做到治学之心，有始有终而已。

1991 年 10 月 31 日

猴年辞岁

年过八十，日子似乎过得特别快，一转眼，《群言》的编辑又来约我写辞旧迎新的过年杂感了。到了年终，回头看看自己这一年是怎样过来的，有什么感想，应该说是件很有意义的好事。

1992年，说是猴年吧，对我个人来说，家宅平安，笔耕未辍，"行行重行行"还在继续，又跑了万里路，写了十万字，值得自慰。

人言道，老从脚上起，我总有点怕它上升。这一年看来还没有老到头上，我像前些年一样东西南北地跑了不少地方。在改革开放、开发猛进的大气氛里，见到的新人新事，实在是笔不胜书。横架珠江的大桥，准备动工，预示着这片先走了一步的南粤滩头，还要锦上添花。钱塘江口的枫泾商城指望着万商云集，闹市喧天。黑河江边，两岸夜市，灯光相映。兰州丝路盛会，欢庆千年故道重开，欧亚大陆桥如期接轨。更难忘的是我在桂子飘香时节重返吴江，相别只半年，回乡寻故里，竟会相见不相识，高楼大厦淘汰尽了狭巷低檐，连我出生的矮屋已了无陈迹。这样快的发展，怎能叫人不激动，不兴奋？1992年是个值得纪念的年份，它将以我国腾飞之年载入史册。

这一年在西方各国也是个值得纪念的年头，是哥伦布发现被称为"新大陆"的500年。哥伦布发现美洲标志着世界史上的一个新的时代，有不少西方史学家把这年作为世界现代文明史的开始。当然这500年从全人类来说，不得不承认是人类生产力大发展的500年，也是全球人类社会被捏成一体的启程碑。500年过后，反思一下这一年对人类发展进程上的意义和教训也是应该的。

可巧我凌乱的书桌上摊开着一本新近由一位朋友从美国寄来的，至今还畅销的书，书名是《列强兴衰史》，副名是《从公元1500年到2000年经济变迁和军事冲突》。著者是一位英国牛津出身，现任耶鲁大学教授的保罗·肯尼迪。这本书里讲的正是最近这500年里列强兴衰的历史。即以简装本来说，也是一本有540页的巨著。我在这匆匆忙忙坐不定的生活中，实在无暇享受细读这本十分引人入胜的作品。可是翻出导言来一看，第一句就说这是一本叙述和解释欧洲文艺复兴之后现代时期列强兴亡历史的书，又是一个从以哥伦布发现新大陆来为人类历史分期的例子。使我触目惊心的倒是，这书开卷第一章第一节的标题，显赫地印着"中国明朝"几个黑体字，开宗明义第一句话就是说："在现代之前世界上没有一个文明能比得上中国那样进步和自感优越的。"下面500多页的内容，在作者的笔下正是世界这个舞台上转换主角的经过——西兴东衰。

这本书是1987年出版的，现在看来，这位作者年少气盛，太急躁了一点，没有耐性再等待几年能按照该书副名所说的以2000年来作结。看来他没有预料终剧正演出在他发稿之后的这几年里。而且也许可以说，如果他等到2000年才出版这本书，它的历史的内容可以更精彩和完整一些。说完整，意思是有始有终，从兴到衰的全过程。当然我也不敢说得这么绝，历史是曲折的，这个世界究竟是谁家的天下，岂能预料，这个世纪怎样作结还有待下回分解。历史分期本来不过是抽刀断水而已。

这本书末尾空白的这几年我正在"行行重行行"。所见所闻使我想到下一本500年世界史，是不是还是会从中国开场？我"行行重行行"中留下的足迹也许正是它的楔子，而这本续集的主题又将是什么呢？我并不苟同于500年一周期，周而复始的历史观，使用"西衰东兴"来平衡上下两集的对称。我在孔林中留下片思，已流露出我并不欣赏这位牛津出身的学者的气度，他把值得立传的世界舞台主角留给了杀人如麻、以力服人的霸主，用兵强马壮、铁甲利箭来作为兴衰的尺度。我还是盼望一个全世界人类能共同生存，荣辱与共的新格局。把遥远的大同世界安在下一个 500 年历史里可能还太性急一点，但是人尽其能，各取所需，遂生乐业，和平共处应当是人类可以争取到的世界秩序吧。

老年人似乎有权利对遥远的将来多做些梦。这倒不是因为能做梦的日子已不多，而是因为他们在梦后的世界里，还是有份的。今后现实世界的舞台上会出现什么剧种，多少会决定于他们梦中出现的境象。现象如果是硬件，理想的梦就是决定硬件内容的软件。辞旧迎新的思考还不是下一年行动的指针么？

1992 年已经落幕，光荣地落幕。鸡年接着猴年递过来的接力棒。棒上是否应刻上句吉利或激励的话？如果要的话，我将用八字相赠："脚踏实地，胸怀全局。"

1992 年 11 月于津浦路车厢

第五辑

文章千古事

《爱的教育》之重沐

——振华女校 40 周年纪念献给校长王季玉先生

一种春声忘不得，长安放学夜归时。

——龚自珍

每逢有朋友问起我最喜欢的书时，我总是毫不犹豫地回答是《爱的教育》。有时我也自觉可怪，为什么这本书对我会这样地亲切？当我经了多年远别，重返苏州，踏进母校的校门时，这问题的答案蓦然来到心头：这书里所流露的人性，原来本是我早年身受的日常经验。何怪我一翻开这书，一字一行，语语乡音，这样熟悉。我又怎能不偏爱这本读物？

25 年前，我和几个小朋友在操场角里，浪木旁的空场上闲谈。那时的振华还在严衙前。住宅式的校舍里，孩子们下了课，只有一角空地可供他们奔跑或闲坐。这些孩子们中间有人这样说："我将来总要做一番惊天动地的事业。我不喜欢张良，项羽才是英雄。"

"我不希罕这些，我要发明个飞机，一直飞到月亮上去探险。"

另外一个孩子却说："我是想做三先生（我们那时称王季玉先生作三先生，因为她在家里是老三）。"

很快的有人笑了："教书？教孩子们书？我不干！有什么意思？"

"可是三先生为什么不去发明和探险，不去做项羽和张良，而在教

214

我们书呢？"

我就说："她该去做大事业，留了学回来。在这小学校里看着孩子们拼生字，真是——"

"你真的愿意她离开我们么？"有位小朋友急了。

没有人再说话了。孩子们被问住了。没有人能想象三先生会离开我们这些孩子的。如果她真的要去做项羽、张良，到月亮上去探险，孩子们也不会放她。孩子们话是不说了，但是谁都感觉到一种悟彻：看孩子们拼拼法似乎比到月亮去探险更值得我们的爱好。谁也说不出这是什么原因，可是这悟彻却使他们靠近了人性。在这把人性愈抛愈远的世界里，大家想在做项羽、张良，或是上月亮去探险时，我回忆起了25年前操场角落里所领悟的一种模糊的感觉，虽则我还是不知道应当怎样去衡量人间的价值，我总好像又重温了一课《爱的教育》。

苏州的冬天是冷冽的，在艰苦中撑住的学校，当然更不会有室温的设备。孩子们穿得像泥菩萨般供在课桌旁，有太阳的晒太阳，没有太阳的烘手炉。"拜拜天，今天不要上黑板吧。"孩子们在私语。果然，三先生没有叫我们上黑板，她自己在台上抄字给我们读。这天的字可写得特别大，而且没有往日那样整齐了。再看时，三先生的手肿得像只新鲜的佛手。

"三姨每天朝上自己洗衣服，弄得这一手冻疮。"坐在我旁边的她的侄女偷偷地和我这样说。话里似乎责备这位老人家不知自惜。我听着也觉得这是大可不必的。第一是大清早不必老在冷水里洗衣服，第二是既洗了衣服，生了冻疮，又大可不必在黑板上写字。学生们袖着手，老师却忙着抄黑板，这又何苦？

那天放学，她的侄女和我一路回家，又告诉我说："人家请三姨到上海去做事，她不肯去。"

"上海去了，不是可以不必自己洗衣服了么？"我还没忘记那只冻疮的手。

"可是三姨不肯去。"她侄女又加重地说了一句。

三先生在孩子们心目中总是个不大容易了解的老师。我们那时不知怎么的想起了要出张壁报，怕学校不允许我们张贴。我们去告诉三先生，三先生没有说什么话，点点头，在书架里拿出了一叠纸给我们。这真是使我们有一点喜出望外，因为三先生自己是从来没有浪费过一张纸的，这次却这样慷慨，原来她不肯放松足以教育孩子们的每一个机会。

我们那时的壁报贴在小学部进门处的走廊里，走廊相当狭。我们那时通行着一种"捉逃犯"的游戏，一个人逃，一个人追。我有次正当着"逃犯"，一直从操场那边冲进走廊，想绕进小学部回"窠"。这一冲却正撞在站在走廊里转角处看我们壁报的三先生的怀里。我站住了，知道闯了祸。可是抬眼一看在我面前的却并不是一个责备我的脸，而是一堆笑容："孝通，你也能做诗，很好。"她拍着我的小肩膀，"留心些，不要冲在墙上跌痛了。"我笑了一笑就跑了。直到这次回到母校，看见季玉先生的笑容时，才重又想起了这一段事。25 年了，时间似乎这样短，还是这个老师，还是这个孩子。

振华是 40 年了，我离开振华也已经 20 多年了，其间又经过了抗战的 8 年。原已经长成的振华，经此打击、破坏，也似乎停顿了一期。但是，我再来时，季玉先生却还是 20 多年前的三先生，一个看孩子们拼拼法，清早洗衣服，被孩子们撞着会笑的老师。她伸着手拉住我说："孝通，你还是这样。"我也说："季玉先生，你也还是这样。"她笑了，笑里流露了她的愉快，笑里也告诉了我 25 年前所不能了解的一切。我明白了为什么我爱读《爱的教育》了。

1946 年 11 月 1 日

读张菊生先生《刍荛之言》

《中建》第 1 卷第 7 期转载了张菊生先生在中央研究院第一次院士会的致词，题目是《刍荛之言》。这是一篇大家应当读而不易读到的重要文献，因为张先生在这短短的致词里说出了现在生活在水深火热里的人民大众要想说的话；同时也以他学术先进，年高德劭的资格，对我们这些厕身文化界的后进发出他衷心的警告和期待。他警告我们：学术不能在战火遍地中存在象牙之塔里。警告我们：不应当做埋头在沙土里的鸵鸟，不看看血淋淋的现实。更警告我们一个更明白不过的难免结局：我们将"万劫不复，永远要做人家的奴隶和牛马了"。他对我们有期待、有号召，就是效法向戍 [1] 和宋轻 [2] 做时代的和平使者，所以他最后说："元济 [3] 也有无穷的期望，寄托在今天在座的诸位学术大家。"在座的学术大家们对于张先生的期待有什么感想和反应我们不知道，但是在我读来，除了惭愧内疚之余，却有很多感想，所以想在这里拉杂一谈。

---

[1] 向戍：春秋时期的宋国大夫，倡议发起第二次"弭兵"运动。

[2] 宋轻：先秦道家"宋尹学派"的代表人物。

[3] 元济：为张菊生先生的名，菊生为其字。

一

张先生年事已高，从他个人的生命历程上说已到了最后的一段，一生事业已告完成；道德文章也已有定论。对他私人来说，正可以自娱暮年岁月。世界虽乱，直接还威胁不到他老人家的生活，不会像"胡适之先生在北平，每天不能全吃饭，晚上都是喝粥"。但是他忍不住了。他在这国家盛典中说出这许多煞风景的话来，若不是心里难过到万分，决不会如此。什么使他心里难过到万分的呢？

这些年来我常常觉得老年人比了我们这些中年人对于国事积极得多。青年人勇往直前的性格是可以理解，被称为保守的老年人，反而积极起来，那真值得我们反省。现在的老年人实在看不过这个局面了。"看不过"的三字包含着相当复杂的心理背景。中国过去一个世纪虽则进步的势力遭受到很多挫折，但是我们得承认这些挫折并不是都出于老年人的顽固。当西洋的工业势力打开了远东大陆之门，最初虽则有"中学为体，西学为用"一类半推半就的拗执，但是很快地代表传统这一代自承认失败了，心理上向新兴的力量低了头。即使想为传统旧势力挣扎的也不能不穿着时髦的外衣。袁世凯恢复帝制的雄图竟成了一出喜剧，这也是表示中国人民在心理上已充分准备着接受和传统不同的新时代。年老的一辈退休了，"这世界不是我们的了"。但是经了半个世纪，再看看这局面，连50年前的情形都不如了。自称为代表新势力的人物不但把国家的事务弄得不成个样子，而且在个人做人做事的标准上说，也一无是处。他们利用了一般人民弃旧迎新的心理，篡袭了名位，营私舞弊，表演出世纪末一切丑态——这在那些甘自引退的老年人看来竟是一种欺骗。他们有充分理由去回想当年，那些被新势力所指摘，甚至打击过的人，在负责上，在自持上，都比现在这些胡搞的人强。这种回想使他们会气愤，觉得历史太不公道。他们伤心，他们痛心，他们觉得心里难过。说是悔不当初自己负责把握住这国家的船舵，那是过分，因为他们在心理上早已把这任务交托给了下一代。但是这些不肖的子孙竟这样滥用他们所交出来的权力，又怎能甘心？

张菊生先生提到 50 多年前德宗皇帝[1]要求改革的热忱，他肯看书，他知道要力避腐败的积习。这些小事情竟在 50 多年后的今天浮起在张先生的心头，使他觉得这一点精神都值得念念不忘，他对于当今执政者的失望是够深刻的了。当然，我们可以不同意他对于这伤心史的结论："因果相生，都是人造的而不是天定的。"但是我们绝不应逃避老前辈的谴责，更不应忽视了引起我们老前辈悲痛的实况。

二

张先生接着提到了目前内战这桩令人"多么痛心的事情"。我们得感激张老先生能把这久已被戡乱的大帽子罩住了，不许人民多说的痛心事，公开地提出来。没有任何颜色的帽子加得上张老先生的头上，他的苍苍白发保证了他除了悲天悯人之外，不可能再有其他的用心。他这种本来可以不必讨人"惊愕"的人物能在这场合下把这问题再提出来，可见这个问题在人民中间实在并没有给戡乱的大帽子所罩死。

张先生认为这样下去："人家一天天的猛进，我们一天天的倒退。我想两方当事人，以为战事一了，黄金世界，就在眼前。唉，我恐怕不过是一个梦想！等到精疲力尽，不得已放下手的时候，什么都破了产，那真是万劫不复，永远要做人家的奴隶和牛马了。"——这段话

---

[1] 德宗皇帝：即光绪帝。

我是十分同意的。战争的破坏是残酷的，尤其是现代化的战争。西班牙是一个很好的前车之鉴。不论战争是否是中国蜕变成现代化国家过程中必要的节目，这总是件惨事。而且即使我们认为这有如替病人开刀，不如此不能医治好这病人，也得考虑一下，这病人是否吃得消这种手术。

当然我说这话是有个前提的，那也就是张先生的前提："要保全我们的国家""要复兴我们的民族。"至于不把国家和民族的利益放在心上的，这套话是不必说的。张先生认为这前提是存在的，所以他说："根本上说来，都是想把国家好好地改造，替人民谋些福利。但是看法不同，取径不同。都是一家的人，有什么不可以坐下来商量的呢？"他既确定了这前提，所以认为："这战争实在是可以不必的。"又说："完全是意气用事，非拼个你死我活不可。"

我必须说明，我个人以前也是这个看法的。我相信一切软心肠的人都曾经有过这个看法的，而且也不妨说，应当作此假设的。这几年内战使一个受过科学训练的人不能不怀疑这个假设了。如果都是为国家、为人民，尽管看法不同，也没有在这几年事实教训里看不到这样蛮干下去会把国家和人民都给牺牲掉了的，而且更不会用牺牲国家权利和人民血汗来支持这个战争的道理。这使我不能不怀疑两方当事人中必有一方，或是双方，并不如张先生所说的为国家的改造，为人民的福利着想的。

我们对于双方的情形并不能同时知道。在消息封锁和宣传技术之下，我们对于中共的情形实在不知道。关于不知道的，我们没有法子作批评。但是在我们所熟知和身受的一方面说，我们也有理由怀疑张先生所说的前提。谁能举出一些具体的事实来证明我们的政府是在改造国家，为人民造福？或者有人说宪政是当前最大的改造。但是连负责办理选举的人都公开说这是一个没有遵守法律的选举。当然又有人可以说没有一个完全符合于理想的现实，而且历史上很多事情是弄假成真的。我们也但求如此，成人之美也是应当的。可是事实又怎样呢？一方面颁布提审法，三令五申地要实行这民权的基本保障，而另一方面却设立了特种刑庭。宪政如果是改造国家的设施，不应当只是名义，无论如何得影响一些事实。不然，我们做人民的就有权利怀疑执政者是否真的想把"国家好好地改造"了。

改造国家是为了人民的福利，并非变戏法给人民看。所以国家是否好好改造了，最简便的测验是人民的生活怎样了。这一端事实太昭彰，用不着我多说。或者有人可以辩护说，因为有内战，所以人民遭殃，中共不"乱"，中央不必"戡"，人民就有好日子了。这是当前政府常用的逻辑。我同时也常听见政府中人高唱"向英国看齐"。我因为也到过英国，所以不妨也谈谈英国情形来说明上边的说法是不通的。英国也曾经参加过战争（不是内战），政府也需要大量的支出。但是他们并没有忘记人民的福利，所以一切政策都做到尽力保障多数人民福利的目的。举些小事：怕孩子们在都市里遭轰炸，战时差不多全部疏散到乡间，政府给予一切可能的协助。而我们呢？有开封的惨事，有枪杀难生的事件，比较之下，怎能说政府目中还有人民？再说英国战时的经济设施，一切以保护最大多数平民为目的。高度的所得税、遗产税，把富有的人的钱征出来支持战争，一般人民在战争中虽然生活艰难了，而衣食却反而因配给而足够了。据客观的报告，英国人民经过了这次战争，健康水平反而提高了。人民福利不是一句口号，并不是要等天下太平了才能讲得到的奢侈品，如果为了人民福利而引起内战，政府总得在种种设施上表现出它的目的，尽管有心无力，也得尽心。政府可以恨那些言论界为什么整天批评，不说些好话。其实，政府必须先做出一些好事来，才能引得起人的好话。把好话自己说尽了，而做出来的事没有半点兑现，怎能怪别人不说好话呢？至于因为别人不说好话，而加以为匪张目的罪名，那更是南辕北辙的下策。

如果政府觉得有人错怪了它不为人民谋福利，最好的答复，不是入人于狱，而是用事实来证明。到现在为止，我恐怕这些事实还不存在吧。

三

张先生呼吁的和平是没有一个有良心的人所不能同意的。其实说起来，没有人喜欢战争。战争原本是一种手段，使用这手段的人自己也没有不盼望早日结束战争的。所以单讲"和平"并没有多大意义。因之，我们一定要问采用这战争手段的人想从这手段中取得什么结果？也就是说"和平"的内容是什么？我们明白了"和平"的内容之后才能说这个内容中是否可以用战争的手段来取得？是否还有比战争更好的手段？

张先生认为现在交战双方所愿意做到的目的是"保全国家，复兴民族"，所以可以接下去说这样的目的是不必用战争来取得，而且用了战争的手段反而会取不得的。张先生接受这个双方的目的是根据双方所说的话。我也曾经说过，如果把国共双方说要建设的中国的内容来看，实在差别很少。国民党的三民主义和中共在抗战时期公开发表的新民主主义实在分不出重要的区别来。据说后来内战发生了，中共实行土革，在经济政策上似乎比三民主义所要做的温和手段有一点差别，但是目的还是都在"耕者有其田"。最近国民党方面也在高唱土革，华北区甚至已经在试行。

如果双方都对于他们所标榜的政纲守信用，我愿意和张先生一般的想法，认为这次内战是大可不必的。但是内战既已发生，事实告诉我们其中必有不守政纲的政党存在，不然政治协商会议决不致不欢而散的了。国共双方并不是没有过商谈，但是边谈边打，一直到大动干戈，其中原委必然在他们所说的话背后。我们并不是不愿信任政治家的话，而是事实使我们不能信任。

在这里我不能不根据我的看法一说以就教于方家。我愿意重提一笔中山先生的革命观：他认为中国原来的社会秩序不能适应于现代世界，所以要革命，革命是指改变社会结构。他提出传统结构中有寄生的地主阶级，所以他主张"平均地权"。他预料在工业化过程中可能发生强大的资本家，所以主张"节制资本"。这里他规定了两个对内经济上革命的对象。他又看到帝国主义侵华的一部历史，所以主张必须抵抗；又看到专制的独裁政权会谋政权的稳固出卖民族利益，所以主张争取民权。帝国主义和独裁政权是政治上革命的对象。国民党继承中山先生的遗志，负有完成三民主义的责任。如果国民党能一贯地向这些目标做去，保持它的革命性，必然会得到人民拥护的；如果有任何力量阻挡它的话，它也必然可以倚赖人民的力量去克服的。抗战是一个最有力的证明。在抗战过程中，国民党得到了全民的拥护，一直执政，没有发生过动摇。为什么？因为它执行了抵抗帝国主义侵略的任务。

为国民党的利益计，只有继续贯彻三民主义。在抗战结束时，就得克服豪门资本的抬头，就得实行土地改革，就得利用敌人在我们国土上的工厂，立定工业化的基础。如果它这样做，绝不会发生一个势力日见膨胀的反抗它的政党。可是事实上，它并没有这样做。我相信要求国民党实行三民主义决不能说是苛求，这是最善意的也应有的希望，因为国民党是以实行三民主义的政纲而执政的。

从胜利到今日，豪门资本的猖獗是无可掩饰的事实，就是最近改革币制不能如愿成功，其中一部分的原因也还是受了豪门之累。土地改革迄未实行，征实征购，国家的经费大部分还是由农民来担负。更加以通货膨胀，中产阶层，崩溃不止。迄今不受贫困之苦的只有极少数受战争利益的豪门了。

国民党不从政治上去谋自强，而一贯地以种种压迫去对付异己，结果使反对它的人数日多。它又不容反对者用和平方式做正当的政争，结果反对的人中无力的灰心了，不说话了，有力的采取了武力的手段。武力的政争一旦发生，局面自然使人痛心了。

张先生未始不同意于我这种分析，因为他也提到了"近来还有一件可惨的事情"，那就是拘捕学生。手无寸铁的学生，入世未深，不像那些中年的知识分子，明白明哲保身的古训，他们把不满政府的言论，公开坦白地说了出来。他们肯批评政府，自然心目中还有个政府，也总是希望政府能改善。而政府对于他们却是"拘捕"，送入特种刑庭。表面上，学生自然无法抵抗。

但是事实上却替政府所指的"匪"制造了多少干部，更制造了无数同情者。政治和物理一样的有原则可循。用"力"去屈服人必然增加反抗的"力"；只有用理去说服人才能改变反对者为支持者。政府却忽于这一个极简明的原则，不在自己政治上去收拾人心，而用力去强制人民顺服，结果是噬脐之祸，悔不及矣。

四

我这样说并不是承认中国命运的悲剧。依现在的趋势下去，张先生的警告固然竟其可成预言。你看：国民党在军事上受了挫折，一方面更要投靠美国，甚至不惜引起世界大战，以求侥幸；一方面，国库支出更多，税收地域日缩，通货必然更见膨胀。对人民的不满更要高压，像是一个恶性循环，愈走愈紧。那时不但胡适之先生晚上喝粥，中午也不一定有白米饭吃了。中共方面呢？军事的优势鼓励他们再接再厉，但是面对的军事力量在美国的接济之下也可能拖得很久，于是中共区里的人民不但得做长期艰苦的抵抗，而且因为工业生产的不能急速发展，加上可能的轰炸，在兵源和军事上消耗有生力量。这长期的挣扎，以中国整个的看来，确是很惨的，惨到有一天战争结束时，"什么都破了产"。

但是如果我上述的局面果真要形成的话，我相信全国人民，不分哪个政党总有如张先生所说的"为国家为人民"着想的人，我和张先生一样，期待于他们能出来打破这悲惨的运命。

可以继续战争的可能性是极多的，但是可以结束战争的可能性却只有一个，那就是握有政治权力的人，不论是属哪一方面，都须接受一个相同的目的。"为国家，为人民"，更具体一些，如果国民党从此立刻以实行三民主义为一切行动的纲领，中共一贯以实行新民主主义为准则，两党之间就不难获得一个共同合作的基础，先有可以共同接受的前提，才能发生和平的事实。和平的前提只有一个："为国家，为人民。"具体一点，实行民治、民有、民享。如果哪一党离开了这准则，这个战争一定会继续下去，一直到真正遵守中山先生遗志的那个政党得到人民的支持而获得胜利。

政治有如下棋，求自己不可胜才能得到胜人的机会。为政者而不从这基本原则上出发，想侥幸借外力来平定天下，历史上是没有先例的。

读了张菊生先生的《刍荛之言》，年幼学浅的我也随着记下这一点感想，可以称作"刍荛之余"，不知是否也有一得之处。但是以各言尔志之意，说下这段卑卑并无高见之论。忧心国事，原无年龄之别。除了惭愧之外，内疚更深，所以不避人言之患，倾怀一述。只希望这个多难之邦，总有一天会恢复它的光荣。

1948 年 10 月 25 日

潘、胡译《人类的由来》书后

胡寿文同志送来他和潘光旦先生共同翻译的达尔文著《人类的由来》一书的清样,并告知此书出版有日矣。他知道我熟悉这书翻译和出版的经过,要我在书后写几句话。这是我义不容辞的事,略写几页以记其始末。

这本书的翻译,是潘光旦先生一生学术工作中最后完成的一项业绩,充分体现了他锲而不舍、一丝不苟的治学精神。我师从先生近四十年,比邻而居者近二十年。同遭贬批后,更日夕相处、出入相随、执疑问难、说古论今者近十年。这十年中,先生以负辱之身,不怨不尤,孜孜矻矻,勤学不懈,在弃世之前,基本上完成了这部巨著的翻译。

记得早在1956年商务印书馆的友人来访,谈及翻译介绍西方学术名著事,先生即推荐达尔文一生的著作,并表示愿意自己承担《人类的由来》的翻译。随后他即函告在国外的友人,嘱代购该书原版。书到之日,他抚摸再四,不忍释手,可见其对该书的深情。先生早岁在美国留学时,学生物学,并亲听遗传学家摩尔根之课。他结合自己人文科学的造诣,发挥优生学原理和人才的研究,后来在执教各大学讲社会学课程时,亦特别着重社会现象中人类自然因素的作用。他推崇达尔文由来已久。

达尔文是十九世纪英国学术上破旧立新的大师。他身患痼疾,为探讨自然规律,苦学终生。1859年他的《物种起源》一书问世,总结了他自己多年在世界各地亲自观察生物界的现象,发现自然选择在物种变化上所起作用的研究成果，探索了物种的起源和进化的规律。达尔文忠实于反映客观实际，勇于把见到的自然现象公布于世，使之成为人类共同的知识。尽管达尔文当时并没有把物种起源直接联系于人类，他只说了一句话：通过《物种起源》的发表，"人类的起源，人类历史的开端就会得到一线光明。"但是这书的发表，对上帝造人的宗教神话和靠神造论来支持的封建伦理却不啻发动了空前未有的严重挑战。当时保守势力的顽抗反扑和社会思想界的巨大震动，使一贯注意不越自然科学领域雷池一步的达尔文也不能默然而息。他发愤收集充分的客观事实来揭发人类起源的奥秘。终于在1871年（《物种起源》出版后的十二年），发表了《人类的由来》这本巨著，用来阐明他以往已形成的观念，即对于物种起源的一般理论也完全适用于人这样一个自然的物种。他不仅证实了人的生物体是从某些结构上比较低级的形态演进来的，而且进一步认为人类的智力、人类社会道德和感情的心理基础等精神文明的特性也是像人体结构的起源那样，可以追溯到较低等动物的阶段，为把人类归入科学研究的领域奠定了基础。这是人类自觉的历史发展上的一个空前的突破。

一百多年过去了，对人类的由来研究已有许多新的发现。这本书中有些论点很可能已经过时，正如达尔文在本书第二版序言中说过的那样："我作的许多结论中，今后将发现有若干点大概会是、乃至几乎可以肯定会是错了的。一个题目第一次有人承当下来，加以处理，这样的前途也是难以避免的。"这并不是白璧微瑕，人类对客观事物的认识总是这样逐步完善的。难能可贵的是像达尔文这样，能适应时代的需要，提出新的问题，予以科学的探讨，而取得对基本规律不可撼摇的认识。这一代科学巨匠和伟大思想家所留下的《人类的由来》一书，一个世纪来毫不减色地称得上是科学研究人类的起点。对达尔文这种贡献的倾心推崇，促使潘光旦先生决心要翻译这本书，使它成为推动中国科学发展的一个力量。他也愿意用这个艰巨的工作来为我国现代化的社会主义建设事业作出一点贡献。

翻译像《人类的由来》这样一本学术上的经典著作，毫无疑问是一件艰巨的工作。没有坚持长期高度脑力劳动的决心是不会敢于尝试的，即使上了马也难于始终一致地毕其功于一生。潘先生不仅在学术上有担任这项工作的准备，而且具有完成这项工作的修养。从业务上说，达尔文的博学多才，广征博引，牵涉到自然、人文、社会的各门学科，要能一字一句地理解原意，又要能用中文正确表达出来，不是一般专业人才所能胜任的。潘先生之于国学有其家学渊源，他自幼受到严格的庭训，加上一生的自学不倦，造诣过人。他在清华留美预备班学习时即受知于国学大师梁启超，梁在他课卷的批语中，曾鼓励他不要辜负其独厚的才能。学成返国后，他对我国传统学术的研究从来没有间断过，一有余力就收购古籍，以置身于书城为乐。他几经离乱，藏书多次散失，但最后被抄封的图书还有万册。他收书不是为了风雅，而是为了学习。在一生中的最后十年，为了摘录有关中国少数民族史料，他又从头至尾地重读了一遍二十四史。他所摘录和加上注释的卡片积满一柜，可惜天不予时，他已不能亲自整理成文了。

同代的学者中，在国学的造诣上超过潘先生的固然不少，但同时兼通西学者则屈指难计。他弱冠入清华受业，清华当时是专为留美学生作准备的学校，所以对学生的外文训练要求极严。他在校期间，因体育事故，断一腿，成残废，而依然保送出国留学者，是因为他学业成绩优异，学校和老师不忍割爱。据说他英语之熟练，发音之准确，隔室不能辨其为华人。返国后，他曾在上海执教，又兼任著名英文杂志《中国评论周报》的编辑。他所写的社论，传诵一时。文采风流，中西并茂，用在他的身上实非过誉。他自荐担任翻译达尔文这部巨著，是他审才量力的结果，有自知之明。朋辈得知此事，没有不称赞译事得人，文坛之幸。

我常谓翻译艰于创作。创作是以我为主，有什么写什么。而翻译则既要从人，又要化人为己，文从己出，是有拘束的创作。信达雅的信，就是要按原文的一字一句地和盘译出，译者要紧跟密随著者的思路和文采，不允许有半点造作和走样。凡是有含混遗漏的，就成败笔；凡是达意而不能传情的，就是次品；翻译的困难就在此，好比山要越，关关要破，无可躲避。翻译的滋味也就在此，每过一山，每破一关，自得之境，其乐无穷。潘先生每有得意之译，往往衔着烟斗，用他高度近视的眼睛瞪视着我，微笑不语。我知道他在邀我拍案叹服，又故意坦然无动于衷。以逗他自白。师生间常以此相娱。此情此景，犹在目前。先生学识的广博，理解的精辟，文思的流畅，词汇的丰富。我实在没有见过有能与他匹敌之人。而这还不是他胜人之处，卓越于常人的是他为人治学的韧性。他的性格是俗言所谓牛皮筋，屈不折，拉不断，柔中之刚，力不懈，工不竭，平易中出硕果。

潘先生喜以生物基础来说人的性格，我们也不妨以此道回诸夫子。他这种韧性和他的体残不可能不存在密切的联系。以他这样一个好动活泼、多才善辩的性格，配上这样一个四肢不全的躯体，实在是个难于调和的矛盾。他在缺陷面前从不低头，一生没有用体残为借口而自宥；相反的，凡是别人认为一条腿的人所不能做的事，他偏要做。在留美期间，他拄杖爬雪，不肯后人。在昆明联大期间，骑马入鸡足山访古，露宿荒野，狼嗥终夜而不惧，在民族学院工作期间，为了民族调查偕一二随从，伏马背，出入湘鄂山区者逾月。这些都表示他有意识地和自己的缺陷作斗争的不认输的精神。但是另一面，他也能善于，顺从难于改变的客观条件来做到平常人不易做到的事，那就是身静手勤脑不停。他可以日以继夜地安坐在书桌前埋头阅读和写作，进行长时间的高度集中的脑力劳动而不感疲乏。我常说。他确实做到了出如脱兔，静如处女。所以能如是者体残其故欤？没有这种修养，要承担翻译这一本难度很高、分量极重的科学巨著是决不能胜任的。事实确是如此，即以潘先生这样的才能和韧性，在这件工作上所费的时间，几近十年。

现在还有多少学者能为一项学术工作坚持不懈达十年之久的呢？

潘先生从事翻译这本书的十年并不是风平浪静的十年。文章憎命达，平地起风波。1957 年，他承担翻译这巨著的翌年，反右扩大化的狂潮累及先生。我和他比邻，从此难师难徒，同遭这一历史上的灾难。可是我们的确没有发过任何怨言，这不能不说是出于先生循循善诱，以身作则的缘故。他的韧性在这种处境里又显出了作用：对待不是出于自己的过失而遭到的祸害，应当处之坦然；不仅不应仓皇失措，自犯错误，而应顺势利导，做一些当时条件所能做的有益之事。他等狂潮稍息，能正常工作时，就认为这是完成翻译达尔文这部巨著的机会到来了。我当然还记得曾有人提醒他：这书即便翻译了出来，还会有出版的可能么？这似乎是一个现实的问题，但是先生一笑置之。我体会到在他的心目中，乌云是不可能永远掩住太阳的，有益于人民的事不会永远埋没的。司马迁著《史记》岂怕后世之不得传行？只有视一时的荣辱如浮云的人才能有这种信心，而我则得之于先生。他从戴上右派帽子后，十年中勤勤恳恳做了两件事，一件就是上面提到的重读二十四史，一件就是翻译这本书。这两件事都是耗时费日的重头工作。正需要个没有干扰可以静心精磨细琢的环境，政治上的孤立正提供了这种条件。当然，他之能利用这个条件来完成这些工作，正说明了他胸怀坦白，心无杂念。

在着手翻译时，他就约其长婿胡寿文同志参与其事。翻译这样的名著，一般是不宜别人插手的，凡从事过翻译工作的人必然懂得最怕是校阅别人的译稿。认真地校阅别人的译文，不仅要摸透原文，还要摸透需要校阅的译文，多此一番手脚，何如自己动手之便？各人行文笔法总是不同，如果多人执笔，势必使全书笔调驳杂，降低质量。先生不避此忌而约胡共译，目的当然不在减轻自己的工作量，而实在于培养青年人。以我目击而言，他先是对胡就原文反复讲解，然后对胡所交译稿逐字逐句地修改，又要向胡逐一讲明修改的原因，再发回重抄。先生所费之力倍于自译。他循循善诱,不厌其烦地进行面对面的教育者,除对下一代的培养外,岂有他哉?他在胡寿文同志身上用这工夫,当然不能说其中没有亲属之谊的成分,但是与他对其他学生的态度并无不同。以他对我来说,我们长期比邻,以致我每有疑难常常懒于去查书推敲,总是一溜烟地到隔壁去找"活辞海"。他无论自己的工作多忙,没有不为我详细解释的,甚至常常拄着杖在书架前,摸来摸去地找书作答。这样养成了我的依赖性,当他去世后,我竟时时感到丢了拐杖似的寸步难行。

邀胡参与译事,加以培养,主要是因为胡原在清华学生物学,后来留北京大学执教。先生认为一个学生物学的人,对这门学科的历史如果心中无底,必然难于深造。在生物学中像达尔文的著作那样丰富的智力宝库更有熟读的必要。他希望胡寿文同志那样的青年,不应满足于成为一个已有知识的传递者,而应当以一个继往开来的学术环节自任。要培养这样的学者,就得让他重复一次这门学科前人所走过的道路,才能懂得什么叫推陈出新。胡寿文同志这一代人在校期间所得到的营养不如前一代,特别于外文缺少工夫,所以先生用参与译事的机会,亲自指导他补足其短缺。这番用心,其意深远。

先生平素主张通才教育,那就是认为做任何学术领域里的专业研究必须具备广泛的知识基础。他本人能游刃于自然、人文、社会诸学科之间,而无不运用自如者,正得力于基础较广的学术底子。这种主张在建国初年正与当时流行的专业训练相左,他也因此受到批判。三十年后,这种理工分离、文理分离的教育体制已成了必须通过实践进行检验的对象,到了我们有必要破除成见重新对通才教育加以认真考虑的时候。先生之译达尔文名著,推其意当不在仅仅传播一些一百年前达尔文得到的科学知识,而是瞩望于我们国家的新一代中能产生自己的达尔文。达尔文正是他所说的通才教育的标本。

1966年初,潘先生和我一起瞻仰革命圣地井冈山返京,他干劲百倍地急忙整理抄写他业已基本译成的这部译稿。他的文章原稿都要自己誊写，蝇头小楷，句逗分明。他高度近视，老来目力日衰。伏案书写，鼻端离纸仅寸许。最后除了一些有待请教专家协助的原著中的拉丁文和法文引文外，全稿杀青。敝帚自珍，按他的习惯，必定要亲自把全稿整整齐齐地用中国的传统款式分装成册。藏入一个红木的书匣里，搁在案头。他养神的时候，就用手摸摸这个木匣，目半闭，洋洋自得，流露出一种知我者谁的神气。

晴天霹雳，浩劫开始。1966 年 9 月 1 日，红卫兵一声令下，我们这些所谓"摘帽右派"全成阶下囚。潘先生的书房卧室全部被封，被迫席地卧于厨房外的小房里。每日劳改，不因其残废而宽待。到翌年 6 月 10 日因坐地劳动受寒，膀胱发炎，缺医无药，竟至不起。我日夕旁侍，无力拯援，凄风惨雨，徒呼奈何。

先生既殁，其住所将启封作另用。其女入室清理，见遗稿木匣被弃地下，稿文未散失，但被水浸，部分纸张已经破烂，乃急携归保存。当是时，林江妖氛正浓，潘氏一门全被打成"黑帮"，批斗方剧。这部遗稿能存于世，实属侥幸。1972 年胡寿文同志从江西返京，才有机会于劳动之余着手整理这部遗稿，破烂部分重新翻译补足。1974 年又参照德文和俄文两种译本加以对校，作了一些订正。然后发动在京亲属，重予抄写。劫后存稿，终予复全。

1976 年粉碎"四人帮"之后，胡寿文同志来商此书出版事宜。诸友好为此奔走，到 1979 年三中全会后才取得商务印书馆的同意，恢复早年的合同，安排出版。1982 年见到清样，果然实现了潘先生动手翻译时的信念。这是一场保全文化和摧残文化的大搏斗。乌云终究是乌云，不会永远遮住光明的。此书的出版，至少对于我，是这个真理的见证。我相信一切善良的人们一定能从中取得启发。

1982 年 5 月 19 日于东方红 37 号长江轮

曾著《东行日记》重刊后记

民盟中央王健同志转来曾昭抡同志所著 1936 年由天津大公报馆出版的《东行日记》的复制本，并说湖南人民出版社要把这本书收入《现代中国人看世界》丛书，重予出版，叫我写一篇序言。作为曾昭抡同志生前的战友，这个任务我是义不容辞的。写序言则不敢，只能写一篇后记，主要是说一说本书作者是怎样一个人。可是事隔半年多，久久下不了笔，直到"年关"在即，出版社派人坐索。我不得不坐下来想一想为什么这篇后记老是写不出来？

说是年来大忙乱，静不下心，这是实话但不是实情，实情是我对曾公（他生前我总是这样称呼他的）是怎样一个人一直不甚了了。可以说：既熟悉，又陌生，既亲切，又隔膜；既敬慕，又常笑他迂阔、怪谲，以致我对他的形象的线条总是不那么鲜明。这又是不是由于我们两人辈分上有长幼之别，他长我十一岁，而存在着"代沟"？是不是由于我们两人专业上有文理之分，他学化学，我学社会，而存在着"业差"？我想都不尽然。

曾公平时拘谨持重，岸然似老，但一接近他就会感到他那么平易、和蔼，没有半点高高在上的神气。而且他喜和青年人结伴，在从长沙步行到昆明的"长征"队伍里，他和联大的学生混在一起，表面上谁也看不到这里有一位"教授"。我们年龄上确有接近于一个干支的差距，但是我们也说得上是"忘年"之交。专业不相同当然是事实，我所学的化学，尤其是有机化学，早已回了老师。但是他却曾经深入凉山，对彝族社会进行过观察和记录，跟我在瑶山的调查前后相隔不过五六年，怎能说我们在求知的对象上没有相同的领域呢？

其实我和曾公近三十年的往来，实在不是一般人们的友谊，也不是专业上的师从，而是出于在同一时代追求同一理想而走上了相同的道路，用老话来说也许够得上"志同道合"四字，"志同"是我们都爱我们的祖国，要恢复它在国际上的独立地位，"道合"是我们都想从智力开发的路子来达到上述的目标。既然我们志同道合，那么为什么我又不能从他为人处世的具体事实上来说清楚他是怎么样的一个人呢？

我被这个问题困惑着，使我每次动笔要为这本《东行日记》写后记时，总是欲写还止，执笔难下。一天晚上我在电视中《祖国各地》专题介绍某一名山的节目里看到：当镜头从山上俯视取景时，丘壑起伏，田野交错，清晰如画，一览无余，但每当镜头从山下仰视取景时，云雾飞绕，峰岚隐现，缥缈无形，难于刻画。我突然醒悟：识人知心，亦复如是。我写不下这"后记"不正是出于我仰视之故欤？于是我定下心来，细细读了王健同志送来给我参考的文章：王治浩、邢润川在《化学通报》1980年第九期发表的《知名学者、化学家曾昭抡教授》。这篇文章一路把我头脑里储存下的对曾公的许许多多零星杂碎的印象串联了起来，证实了我过去确是没有全面认识清楚我这位曾为同一目标而走过相仿道路的战友。识不清的原因既非"代沟"，又非"业差"，而是我们两人的境界还有高下，曾公之为人为学，我叹不如。超脱陈见，重认老友，似觉有所得，因写此记，附在曾公旧著之后。

我初次见到曾公是在昆明潘光旦先生家里。潘先生介绍说："这位就是和一多一起从长沙徒步三千里走到云南来的曾昭抡先生。"我肃然起敬地注视着这位我心目中的"英雄"。可是出乎我意外的，这句介绍词却并没有引起他面部丝毫的表情，若无其事地和我点了点头，转首就继续和潘先生谈话，絮絮地说着，话不多，没有我所期望的那种好汉气概。我有点茫然，一个传说中敢于不顾生命危险进行炸药试验的勇士，竟有点羞涩到近于妇道的神气。这是我对曾公最早的印象。

曾公和潘先生是一辈，他们都是早年的清华留美学生，老同学，原来一在北大，一在清华执教。抗战时两校和南开在昆明合并为西南联大，他们住到一地，往来也就密了。我是潘先生的学生，常去潘家，因而有机会与曾公接触。特别是抗战后期，我们都对当时国民党抗战不力，一心打内战感到气愤，所以气味相投，先后参加了民主同盟。可是我记不得那时有什么小组生活之类的集会，会上要轮流发言那一套，只是有时不约而同地在哪一家碰了头，谈上半天一晚。闻一多先生一向是激昂慷慨的，而曾公却常常默默地听着，不太作声，有时插上几句话，不是讲什么大道理，而常是具体的建议该做些什么事；凡是要他承担的，他没有推辞过。

尽管我们来往了多年，但是在路上碰到时，他除非有事要和我说，否则经常是熟视无睹，交臂而过，若不相识。起初我不太习惯于他这种似乎不近人情的举止。有一次曾和潘先生谈起，潘先生大笑说："这算什么，曾公的怪事多着哩。"关于曾公的怪癖传说确是不少。比如，有人说，有一次天空阴云密布，他带着伞出门，走了不久，果然开始下雨，而且越下越大，衣服被淋湿了，他仍然提着那把没有打开的伞向前走，直到别人提醒他，才把伞打开。还有一次在家里吃晚饭，他不知怎地，心不在此，竟拿煤铲到锅里去添饭，直到他爱人发现他饭碗里有煤炭，才恍然大悟。至于晚上穿着衣服和鞋袜躺在床上睡觉是常事，而他所穿的鞋，在昆明学生中几乎都知道，是前后见天的。

这些我过去总认为是曾公怪谲之行。但是我也知道，他却是非常关怀别人。他知道同事和学生中有什么困难，解囊相助看作是自己的责任。他总是先想到别人再想到自己，甚至想不到自己。记得五七年反右斗争开始，他先知道我要被划为右派，一次见面，他不仅不和其他有些人一样避我犹恐不及，而很严肃又同情地轻轻同我说，"看来会有风浪，形势是严重的"。我在握手中感到一股温情，如同鼓励我说：

做着自己认为正当的事是不用害怕的。他在这一场没头没脑的事件中，还是这样关心我。谁料到他竟和我被结在一伙里，被推下水，而没有见到改正就弃世的是他而不是我呢？在他，我相信不会觉得这是遗憾，因为我在那一刹那间感受到他的那种自信正直之心，已透露了他对以后的那段遭遇必然是无动于衷的。

他确是个从不为自己的祸福得失计较的人，名誉地位没有左右过他人生道路上的抉择。早年他在美国麻省理工学院毕业，获得科学博士学位，而且赢得老师的赏识，要留他在本校教学做研究，在科学界中成名成家。但是他没有犹豫，毅然归国。这是 1926 年，那时国内各大学里设备完全的化学实验室都没有。他宁愿接受十分艰苦的条件，立志为祖国奠定科学的基础。他回国到南京中央大学任教，看到学生从书本上学化学，很少做实验，教师满足于教室里讲化学，黑板上算公式，很少从事研究。他为了扭转这种风气，千方百计地创立化学实验室。1931 年转到北京大学当化学系主任，到任三把火，就是添设备，买药品，扩建实验室。中国大学里做实验，搞研究的风气，至少在化学这门学科里可以说是从曾公开始，即使不能这么说，也是因曾公的努力而得到发展的。就是这种学风，使这门学科人才辈出，才有今天的局面。

曾公对科学事业着了迷。没有知道他这样着迷的人会和我早年一样，因为他见面不打招呼，穿着破鞋上门而见怪他。他对化学着迷并非出于私好，而是出于关心祖国的前途。科学落后的情况和因此而带来对祖国的危险，他知道得越深刻，就会觉得自己的责任越重。他一心扑在科研上，科研上的问题占满了他的注意力，走路时见不到熟人，下雨时想不到自己夹着雨伞，盛饭时分不出饭匙和煤铲，睡觉时想不到宽衣脱鞋，这些岂能仅仅列入怪癖的范畴？知道他的人果然也笑他，却是善意和赞叹的笑。

如果回头计算一下，他一生单是在化学这门学科中所做出的创业工作，就会领会到他怎样把生命一寸光阴一寸金地使用的了。开创一门学科，首先要进行这门学科的基本建设。他前后担任中央大学和北京大学的化学系主任，不仅如上所述大力扩建实验室，打下结实的物质基础，而且还紧抓充实图书资料，要把这门学科中前人已有的知识，有系统地引进国内。他亲自动手购订国外有关这学科的重要期刊，凡是不成套的，千方百计地设法补齐。这一点的重要性至今还有些学科的负责人不能理解。这并不足奇，凡是自己没有亲自做过研究的人，不论地位多高，也决不会懂得曾公为什么这样重视期刊。在他看来，这正是重实验、抓研究的先行官。

他对学生的训练是十分严格的。当一个学生快毕业时，就像快出嫁的女儿要学会独立当家一样，必须学会一套自己钻研的本领，所以他在1934年规定了北大化学系学生必须做毕业论文的制度。规定写毕业论文就是要使学生在走出校门之前能学会运用已学得的知识，就专题在教师指导下进行独立的研究。现在我国各大学大多已实行的毕业论文制度可能就是在北大化学系开始的。

曾公所日夜关心的，并不只是自己能教好书，而是要在中国发展化学这门学科，为中国的建设服务。曾公在转到北京大学任教的翌年（1932年），感到当时所有从事化学教学研究和工程的人必须团结起来才有可能发展中国的化学事业，所以他联合了一些同行发起组织中国化学会。他认为学会最重要的工作就是发行学术刊物，学会一成立他就担任《中国化学会会志》（即今《化学学报》的前身）的总编辑，前后达二十年之久。他省吃俭用，衣鞋破烂，别人不明白，当年教授的工资不低，他又无家庭负担，钱花到哪里去了呢？原来这个刊物就是他私人的一项重大负担。究竟为此他花了多少钱，现在谁也算不清了，这数目他从来也没向人说过。他为这刊物花钱有点像父母为孩子交学费那样甘心情愿。他看到化学这门学科在中国逐年成长，心里比什么都感到安慰。

他胸怀全局，总是关心这门学科，要使它能在中国土里成长起来。这可不容易。我记得二十年代末在大学里念化学时，用的还是英文课本，老师还得用英语讲授。当时化学元素和化学作用都还没有中国名词。这样下去这门学科在中国是生不了根，结不了果的。早在三十年代曾公就关心化学名词的命名和统一，他一直为此努力了二十多年，到1953年，在曾公主持下的一次中国科学院的会议上，才通过一万五千个汉文的化学名词。这是一项艰巨和繁重的工作，他为此花费的时间和精力又有谁能估计得清楚呢？

曾公是个认真负责的教师。他从不按现成的课本宣读，强调自编讲义，跟着这门学科的进展而更新。他一生开讲过的课程颇多，既有通论如"普通化学""有机化学"，又有专论如"物理化学""有机合成"。他反对填鸭式的方法，着重培养学生结合实际、独立思考的能力。例如早年他讲"有机分析"时，就分给每个学生十个未知化合物和五个未知混合物，让学生按课程进展，自己去分离、鉴定。他亲自教出来的学生，有好几代，其中著名的高分子化学家王葆仁、有机化学家蒋明谦、量子化学家唐敖庆等都是出自他的门下。可是我和他相交几十年，从来没有看到过他对人以老师自居，他是个勤恳的园丁，满园桃李花开，人们见到的是花朵。花朵有知当然不会忘记栽培人的辛劳。曾公在研究和教学工作上，事必亲躬，从来不掠人之美，别人由于他的指导和帮助取得的成绩，他又从不居功。他不抢在人前自耀，又不躲在人后指摘，因为他不是以学科来为自己服务，而是以自己的一生能贡献给学科的创建和发展为满足。他的功迹铸刻在历史的进程里，不是用来在台前招展的。

曾公对化学的爱好和对这门学科的贡献是熟悉他的人都清楚的，但是如果把他看成是个封锁在小天地里的专家，那就贬低了曾公的胸襟了。容许我坦白的话，我早年对他确曾有过这种偏见。但是自从1942年我和他一起去云南西部鸡足山旅行后，我开始注意到他兴趣之广和修养之博。《东行日记》可以作我这种印象的佐证。即以该书十五节对东宝剧场的记述和评论来说，不是个对西方音乐舞蹈有爱好和修养的人是写不出来的。他在这些方面没有表现出他的造就，并不是表明他没有这种才能，只是他的时间和精力顾不到。偶一涉足，还是放出光彩。他旅行凉山回来所发表的社会调查必须肯定是这个地区最早的民族学资料。

一个人的高贵品格不到最困苦的时候别人是不容易赏识的。积雪中才显得青松的高节。曾公一片为国为民的真诚，不蒙明察，竟然在反右斗争中被划成右派，撤消了高教部副部长等职务，受批判，受凌辱，真可说一夜之间，个人的处境翻了一个身。这是常人所难于忍受的，但是曾公却能处之泰然。在他，这一切都不过是工作条件的改变而已。在教育部领导岗位上可以为开发智力作出贡献，撤了职，换个岗位不还是一样能为同一目的出力么？

1958年，他应邀去武汉大学执教，他感觉到的是兴奋和鼓舞，绝不像其他人一样心存贬谪之苦。他高兴的是，他又回到了熟悉的讲台上，能为国家培养这门学科的接班人了。有人称赞他能上能下，能官能民，其实这话用不到曾公的身上。在他，什么是上，什么是下决不在官民之分。凭什么说一个行政领导是高于一个为国家直接创造和传播知识的教师呢？社会地位的上下高低应当决定于一个人在工作上是否称职。

曾公这时已年近花甲，一回到教师的岗位，他的干劲又来了。他立刻成了学生敬爱的老师。他亲自讲课，下实验室，指导学生实验和查阅资料。不管严寒酷暑，不顾风雨霜雪，他每天步行到实验室，而且到得最早，离得最晚。有一次因为天黑，他又高度近视，看不清道路，深夜回家时，撞在树上，碰得血流满脸，但是他毫无怨言，不久就继续上班，若无其事。

曾公受到的考验却还没有结束，不但没有结束，而且更加严酷。

到武汉后三年，1961年，医生发现他患了癌症。癌症对他发出了在世时间不长的讯息。他的反应是加紧工作，在有限的时间里做出最大可能的成就来。1964年，他向武汉大学领导的思想汇报里，向死神发出了挑战："我虽年老有病，但精力未衰，自信在党的领导下，还能继续为人民服务十年、二十年，以至更长的时间。"他这样说，也这样做。他觉得在生命停止之前有责任把中国的化学事业带进世界先进的领域里去。所以在武汉大学他开讲"有机合成""元素有机"等专门课程，编写了二百多万字的讲义，而且先后建立了有机硅、有机磷、有机氟、有机硼和元素高分子等科研组。他顶住了痛症的折磨，组织撰写《元素有机化学》丛书，自己执笔写第一册《通论》，当他听到同行一致肯定他这本《通论》是我国第一本元素有机化学方面的成功著作时，他感到的是和死神斗争得到了胜利的喜悦。

患病期间，学校领导让他到北京治疗，他还是坚持每年回校两次，每次三个月，指导教学和科研，自己又写出了几百篇论文，有一百多万字。更感动人的是他在这期间刻苦自学日文，看来他下定决心不完成早年给自己规定的计划是不离开人世的。我在读《东行日记》里就看出那时他已感到不能直接和日本学者对话的苦恼。事隔三十多年，他不考虑这个工具学到了手还能使用多久，竟学会了这种语言。有这种境界的人才够得上是个真正的学者。获取知识，就是认识客观世界，不仅是个手段，也是个目的，因为这不是件个人的事，而是为社会、为后代积累共同的财富，为人类不断发展做出努力。个人在这个意义上应当说是个更大更高的实体的手段，这个实体借着一个个人去完成它自身的发展。从求知之诚上才能看出曾公在死神威胁下决心学通一门过去不能掌握的语言的境界。

历史似乎太无情，正在曾公体力消磨到接近不支的时刻，人为的打击又降到他的精神上。十年动乱一开始就残酷地夺去了他夫人的生命。这是1966年9至10月间的事。曾公当时所受的折磨，我实在不忍再去打听，也没有人愿意再告诉我。让这些没有必要留给我们子孙知道的事，在历史的尘灰中埋没了吧。但是我想不应当埋没的是像曾公这样一个人，中国学术界最杰出的人才，在他一生奋斗的最后一刻，必然会留下令人怀念的高风亮节。这些只能让最后和他一起的朋友们去写了。曾公是 1967 年 12 月 9 日在武汉逝世的，后于潘光旦先生的逝世大约半年。哲人其萎，我有何言。

读曾公的旧著，想见其为人。"高山仰止，景行行止"，义在斯乎？写后记以自勉焉。

1984 年 1 月 30 日

旧话相应
——《柳无忌散文选》书后

　　柳无忌教授的长妹无非，今年 5 月给我来信。信中说："友谊出版公司将出版一本无忌的散文选……无忌请赵朴老[1] 题签，已经求得。他还请你撰写序言。"我有点为难。尽管我很早就知道无忌的名声，但是如果套用无忌所说和苏曼殊的关系，可以说还不大"相识"。当然我们是已握过手，通过名的。如果我回忆无误，那是在"文化大革命"之后的一次政协茶话会上，我突然被一位发言人的吴江口音所吸住，真和我在伯仲间，一想，准是慕名已久的同乡柳无忌教授。会散，我走上去握手，作了自我介绍。那天围着他握手和说话的人很多，我想他不一定记得这件事和记得我这个人了。

　　无非来信却说是她的哥哥要我为他的散文选写序，我实在不大敢相信，也许这是出于妹妹自己的意思吧。无忌是学贯中西的文学家，不但是个作家，而且是个研究文学的学者，怎会找我这个外行来写序呢？我尽管喜欢读文学作品，究系业余的爱好而已。我动笔作文，连"散文"两字也不敢用，只称"杂写"。非自谦，乃心虚也。因此我颇想复信婉辞。随信寄来的两本无忌的旧著，《古稀话旧集》和《休而未朽集》，一直插在书架上没有动过。复信却因事忙没有写成。

----

[1]　赵朴老：即赵朴初（1907 ～ 2000 年），中国民主促进会创始人之一，杰出的书法家、著名的社会活动家与伟大的爱国主义者。

6月，无非又来信催稿。我刚从江苏调查回来，这次游焦山时，收到了"上帝给我的一点信息"，医生要我注意休息。我不得不从命，得到两天意外的闲暇，于是从书架上取出这两本书，从头读起，想借以换换脑筋，作为养身之道。可一开卷就放不下了。晚上还偷偷地在床上看到午夜。读毕，辞写之意，固然已无，但是写序还是觉得不合适。我自己有个规定，凡是作者长于我，不写序，只能写书后。让我把读了无忌的这些散文所想到的一些旧事，写出来附在书后，题为《旧话相应》。

　　无非来信称我表兄，礼尚往来，我原本在此文开笔时，就得用这称呼回敬无忌。但又有点怕不合时宜，所以用了"教授"两字。这年头对人的称呼不得不费点考虑。我这种避嫌也许是多余的，我们两家有姻亲关系原是事实。无忌之父是柳亚子先生，无忌所编《柳亚子年谱》第3页，1887年下有"母费太夫人（同邑江城费吉甫女，费仲深姊），名漱芳，亦年二十二"。该书第1页，王晶垚序有："他的母亲费漱芳，出身于仕宦之家，读过几年书，可算是清代大名士袁子才的三传弟子。"这个关系我也从我父亲的口头听到过。我家的家谱原已不全，而且"文化大革命"期间老家被抄，已经遗失，现在只能以所记得的口传为据。费仲深是费巩之父，费巩是在抗战时期（1945年）被国民党反动派谋害的一位民主教授，当时任浙江大学教务长。我的父亲称费仲深作叔父，但并不是嫡亲的叔侄，这是说，费仲深和我的祖父并不是亲兄弟，究竟同哪一代祖，我已无法查考，只能说总之还在五服之内。但是吴江费姓原有南北之分，闹过矛盾。我父亲这一支属南费，而费仲深属北费。北费历代做官，称得上"仕宦之家"，而南费却以"耕读"相传，自鸣清高，到了我祖父，家道破落，父亲一生只能从事教育了。按传统的亲属制度，我和无忌兄妹是属表亲。表亲的范围可以扩张得很大。所谓"一表三千里"。我们之间虽无千里之远，也不能不少于几十里。

如果容许多说些旧话，应当提到柳费两家。到了亚子先生的一代，听说发生过隔阂。具体经过我没查考过，从我幼年耳闻来说，这位外甥和舅父不合。以我推测，可能出于政见的不同。费仲深和袁世凯是亲家，而亚子先生却是胆敢直言的反袁派。旧社会的社会关系当然不会那样简单地可以用政治立场来分析。《年谱》1927年，"妹婿凌涌益被捕以母舅费仲深营救得释"。凌之被捕是出于蒋介石的阴谋。亚子先生塞藏复壁得免。

　　上面所谓柳费两家，其实并不能包括我父亲在内。我父亲不仅辛亥革命中在吴江县是个积极分子，而且接吴江知县大印的就是我的父亲。我很早也听到过南社这个政治性的文人团体，从父亲的书橱里我看到过和《新民丛书》放在一起的南社的刊物。我父亲1879年出生，长亚子先生8岁，应是同时同乡人物，但由于我一直不太理解的原因，尽管我父亲经常推崇亚子先生，在南社名单里却没有我父亲和舅父杨千里的名字。我舅父和亚子先生当时还有吴江"杨柳"之称。是否柳费甥舅之间较早就有分歧，因而连累到旁支的费家？这个疑问我已无法解答。在我重读《年谱》到第8页，1895年，"始患口吃病，系从费家五舅父树达及表兄弟孟良与仲贤处（均患此病）学得"。似属亚子先生的自述之笔，在一定程度上也许反映着他对舅家的反感。

　　我这段话旧，如果作心理上的分析，也许还是在想答复我和无忌为什么有许多机会相识而一直无缘往来的缘由。当然推溯到家属历史是没有多大意义的，我们不"相识"的主要原因是我们老是你去我来失之交臂，属于"动如参与商"的模式。我比无忌小三岁，他是1907年出生，我是1910年出生的。长无非一岁，她是1911年出生的。无非还有一个妹妹无姤，小我4岁，1914年出生，我在清华大学研究院读书时，她在本科，都是社会学系的学生。我们是相识的，但往来不多，不相熟。这也说明，到了我这一代，费柳的亲戚关系，已疏而不论矣。

三岁之差，在学龄上可以是同辈，也可以是前辈或"师友"之间。我和无忌虽然都和清华有关，广义说是校友，但没有同过学，而且也没有在同一年同过校。他是1925年进清华园的，入留美预备学校，1927年留美。我是1933年进清华研究院（相当于现在的研究生院），他离园我入园，相距6年，在清华我们碰不上头。因此他在《话旧》中提到的许多清华人，大多是我的老师一辈。他的二舅父郑洞荪先生是我很喜爱的前辈。由于同乡，我有名目可以去找他，他对我也常另眼相待，凡有所请，无不立允。无忌的表弟郑重，是我在校时相熟的同学，但已久不往来了。

　　无忌去英国是1931年，他和朱自清先生一起住在"农庄田地"Hampstead Heath附近，朱先生也是我敬佩的前辈。我不像无忌那样有幸亲聆朱先生的教课，但是有一次他在他住宅前见到我，告诉我他将把《初访美国》中的一章选入他主编的中学的国文读本里，这句话我一直留在心上，一个敬服的前辈的一句话常会影响一个人的一辈子。我至今还喜欢杂写，甚至欲罢不能，未始不是受了朱先生这句话的推动，尽管我始终没有看到他所编的这个读本。

　　"农庄田地"也是我在伦敦时常去的地方，但我又后于无忌的脚迹5年之久。我在伦敦搬过好几次家，路名有些已记不起来。在英国留学的人跟房东太太的女儿常常有不同程度的友谊，从实利出发说，这样的人是最有效的英语老师。像我这样不是圣约翰大学培养出来的大学生，阅读英文可以没有太大困难，而英语就不容易上口，所以到了国外必须补习英语，而房东太太的女儿一般是最合适的义务教师，除非和无忌一般遇到了个"维多利亚时代的上流妇人"作房东。当然，对无忌来说，那时早已不需要找个英语教师了。读到无忌的伦敦旧话，不禁神往。这里可以说，我们又是"但恨同地不同时"。

　　我们两人也曾经同时同地过：时是1938年秋到1942年夏，地是昆明。无忌早我半年到这个被称为南国的春城，他在写南岳日记时，我正在"农庄田地"溜达。说溜达不确切，我常常骑了自行车，到高低不平的林荫野道上去散心。凡逢道路坎坷或上坡太陡时，就推着车漫步。晚霞黄叶的印象，犹在目前。

1938 年我结束了学业，赶紧回国来参与"烽火中的讲学"。但当时上海、广州都已沦陷，我只能从西贡上岸，直奔昆明。一到昆明我下了决心，继续做社会调查。吴文藻先生为我取得了中英庚款提供的研究费，我挂了个名在云南大学，去昆明附近的农村里开始调查工作，所以有一年多不常住在昆明。1939 年我在昆明结了婚，成了家就和我的哥哥费青一起在文化巷租了一个小院子住下。读了《烽火中的双城记》才知道，有一段时间，我们住在一条巷里，但是我们确是失之交臂，说不定，在狭巷里还照过面。1940 年底我们在文化巷的房子也被炸毁了，可见尽管相见不相识，同地还是遭到了相同的灾祸，同巷之缘又告结束。无忌送走了家眷，住到了大普基，我们全家搬到呈贡乡下去。那时呈贡和大普基，似乎路途遥远，连交臂照面的机会也没有了。

如果容许我这样续貂地顺着记忆写下去，此后我们两人又在时地上捉起迷藏来了。1943～1944 年我到美国去讲学，住了有一年，无忌那时在重庆。他 1946 年 1 月去美国，我还在昆明。从此我们隔着大洋各有千秋，直到 1979 年我才重访美国。我曾到过无忌教过书的耶鲁和匹兹堡等大学，1980 年三访美国时，又到印第安纳大学，访问了无忌创办的东亚语言文字系。无忌在"茶休庆宴"追忆中所提到的一些学者如西诺、诺布以及许多华人学者我都有缘相见，但和无忌却无缘。他已退休，住到孟乐公寓里去了。不用说，一路上学者们向我提到无忌的还是不少。

再说下去该是在政协礼堂握手的事了。握手的接触只能以秒计。通报姓名和表示相见恨晚，也用不到一分钟。从此又参商难逢了。但这次读到了这两本散文集，却填补了我对无忌仰慕心情中的缺口。人之相识，不在容而在心。文为心声，读其文，闻其声而识其人矣。可叹而又可喜者，等我真正已识得无忌，自己也已经年逾古稀了。

我能深深体会在冷酷无情的竞争世界里，捧到"洋铁饭碗"时苦笑的滋味，而自幸没有在这个道上折磨自己。其实哪一条人生的路上没有"累积的苦痛，抚膺的怒气，过去现在，有意无意的错误"，种种不如意的事呢？苦笑之后，回过头来，像我们这些被称为老年的人，应当可以自笑笑人，看"后一代如潮流般滚滚而来"，"从宁静的回忆中，优游自在，写出此时此地，心头的情绪"了。

无忌写出这心情时是 71 岁，我现在抄这些诗句时已是 74 岁了。我长于当时的他三岁。在他长到我现在这年龄的三年中，他尽管住在孟乐公寓里做"堡垒中的高年公民"，偶然也参加"优哉游哉"的队伍，去寻景觅境，但是他不但"休而未朽"，而且从谋生中解放出来之后，勇敢地负起了"沟通中西文化的职责"，"从事中国戏剧的研究与介绍，以英文写述一部三册的中国戏剧史，唐、宋、元、明、清"这样的巨著，没有安适的生活、澹泊的境界是做不到的，但是我怕无忌所说的余生大概也难有闲适的心情。我瞩望早日能看到这三册巨著的行世。

写到这里，还要我继续"相应"，就难免不觉得惭愧了。我在这三年里，忙忙碌碌，坐不暖席，早已许下愿，要偿清欠账，还是遥遥无期。虽没有老态龙钟，老眼蒙眬，更没有顾虑再来一个"大筋斗"，但是眼高手低，不免心焦情急。"文章千古事，万顷一沙鸥"，真不知只见过一面的同乡前辈会怎样为我解说。今日之事，过几年又成话旧的资料。到时，如天赐以缘，可以不再借助于文字以相应，而剪烛晤谈了。

是为读重印《柳无忌散文集》后记。

1984 年 6 月 27 日于北京

做人要做这样的人

——读《蚕丝春秋》书后

"做人要做这样的人。"

这是我前几年为纪念郑辟疆先生写下的题词。郑先生是先父的至交，后来又是我的姐夫，我的姐姐是费达生。这是句从我心底里说出来的话。表达了他在我心目中的崇高形象。但他究竟是怎样一个人，我当时还说不清楚。

郑先生长我 30 岁，与先父同年。年龄和辈分的差距使我很少和他有亲密接触的机会。我对他的形象是从我的姐姐身上得来的。姐姐一直走在我的前面，是我的表率。我又明白没有郑先生就不会有我姐姐这样的一个人。我敬爱我的姐姐，因而崇尚郑先生的为人。

我感谢《蚕丝春秋》的作者余广彤，他告诉了我郑先生究竟是怎样一个人；又告诉了我姐姐是怎样在郑先生的人格感召下成长的。

我并不想去评论郑先生和我姐姐这两人在中国历史上的地位，我怕私人的感情会影响我的判断。他们不是大人物，只是普通的教师。但是我一想到他们，心中总有一种自疚之情。我们应当一代比一代强，而事实似乎正是相反。想要在当前的知识分子中找到一个像上一代的郑先生这样的人，有那样忧国忧民，见义勇为，舍己为人，不求人知的精神的人，我举目四顾，觉得不那么容易。因此我想，在这个时候回头看看我们上一辈的人怎样立身处世，怎样认真对待他们的一生，怎样把造福人民作为做人的志趣，对我们是有益的。至少可以让人们看到，我们中国有过不少一生为使别人生活得好起来而不计报酬地埋头工作的人。而且，这样的人是会受到后人的尊敬和钦爱的。

郑先生不是个传奇人物，是一个普通的公职人员。在他的一代里，依我可以回忆到的说，也不是独一无二的。说他多少具有我上一代知识分子的代表性，也许并不过分。他出生于江南小镇上清苦的读书人家。他父亲是个落第的儒医，到四乡农民中行医的"郎中先生"。如果当他刚刚成年时，历史上不发生戊戌政变，他也只有走上他父亲的老路。如果又是进不了"仕途"，还不是只能把这希望交给下一代？可是时代究竟开始变了。我们不应当低估了在本世纪之初像"蚕学馆"那种新事物的出现。不妨想一想，过了快要一个世纪了，而"科技下乡""职业教育"等等还是有待实现的目标，学用怎样结合现在还在困扰大学里读书的学生！再说，一个从蚕学馆里受国家培养出来的青年，有机会去日本看到了当时先进的社会面貌，首先想到的不是个人怎样摆脱落后的家乡，而立志要去改变家乡的落后面貌。不要轻视了这一念之差，这一差却划出了国家兴亡的界线。这个世纪的两端对比一下，怎能不令人沉默深思？

郑先生就凭这一点决心，说不上什么大志，他定下了自己一生的航向。引进先进技术，对传统蚕丝业进行改革。如果只从蚕丝业的改革本身来说，郑先生所做出的贡献，自有专家去评论。我对郑先生的崇敬并不是只来自在事业上的成就，而是有见于他取得成就的精神素质，用传统词汇来说是他的人格。没有他这种精神上的修养，要在千百年所养成的习惯势力中，推陈出新，使科学技术扎根到千家万户的农民之中去，实在是难于办到的。

郑先生是丝绸之乡的儿女，他的母亲就是小镇上的一个普通妇女，除家务劳动和很短的睡眠之外，所有的时间都是花在织机上的。郑先生就在这种环境里成长，熟悉传统丝绸业对劳动农民生活上的重要意义。可是正是到他这一代，原来养育这一带人民的丝绸业在和国外的竞争中开始没落。郑先生也就是在这农村危机出现的初期最先接触到生产丝绸的新技术的人。历史决定了他的任务，他也勇敢地承担了这个历史任务。

育蚕到织绸是一个复杂的过程，是一个千家万户的生产活动。蚕丝的改革是一场艰巨的新旧斗争，不是少数人所能胜任的。但是一切改革都得有人倡导，有人规划，有人切实工作，才能见效。郑先生可说是从头做起的一个人。他一生的记录是一部完整的中国蚕丝业改革史。他一步一个脚印地把改革的决心变成改革的成果。这个过程写出了他坚定不拔，不怕困难的性格，也写出了他深谋远虑的战略思想。这是值得每一个改革者细心学习的。

这本传记告诉我们郑先生曾经在山东的一个偏僻的职业学校里，用了12年的时间摸索出怎样培养改革蚕丝业所需的人才的经验，不仅自己亲自上堂讲课，而且编出了一整套从育种到制丝的教材。他告诉了我们：进行社会改革，培养人是第一，必须教育先行。

郑先生一生没有脱离过学校。他首先是个教育家，但是他也从来没有使教育脱离实际。他在办教育时心里十分明确要教育出怎样的人来，对社会有什么用处。正因为他有的放矢地办教育，他所主持的浒墅关女蚕校不愧是中国蚕丝业改革的发动机。他在女蚕校里培养出一批有我姐姐在内的有技术、又有干劲的学生。凡是了解中国蚕丝事业的人，我相信没有不承认改革之能见效就靠这批骨干，其中有许多人为了事业甚至牺牲个人成家的机会。没有她们的智慧和劳动，今天中国的丝绸产品能在对外贸易中占如此重要的地位是不可能想象的。

我姐姐和郑先生相识是在1918年，那时我姐姐是女蚕校里的一个学生，只有15岁。郑先生是女蚕校新任的校长，年近四十，他们是师生关系。1923年我姐姐从日本留学回国，在女蚕校工作，他们是同事关系。在长期的共处中，我姐姐接受了郑先生精神上的熏陶，把中国蚕丝业的改革作为自己一生的责任。更重要的是决心向郑先生学习，把个人的打算全部从属于事业的需要。在1950年和郑先生结为夫妻之前，同事了27年。在这27年中他们同甘共苦，风雨同舟。郑先生的主意，费达生的行动，紧扣密配，把他们的理想，逐步地化成事实。但是郑先生在庆祝解放后的第一个校庆纪念会上宣布他们两人结婚之前，没有一个人料到会发生这件事，而这事一经宣布又没有一个人不觉得这事是不应该不发生的。这种奇异的群众心情只会发生在这一个特定的历史时刻。解放带来了新的社会精神环境。

像我这样年纪的人不会不明白，如果不等到这个时刻而发生了这样的事，旧社会的舆论必然会对他们两人为之奉献一生的蚕丝改革事业带来不利的影响。郑先生对此完全是清醒的，他当时的选择是宁可独身终生也要保卫住这番事业。他把这样强烈的私人感情平静地埋藏在心底这样长久的岁月，我想这对他并不会带来痛苦和烦恼，因为这是他为了完成他的使命必须付出的代价，受之如饴。在他心目中做人就得做一个为别人谋幸福的人，做一个替别人打算高过于为自己打算的人。郑先生时刻关心的是千家万户赖以生存的蚕丝事业。

我姐姐就是在郑先生这种人格教育中成长的。她能接受这种教育奉行一生固然有其内因，但是没有郑先生以身作则的感召是不可能在事业上取得现有的业绩的。他们在结婚之前在精神境界里早已一而二，二而一地分不开了。前辈黄炎培老先生用"同工茧"来作为他们两人结合的比方。这是一个为人民谋幸福的同工茧，是以千丝万缕的精神纤维结成的同工茧。

我总是感到我姐姐一直是走在我的前面，我想赶也总是赶不上的。她自律之严在我同胞骨肉中是最认真的，我不敢和她相比，但是我尽管自己做不到，对能这样做的人是从心底里佩服的，做人应当这样做。抛开为人处世之道不提，如果仅以所从事的事业来说，我确是在她后面紧紧地追赶了一生。

郑先生已经过去了。我姐姐也已经85岁，可是她还是不服老，百尺竿头还要再进一步，用生命的全部奉献给振兴蚕丝事业。我相信这样的人一生是愉快的。我懂得我姐姐所说过的话："人生中最使人鼓舞而能获得最大安慰的，也许就在为人家服务后，人家对自己的感激。"如果到太湖周围有桑树的村子里去，只要一提到他们两人的名字，就会从广大劳动农民的脸上体会到对他俩感激的心情。

孔子作《春秋》，使贤者得到肯定，使不肖者有所警觉，使乱臣贼子惧。从这本传记的书名上，我体会到作者为郑先生和我姐姐写传的深意。

1988 年 8 月

青春作伴好还乡
——为《甘肃土人的婚姻》中译本而写

请允许我在这本书前，记下一段有关这本译稿本身的经历，也是一段我私人的遭遇，和这本书的内容是无关的。把这段遭遇写出来作为这译本序言，似乎无此先例。但我又觉得不得不写，而且只有作为这译本的序言写下来最为适当。这一段可说是我一生悲欢离合的插曲，连我自己都不敢信以为真的传奇。传奇带有虚构之意，但是这译稿的经历却是纪实。

这段经历的开始应当推到60多年前，我初入清华大学研究院的时候。在清华的两年，从1933年到1935年，可说是我一生中难得的最平静恬适的生活。就在这"两耳不闻天下事，一心关注是骷髅"的环境里，我结识了同惠。她姓王，燕京社会学系的学生。我们在燕京同学过一年，但相隔两班。

1933年暑期我从燕京社会学系毕业后，考入清华研究院，专门跟史禄国老师学体质人类学。当时体质人类学是个冷门，在清华大学其实只有我一人专修过这门整天和人的骨骼打交道的学科。因之我在清华园里天地很小，"一师一徒"之外很少与人来往。我的社会生活实际上还是留在相去不远的未名湖畔。

我进清华学人类学，原是我在燕京时吴文藻老师的主意和安排。吴老师在燕京教社会学，提倡社会学中国化。他又听信几位国外来的访问教授的主张，要实现社会学中国化，应当采取人类学的实地调查

253

方法，即所谓"田野作业"。因此吴老师一心一意要说服几个学生去学人类学。我就是被他说服的一个。

30年代，中国大学里开设人类学这门学科的很少见。我并不知道为什么清华的社会学系在系名中加上了人类学的这个名称，为什么这个系聘请这一位俄籍教授史禄国。但是要在中国专修人类学可进清华大学的研究院，而且清华大学就在燕京大学的附近，却是事实。因此，吴老师就出力介绍我走上了这架独木桥。我在1933年秋季从未名湖搬入了清华园。这一搬动，现在回头看来是我这一生决定性的大事。决定了其后60多年的人生历程。

我的学籍虽然从燕京改成了清华，但是我的社会关系实际上并没有多大改变。未名湖和清华园本来只有一箭之遥。加上当时自行车早已是学生们通行的代步工具，两校之间，来往便利。这些社会和物质条件注定了我当时结识王同惠的因缘。

这段姻缘也可以说是命中注定的，就是说得之偶然。因为两人相识时似乎并没有存心结下夫妻关系，打算白头偕老，也没有那种像小说或电影里常见的浪漫镜头。事后追忆，硬要找个特点，也许可说是自始至终似乎有条看不见的线牵着，这条线是一种求知上的共同追求。当然这并不是两个书呆子碰了头，没有男女之情。如果连这点基本的人情都没有，那就成了图书馆里坐在一张桌子上的同伴了。牵住我们的那条线似乎比乡间新郎拉着新娘走向洞房的红绸更结实，生离死别都没有扯断。我和同惠原是燕京社会学系同系不同班的同学，按当时燕京的风气，同系的男女同学在各种聚会上很多接近的机会。相互来往是件寻常的事，所以我们两人起初只是普通的相识，不涉情意。记得我住入清华后的第一年，大约是1933年的圣诞节，我送了她一件礼物，一本新出版的关于人口问题的书。那是因为节前的一次燕京社会学系的聚会上，我和她有过一场关于人口问题的争论。我为了要说服她，借这个当时燕京通行逢节送礼的机会送了她这本书。我至今还记得这件事，因为后来我俩相熟了偶然有一次闲聊时，她曾告诉我，是这件礼物打动了她的"凡心"，觉得我这个人不平常。这个评价成了我们两个人的结合剂，也就是牵引我们两人一生的这根线。

一个赏识"不平常"的人，而以此定情的人，也不可能是个平常的人。吴文藻老师在为《花蓝瑶社会组织》写的导言里有这样一段话："我得识王同惠女士，是在民国二十三年的秋季，我的'文化人类学'的班里。二十四年春她又上了我的'家族制度'班。从她在班里所写的报告和论文，以及课外和我的谈话里，我发现她是一个肯用思想，而且是对于学问发生了真正兴趣的青年。等到我们接触多了之后，我更发现她不但思想超越，为学勤奋，而且在语言上又有绝对的天才。她在我班里曾译过许让神父所著的《甘肃土人的婚姻》一书（译稿在蜜月中整理完成），那时她的法文还不过有三年程度，这成绩真是可以使人惊异。"

我抄录吴老师这段话，是想用同惠在别人眼中的印象来说明她是一个什么样的人。吴老师对她的评语是"思想超越，为学勤奋，而且在语言上又有绝对的天才"。做老师的对学生是否勤奋为学是可以在班里所写的报告和论文及课外的谈话里看得清楚的，至于"思想超越"评语中的内涵却不易体会。吴老师只提到她"肯用思想，对学问发生了真正兴趣"。但思想上越过了什么？我琢磨了很久，想来想去，还只能用她在我身上看到的"不平常"三字送还给她自己了。不是我回敬她的，是吴老师对她的评定。

以上这段话也提到了她翻译现在我正打算发稿的这本《甘肃土人的婚姻》。吴老师以此来证明她有语言的天才。她在动手翻译这本书时"她的法文还不过三年程度"，就是说她只学了三年法文，就有能力和胆力翻译这本用法文写成的人类学调查报告了。她学习语言的能力确是超越了常人的天才，一般大学生是做不到的，何况她又不是专业学习法语的学生。翻译这本书正是她在吴老师的"文化人类学"和"家族制度"班上学习的时候，也正是她对这两门学科真正"发生了兴趣"，和她肯用思想的具体表现。

1934 年至 1935 年，在她发现我"不平常"之后，也就是我们两人从各不相让、不怕争论的同学关系，逐步进入了穿梭往来、红门立雪、认同知己、合作翻译的亲密关系。穿梭往来和红门立雪是指我每逢休闲时刻，老是骑车到未名湖畔姊妹楼南的女生宿舍去找她相叙，即使在下雪天也愿意在女生宿舍的红色门前不觉得寒冷地等候她。她每逢假日就带了作业来清华园我的工作室里和我作伴。这时我独占着清华生物楼二楼东边的实验室作为我个人的工作室，特别幽静，可供我们边工作边谈笑。有时一起去清华附近的圆明园废墟和颐和园遨游。回想起来，这确是我一生中难得的一段心情最平服，工作最舒畅，生活最优裕，学业最有劲的时期。追念中不时感到这段生活似乎和我的一生中的基调很不调和，甚至有时觉得，是我此生似乎不应当有的一段这样无忧无虑、心无创伤的日子。这些日子已成了一去不能复返，和我一生经历不协调的插曲了。

我和同惠接触频繁后，她知道我手边正有一本已完成而还没有找到出版着落的乌格朋的《社会变迁》的译稿，她就要去阅读。我顺便建议她向图书馆借英文原本，边阅边校，作为我们两人合译本出版。她一向主张我们两人必须坚持对等原则，她告诉我她正在翻译《甘肃土人的婚姻》一书，要我同她一样边阅边校将来作合译本出版。我这时正在为清华研究院毕业时需要考试第二外国语发愁。我的法文刚入门不久，进步很慢。我就同意她对着原文，按她的译稿边学边抄，作为补习我的第二外国语的机会。有来有往，互相促进是一种对等的关系。我和同惠后来虽则已经生死相别，但精神上我们之间还是坚持了这个对等原则。她为我们共同的理想而去世，我就应对等地为我们的共同理想而生。这种信念也成了支持我一生事业的动力。

在我考入清华研究院时，关于研究生的学习时间在章程上并没有加以规定。所以史禄国老师为我制订了一个三期计划，每期两年，共六年。但到了 1935 年研究院做出了补充规定，修满两年就可以申请考试，考试及格可以毕业，如果成绩优秀还有享受公费留学的机会。史禄国教授经过多方面考虑，又为我出了个主意。让我修完体质人类学，共两年，就申请考试，毕业后去欧洲进修文化人类学，但出国前要花一年时间作为实习，去国内少数民族地区进行一次实地调查。我听从他的指引，又由吴文藻老师设法接通广西省当时的领导取得去大瑶山考察的机会。

当我把史老师的计划告诉同惠时，她高兴得跳了起来，立刻提出要和我一同去广西的意见。这是她主动向我提出的。她怎么会想到这个主意，不能不联系到我们合作翻译《甘肃土人的婚姻》这本书了。在我们一起翻译这本书时，她曾经向我说过：为什么我们中国人不能自己写这样的书？可见吴老师社会学中国化的思想已经说服了她。当广西省接受我去大瑶山考察时，她情不自禁地认为这是一个实现她梦想的好机会。我当然赞成她的想法，我们两个人一起去做调查工作，对工作太有利了，进行社会学调查，有个女性参与有许多方便，因为有许多事，单是男性是不容易调查到的。我们把同行的意思告诉了吴文藻和史禄国两位老师，他们都对这个主意表示赞同和支持。但是考虑到我们两人要实现这个合作同行的计划，不能不对两人如果以同学身份出行，社会上是否能认可，会不会引起非议和种种难以克服的事实上的困难，还有点怀疑。我们两人面对这个必须解决的问题，不约而同地得出了同一的答案，那就是如果我们结了婚一起走，就不会和社会习俗相抵触了。我们就这样约定了，也就这样做了。暑假一开始，我们就在未名湖畔的临湖轩举行了婚礼。这段经过就是吴老师在上述导言里所说的一段话的事实根据。他说："她（同惠）和费孝通由志同道合的同学，进而结为终身同工的伴侣，我们都为他们欢喜，以为这种婚姻，最理想，最美满。"他又称我们为"这对能说能做的小夫妻"。这样的结合事后看来也确是"不平常"的，而且可以使师友感到"令人欢喜"的，但是我们相识只有两年，结合只有108天，正如春天的露水一般，短促得令人难以忍受。天作之合，天实分之。其可奈何？

我们举行婚礼时，我的姊姊费达生特地从家乡赶来，参与主持。婚后带着我们两人到太湖鼋头渚小住。这段时间就是吴老师在导言中讲到这本《甘肃土人的婚姻》时，在括弧中所提到的"译稿在蜜月中整理完成"这句话里的所谓"蜜月"。

　　这本译稿确是在蜜月中完成的。但是它随后的下落，我最近苦思冥想，彻夜难眠，遍索枯肠，绞尽脑汁，还是不能肯定。我想这本译稿既不可能随着我们进瑶山，又跟我去英国；1938年返国后，在昆明逢轰炸，进魁阁，经李闻事件，最后还要我带着它回江苏老家。然后在1947年再从老家跟我回到清华。在这个想象的旅程里我几次丢失过我所有的行李，包括在瑶山测量的人体资料。所以我想来想去总觉得要带着这本译稿走这个崎岖的和惊险的旅程是不可能的。只有一种可能就是这稿本并没有和我一起走过这么长的旅程，而是在我们译完之后就留在老家。1947年当我重访英伦回国时曾在苏州老家住过几天，这本稿件可能在老家等着我，12年后和我一同回北平的。

　　上面我说的这本译稿的经历只是我事后反复推算出来的唯一可能的经过，就是说这本译稿在我老家待了12年，其实在这12年中我的老家也受到过日军的冲击，搬了几次家，这一叠不显眼的稿纸怎么会保存下来，还是一个谜。靠头脑来记忆的历史里难免存在些难于理解的谜案。这个谜案已无从再追究了。为追索此事，我已有一段时间每晚要在床头放着安眠药备用。

　　接着这段谜案，又是一段令人难于置信的巧遇。1947年春季，我回到清华园，可以肯定这时这本稿件不可能不在我身边了。我是在1952年"院系调整"时离开清华园，调到中央民族学院的，工作岗位是民院的副院长。家住在广华寺的教职员工宿舍的南二排1号，办公室是在民院新建的1号楼二楼。1957年反右扩大化时我被划为右派，取消了我所有的公职，只保留了四级教授。因此我从1号楼二楼的院长办公室里被撵了出来，作为一个普通的研究室工作人员，搬到2号楼二楼四人一室的工作室里工作。那里，每人有一张写字桌和一个书架。我从 1 号楼搬来的书稿就安放在那指定给我用的书架上。我已记不得怎样搬的，也记不得搬了哪些东西过来。在这一方小小的空间里，我工作了有 9 年。1966 年 9 月"文化大革命"波及民院，一夜之间，我成了"黑五类"。生活上的变化来得这样突然和这样巨大是没有人能预想得到的。我在广华寺宿舍里的家被彻底抄尽了，只留了一间厨房供我自炊，厨房扩大出来的一个披间，供我搭床。我所有的书籍、稿本等等全部用大车载走，一去不复返了。

回顾这段百世难逢的劫难，也有许多一连串的巧事把我的这条生命维持了下来，这本译稿的重新发现是巧事之一。所谓巧事就是出于一个人预料的经历。我说过从这本译稿在蜜月中完成之后怎样会留在人间是个难于猜想的谜案，它的重新发现不能不说又是一个谜案，或是一件出于我意料之外的巧事。我已不记得它怎样从民院的 1 号楼被搬进 2 号楼。这次搬动同时也标志我的一次降职。我在四级教授的职位上待了 22 年。从"文化大革命"后期"下放干校"结束回到民院，再到我调离民院一共有 8 年。这 8 年我一直在民院 2 号楼工作。可是看来我一直没有去翻动过书桌边的书架。1978 年当我被通知应当离开 2 号楼时，我不得不把那些存放在书架上的旧书积稿清理一下以备搬走。当我两手触到这一叠《甘肃土人的婚姻》的旧稿时，简直不能相信自己不是在梦中。我确实被这一件预想不到的发现搞昏了头脑。怎么会在这个地方这个时间这本译稿又出现在我的面前的呢？我至今还记不起什么时候又怎么会把它安放在这个书架底层的。这并不是又像这译稿怎样度过最早 12 年那段经历对我是个谜，因为我从 1 号楼搬到 2 号楼是件在头脑里至今还很清楚记得的事。但是我想不起来的是搬动时手边有这份稿子，更记不得我怎样把它塞在这书架的底层。我严格地搜索我的记忆，我追问自己是不是有意把它藏在这个偏僻地方，免遭抄家的劫难？我扪心自问，我确是没有过被抄家的预见，更无意隐藏此稿。

倒过来一想，如果这本译稿存放在广华寺的宿舍里，现在早已化成尘土，不知消失在天下的哪个角落里了，因为我放在宿舍的书稿 1966 年已全被抄走，至今没有下落。凡是逢到没有预料又记不清来踪去迹的事，总是不免令人吃惊，何况又是正凝聚着我一生的心殇的这本译稿。

我在这篇回忆性的序言里不能不凭着我头脑还没有完全老化的记忆力写下关于这本译稿的经过。其中有许多我自己也弄不清楚的谜案和巧合，只能如实写下。真是大浪淘沙，惊涛拍岸，随波逝去的已经去远了，那些隐伏的，贴心的，留下了。去也好，留也好，如果要问个为什么？那只好请原谅，不必去追究了。

如果我在上面凭不完整的记忆推算出来的有关这本译稿的经历基本上是符合事实的话，它第一次重新到我手上，并带着它回到清华园的是 1947 年。过了又 10 年，1957 年，这本译稿才被移置在民院 2 号楼研究部的集体办公室的书架底层。它在这里被遗忘地安睡到 1978 年才重新第二次回到我的手边。

说这本译稿被安放在民院 2 号楼研究部集体工作室书架底层是在 1957 年，那是我被错划成右派分子时开始的，过了有 21 年，我又在书架底层重新发现这本译稿，那是因为在 1978 年我的工作岗位从民族学院调到了社会科学院，不能不清理在民院 2 号楼的老窝。1957 年和 1978 年这两个年头在我的一生中都是值得看成是划阶段的标志。我曾把我的学术生命分成两截，中间留着一段学术生活上的空白，从 1957 年开始到 1980 年结束。所以 1978 年这本译稿的重见，预示了我第二次学术生命的来临。就在这一年，我调动了工作岗位并被批准去日本东京参加联合国大学举办的一次学术研讨会，我在会上曾以"破冰赖君力"一诗赠给邀我赴会的鹤见和子教授。

我在书架底下重见这本译稿时实在太激动了，说不上惊喜二字，而只能说悲从中来。我手抚这一叠面上几页已经黄脆的稿子，翻出来一看，我不仅还认得我自己的笔迹至今未变，而且还看到另外一人的笔迹，但已认不得是谁写的了，再仔细想来，不可能不是出于已去世43年的前妻王同惠之手。可是我竟不能用记忆来追认她的字迹了，因为我手头没有留下她写下的片纸只字。现在想来我们两人从相识到死别这两年多时间里，确是没有用书信做过思想交流的媒体，即使她留下一些字迹也早已丢失在瑶山里了。

这本译稿既然已经又回到我身边，我怎样处理它呢？当时我还没有进入第二次学术生命，因为我头上还戴着"脱帽右派"的帽子，还不敢妄想有把它出版的可能。我当时能做到的只是把这本译稿的伤痕修补完整。那是因为44年的岁月，它虽没有经过像它的译者一样的惊风骇浪，但究竟寒暑更易，部分纸张已磨损和破碎。我托人从图书馆里借到了许让神父的原著。但我自己的法文已遗忘殆尽，不得不央求友人补译了若干残页。我只重读了一遍译稿，没有删改一字。

重温旧稿时，我耳边似乎常出现同惠的问号："为什么我们中国人不能自己写这样的书呢？"这个问号很可能就是驱使同惠坚持去瑶山的动力，我又怎能不受到这问号的压力和启示？我于是想，现在离开许让神父写这书时已有了一代之隔，我们至少应当有一本这一代中国人自己写的"土族婚姻"来为同惠圆梦。我既有此意，一时就不再打算单独出版这本译稿了。为同惠圆梦应当是我自己的责任，我当时也曾想寻找个实现我圆梦的机会。

在我调离民族学院进入社会科学院时，我的具体岗位是担任民族研究所的副所长。我当时的确打算重新拾起民族研究这条线，继续我的学术工作。该年8月我在东京联合国大学的学术研讨会上发表的论文题目是《对中国少数民族社会改革的一些体会》。这年9月我又在政协全国委员会民族组发表了《关于我国民族的识别问题》的讲话。这一系列的论文足以说明我当时的学术导向是继续民族研究。

在这里我想插一节有关许让神父的话。我实在不知道同惠为什么翻译这本《甘肃土人的婚姻》。当然有可能是由于吴文藻先生在讲"文化人类学"和"家族制度"课时提到了这本书。但是这本书在当时人类学界并不能说是一本有名的著作,许让神父在人类学界也并不是个著名的学者。同惠怎么会挑这本书来翻译的呢?她没有同我说明过。我在书架底层重新发现这本译稿时还不知道许让神父是个什么样的人,只在该书的附注中常见到引用史禄国老师的著作,估计他们之间可能是有联系的,因为我在清华念书时就知道史禄国老师在北平城里有一批常在辅仁大学会面的欧洲学者,其中有些是天主教的神父,但是否包括许让神父我并不清楚。

直到 1990 年我才从《西北民族研究》上读到的房建昌先生的一篇关于土族白虎祭的文章中得知许让神父的简历。据该文引芈一之的《青海民族入门》中的一段说,许让神父是比利时籍,中文名康国泰,1910 年由甘肃甘北传教区派到西宁传教。在南大街修建宽敞的天主堂。1932 年由上海徐家汇天主堂出版《甘肃土人的婚姻》。后来在美国费城出版《甘肃边境的土族》三大册,包括《土族的起源、历史及社会组织》(1954 年);《土族的宗教生活》(1957 年);《土族族谱》(1961 年)。引文还说:"康国泰上引书卷序言自称:1911 至 1922 年他在西宁地区传教,对土族最感兴趣。他于 1909 年(宣统元年)抵达甘肃省(1928 年青海建省),1911 年抵西宁,被派至塔尔寺学了半年藏语,后被派至碾伯(包括今乐都、民和)分教区——传教点,继续学了四年藏语,在传教过程中,他觉得土族比藏族更引起他的兴趣。"

许让神父为什么觉得土族比藏族更能引起他的兴趣?我至今没有机会看到他的三大册关于土族的巨著,所以还不能答复这个问题。但是在 1957 年前,我从民族研究的实践中也曾看中过土族在内的处于甘肃、青海到四川西部的那一条民族走廊里的一些人数不多的小民族。这条民族走廊正处在青藏高原东麓和横断山脉及中部平原之间的那一条从甘肃西北部沿祁连山脉向南延伸到沿甘肃边界和四川北部的狭长地带。在这里居住着一连串人数较少的民族,如裕固族、保安族、土族、东乡族、撒拉族以及羌族等。它们夹在汉族、藏族、蒙古族和回族等人数较多的大民族之间，它们的语言、宗教和生活方式都各自具有其特点，同时又和上述的较大民族有密切的联系。我曾设想过如果"从历史上，从现在的语言、体质、文物、社会结构、风俗习惯、神话、传说等等，综合起来进行考察……可以解决很多问题，诸如民族的形成、接触、融合、变化等"。

我在进行民族识别工作时遇到过许多难题，不少是发生在这个民族走廊里。这里可以举一个例子，在四川省西北部平武、松潘一带，有一个小民族现在被称为"白马藏族"。解放初，他们选派了一位代表上北京，是个老大娘。国家领导人接见代表们时，问她是什么族？老大娘很紧张，话也说不上来，旁人就替她说，是藏族。她随着点头称是。后来这个镜头上了银幕，而且介绍词上称这个老大娘作藏族。这部电影传到这个民族，观众很有意见，说他们和藏族不一样，语言不同，服饰不同，也不信喇嘛教。于是提出了识别问题。有人专门去调查，认为白马人和拉萨的藏族确是有许多差别，但和藏族中的嘉绒人却相当接近，这个族别问题至今没有定论。看来这一部分人可能是原来的土著民族，夹在藏族、彝族、汉族之间，受到外来的影响很深。

在民族识别工作中，我碰着不少同样性质的难题，因之觉得这些地区的民族研究大有可为。可是我当时想继续做民族研究的愿望却并没有顺利实现，因为1979年社会科学院受命恢复社会学。社会学命运多蹇，1952年高校院系调整时各大学的社会学系被取消了。1957年由于有些社会学者想效法苏联恢复社会学在学术上的地位，都被认为反党反社会主义，许多社会学者被划成了右派，受到人身打击。直到"文化大革命"结束，1978年党的领导才决定替社会学恢复地位并要求"补课"，就是要在大学里恢复社会学系。可是经过这场浩劫，过去学过社会学的人留在人间的已经不多，即使能挨到这时的大多已年老了。我那时刚调入社会科学院不久，这个重建社会学的任务，就落到了我的头上。

我推脱不了。刚刚将要开始的第二次学术生命又被拉出了民族研究的这条轨道。幸亏民族学和社会学在我的思想中一直是不加区别的。只是研究的具体对象不同。民族学也可以包括在人类学范围之内,人类学和社会学原是通家之好,名称虽然不同,实质是可以会通的。我的岗位工作名义上已由民族研究所调进社会学研究所,由副所长改为所长。这一变动使我为同惠圆梦之想不得不推后了。1985年我才离开社会科学院,在政协和人大的支持下专心到各地去实地考察农村经济发展的问题,走一趟,写一篇地编写我的《行行重行行》,一直到目前。该书续集即将出版。

《行行重行行》的主题是乡镇发展,包括农村,小城镇因乡镇企业的异军突起而带来的经济和社会的变化。1984年我的考察地区开始从东部沿海各省转移到边区,从内蒙古自治区延伸到甘肃。从1987年开始到目前我已"八访甘肃"。因此我又有机会进入我在上面所提到的西北地区的那条夹在藏、汉之间的民族走廊了。我自然不会忘却为同惠圆梦之志。所以我在这多次西北考察中,历访了土族、裕固族、撒拉族、保安族和东乡族。限于具体条件,我在这些民族地区停留的时间都不长,但是我确是亲历其地,多了些感性知识,同时产生了许多想法,也可以说我把同惠的梦做大了。我不只想由中国人自己来写几本关于这些民族的书了,我还被怎样发展这片民族地区的问题占住了我的怀抱。我认识到这地区的民族研究不但大有可为,可以写出许多民族研究的重要著作来,而更重要的是我看到了居住在这片广阔的土地上的许多少数民族怎样在下个世纪能发展成现代民族,和其他民族一样平等地站在这个地球上的问题。

同惠的梦带出了我八访甘肃,亲自穿行了祁连山麓的民族走廊。这个走廊在经济上正是牧业和农业接触与过渡地带。现在青海的海东和甘肃的临夏,在历史上正是明代以茶马贸易中心著名的河州故地。在当时当地我就产生了个梦想,在这里是否可以恢复它作为现代的农牧贸易的基地?我约了甘、青两省的领导会商,取得了共识,并经中央批准由这两地联合建立一个经济协作区。这个建议是我对开发西部民族地区的大梦想的前奏。随后我经过多次访问内蒙古和宁夏两个民族自治区后，1988年又提出了建立黄河上游多民族经济开发区的建议，把原有的梦扩大了一圈。建议也得到了两省、两区领导和中央的支持。目的是利用黄河上游的落差发电供应两岸发展工农业所需的能源，为开发西部广大多民族地区建立一系列经济中心。

我在新中国成立后不久就申请过参加去西藏的中央访问团，但因我从小患有喘病，得不到医生的批准，直到如今还没有机会攀登西藏高原。但是我心里一直存在着怎样开发西藏的问题。经过访问了甘、青间的民族走廊后，结合历史资料的启发，我提出了从藏区的外围入手向中心推进的"两南兴藏"的意见。两南是指甘肃南部的甘南和西部的肃南。甘南历来是藏族文化中心的拉卜楞寺所在地，肃南是裕固族的主要基地，近年来是获得优秀成绩的牧业改良试验区。这两南正是历史上藏族文化辐射有成效的边区。现在可以"反弹琵琶"在文化及经济上对藏族的中心地区发生现代化的反馈作用。自从亚欧大陆桥畅通以后，我又产生了恢复早年丝绸之路的梦想，并提出了利用甘肃河西走廊已经建立的若干开发区为基础，大力发展成一条振兴西部的工商业走廊。这个走廊北连内蒙古，南通青藏，西出阳关就是包括若干民族在内的新疆维吾尔自治区。我想到这样广大和多民族的西部地区没有一个强有力的工业中心是难于开发起来的，而且河西走廊正是自汉朝以来中华文化向西拓展的基地，去过敦煌的人不会不对当年经济文化的高度发展留下深刻的印象。

我对中国西部的前景满怀信心，同时也认识到中国西部是一个多民族地区，不从大力发展民族地区入手，中国西部发展是难于实现的。要发展这个民族分散在各处的多民族地区，必须有一个以河西走廊为工商业的中心基地，才能把四围的腹地带动起来，以上是我从同惠的遗梦中扩大出来的那一个开发中国西部的大梦。人生几何，我深知这个大梦在我这一生中是不可能实现的，但是既有此梦，我想也不妨留一笔在这篇序里，作为纪念同惠的一片心意，也是合乎我们两人对等原则的又一个例子。

我们两人都是属于善于做梦的人，我们所做的梦基本上又是相类同的。为了要实现中国西部的现代化，我就以她的梦为基础，主张要我们中国人自己去为西部许多民族的经济文化写出一系列像《甘肃土人的婚姻》一样的书。可是我的体力在时间的消逝中也日益衰弱了，这是无法挽回的。要我自己去圆同惠的梦，事实上已经力不从心了。因之，我只有把这心愿以接力棒的方式传递给下一代的后继者了。1985 年我在北大建议成立了一个社会学人类学研究所，目的就是在培养学术上的接班人。1992 年我把去土族地区调查的心愿交给这个研究所。所里的潘乃谷和高丙中两位同志表示愿意在我手中收下这根接力棒，当年就到青海互助土族自治县、1994 年又到民和回族自治县的土族地区进行了实地调查，写出调查报告。他们同意把两个报告作为这本许让神父的《甘肃土人的婚姻》的中译本的附录，用以对照本世纪初调查者所见到甘肃土族的婚姻制度和相关的社会情况和本世纪末在原地调查到的情况作为比较，从而看到土族婚姻的变动。

我原来打算用出版这本译稿作为同惠逝世 60 周年的纪念，但是杂务一拖，没有能在 1995 年送出去出版。到了 1997 年，我抓紧完成了这本译稿最后的整理工作，并找到了愿意出版这本译稿的出版社，了却了我的一桩心事。我这篇别具一格的序文，也是在繁杂的事务里，挤出时间分段陆续写成的，言有不尽，尚冀读者谅察。如果这篇序包含的意思会化成一把可撒播出去的种子，又可巧无意中落入一些乐于培植的心田，说不定今后的日子里会长出美丽的花朵。如果竟成为事实，那也是我身后的事了。此前景果有一天成为事实，"家祭毋望告乃翁"。

1997 年 3 月 19 日于北京北太平庄